A NOITE DAS BRUXAS

AGATHA CHRISTIE

A NOITE DAS BRUXAS

Tradução de Bruno Alexander

Texto de acordo com a nova ortografia.
Título original: *Hallowe'en Party*
Este livro também está disponível na Coleção **L&PM** POCKET
Primeira edição em formato 14x21cm: outono de 2015
Esta edição: primavera de 2023

Tradução: Bruno Alexander
Capa: © 2023 20th Century Studios. All Rights Reserved
Preparação: Jó Saldanha
Revisão: Marianne Scholze

CIP-Brasil. Catalogação na publicação
Sindicato Nacional dos Editores de Livros, RJ.

C479n

Christie, Agatha, 1890-1976
    A noite das bruxas / Agatha Christie; tradução de Bruno Alexander. – Porto Alegre, RS: L&PM, 2023.
    232 p. ; 21 cm.
    Tradução de: *Hallowe'en Party*
    ISBN 978-65-5666-446-0

    1. Ficção inglesa. I. Alexander, Bruno. II. Título. III. Série.

14-13457   CDD: 823
                        CDU: 821.111-3

Prefácio © Michael Green, 2023
Hallowe'en Party Copyright © 1969 Agatha Christie Limited. All rights reserved.
AGATHA CHRISTIE, POIROT and the Agatha Christie Signature are registered trade marks of Agatha Christie Limited in the UK and elsewhere. All rights reserved.
www.agathachristie.com

Todos os direitos desta edição reservados a L&PM Editores
Rua Comendador Coruja, 314, loja 9 – Floresta – 90.220-180
Porto Alegre – RS – Brasil / Fone: 51.3225.5777

PEDIDOS & DEPTO. COMERCIAL: vendas@lpm.com.br
FALE CONOSCO: info@lpm.com.br
www.lpm.com.br

Impresso na Gráfica COAN – Tubarão – SC – Brasil
Primavera de 2023

Prefácio

A noite das bruxas

Confesso: cometi um assassinato. Possivelmente um homicídio justificável, mas o fato é que há um corpo no chão. E esse corpo se parece muito com o do livro que você está segurando. Eu tinha um motivo, tive a oportunidade e deram-me até permissão, o que não alivia o pecado ou o delito. Os fãs de Agatha Christie, fervorosos e incontáveis, exigirão punição, e eles estarão certos, pois, na tarefa de escrever um roteiro, alterei, de maneira voluntária e propositada, o enredo de um aclamado romance policial da Agatha Christie para benefícios próprios.

Deixe-me explicar.

Uma das muitas vantagens de ser um roteirista contratado para adaptar os indeléveis livros de Hercule Poirot, de Christie, para o cinema é que, se você pedir com educação, eles lhe enviarão *todos* os livros dele. Eu pedi com educação.

Os livros vieram em uma grande caixa da editora, e agora, em uma prateleira do meu escritório, há uma longa e bela fileira com cerca de três dúzias de romances e livros de contos. Toda a coleção Poirot. Quando estou empacado em uma frase ou, mais frequentemente, tentando encontrar linhas do texto para cortar, é reconfortante olhar para eles.

Então, uma coisa curiosa aconteceu. *A noite das bruxas* começou a me encarar.

Havia algo ali, acenando para mim.

Peguei o livro, li e gostei, mas, mesmo depois de devorá-lo, senti que ele era um candidato improvável para um filme, pela forma como está escrito, o que não tem nada a ver com a qualidade do livro. Romances brilhantes muitas vezes resistem à adaptação. Os requisitos de um filme em termos de duração, estrutura e imediatismo são simplesmente diferentes.

Ainda assim, o livro ficou comigo.

Isso foi no outono de 2019, pouco antes de eu partir rumo a Londres para as filmagens de *Morte no Nilo*, a segunda adaptação de Christie em que tive a sorte de trabalhar para o 20th Century Studios, com Kenneth Branagh na direção e de bigode, no papel do grande detetive belga, Hercule Poirot. Tanto *Morte no Nilo* quanto a nossa versão de *Assassinato no Expresso Oriente*, de 2017, foram adaptações deliberadamente fiéis ao excelente material original. Com eles, senti que meu papel principal na criação de roteiros era aprimorar o trabalho de personagens e cenas. Em questões de enredo, a regra "nunca tente superar Christie" parecia indiscutível.

Algumas semanas depois, no entanto, andando de um lado para o outro no convés do Karnak durante as filmagens de Morte no Nilo, fantasiando sobre a possibilidade de fazer um terceiro filme na nossa série e decidindo mentalmente qual livro de Poirot escolheria, eu ainda sentia aquele olhar. Pensei em como um filme ambientado em uma assustadora noite de Halloween daria a Poirot a chance de enfrentar novos demônios, talvez até fantasmas.

Tudo o que eu teria que fazer era planejar um assassinato.

Em *A noite das bruxas*, uma festa para crianças dá muito errado. Dificilmente seria um spoiler dizer que alguém morre. Confesso que roubei essa brilhante e engenhosa premissa, um assassinato em uma festa de Halloween, e matei o resto.

Nosso terceiro filme de Poirot, *A noite das bruxas*, é o resultado dos meus crimes. Ambientação, cenário e personagens honrados em uso secundário. Nas mãos de Kenneth Branagh como diretor e ator, e com a performance de todo o elenco, o roteiro evoluiu para algo impressionante, estranho e angustiante.

Algo novo, o que não tira nenhum mérito do livro *A noite das bruxas*. O romance escrito ainda merece todas as glórias.

De acordo com suas anotações, Christie começou a escrevê-lo em 1º de janeiro de 1969, não perdendo nem um dia após a pausa necessária do feriado. (Não se fala o suficiente sobre o método de trabalho de Christie. Aos 78 anos de idade, depois de quase seis décadas como romancista, ela "diminuiu a velocidade" para um livro por ano, com poemas, peças ou contos surpresa ocasionais. Compare isso com, digamos, o fértil ano de 1934, no qual ela nos trouxe *Assassinato no Expresso Oriente*, *O mistério de Listerdale*, *Por que não pediram a Evans?*, *O detetive Parker Pyne* e, como Mary Westmacott, *Retrato inacabado*.) A conclusão do rascunho foi declarada no dia 7 de julho. Após um esforço de seis meses, primeiro no ditafone, depois com lápis sobre os rascunhos de sua datilógrafa, a Sra. Jolly, ela segurou, como você agora, este livro nas mãos. Para muitos de seus fãs, este é um de seus livros favoritos, se não *o* favorito. E com razão.

Para começar, é um livro chocante. A escolha da vítima é particularmente fria e as complicações subsequentes da investigação de Poirot, mais ainda. Há um mal-estar geral sobre as mudanças recentes na Grã-Bretanha, que chegava ao tumultuado final da década de 1960 (enquanto o próprio Poirot conseguia, misteriosamente, manter a mesma idade). Os personagens confrontam as visões liberais modernas sobre aplicação da lei e sexo com preocupação e resignação. Não, as coisas não são o que eram antes.

O que, *sim*, continua igual é que, mais uma vez, Poirot deve correr para uma cidadezinha pacata, no caso Woodleigh Common, para solucionar um assassinato. (Sozinha por cinco minutos em uma cidadezinha pacata, a maioria das pessoas aparece morta. Se você se encontrar em um romance policial ambientado em uma cidadezinha pacata, pegue imediatamente um ônibus para uma cidade grande, mesmo decadente, onde é mais seguro.)

A ajuda vem com participações alegres. Christie traz de volta dois personagens familiares: o superintendente Spence, de *A morte da sra. McGinty*, um velho conhecido aposentado, que nos faz subestimá-lo por ser mais velho e aposentado, e Ariadne Oliver, a enérgica autora e velha amiga, tanto do leitor quanto de Poirot, que tem seu número para ligar quando um corpo é encontrado. Fora isso, temos interrogatórios, maças, processos arquivados, aditamentos, jardins, chantagens, chá e salsichas. Todos os elementos que amamos.

No entanto, nem todos esses elementos aparecem em nosso filme.

Talvez isso não faça muita diferença para você.

Os verdadeiros fãs de Christie provavelmente não serão tão transigentes conosco, e eu os amo por isso. Eles a amam *demais* e dedicam tempo a ela, não apenas relendo seus livros, mas relendo os mesmos exemplares, na mesma cadeira, com o mesmo chá, na mesma caneca lascada. Seus livros trazem um conforto específico, de modo que qualquer mudança incomoda bastante.

E é fácil entender por quê. Quando lemos um livro, formamos uma visão dele na mente. Vemos o cabelo de um personagem balançar de uma certa maneira. O cachecol deles é do mesmo azul das cortinas de um antigo quarto que tivemos. Inadvertidamente, colocamos a câmera em um canto da sala, ao nível dos olhos. De certa forma, já vimos uma versão filmada do livro na leitura, de modo que, quando nos sentamos para assistir a um filme baseado no livro lido anteriormente, um filme com seus próprios penteados, cores de cachecol e ângulos de câmera, inevitavelmente enfrentaremos um ajuste de contas inconsciente entre a primeira e a segunda versão.

No mundo ideal, a trégua é rápida. Mas quando amamos um livro, quando reverenciamos e devemos tanto ao seu autor, é difícil não ter favoritos. Dói abrir mão.

Tudo o que posso dizer em minha defesa é que entendo. E aceito. Devo a Agatha Christie mais do que a maioria. Eu amo este livro também. Escolho uma página e entro na história, perguntando-me se mereço alguma clemência.

Você terá que ler e ver.

Michael Green
JetBlue 458, Burbank para JFK
2 de abril de 2023

A P.G. Wodehouse, cujos livros e histórias iluminaram minha vida durante anos. Para manifestar também minha alegria por sua generosa declaração de que gosta de meus livros.

Sumário

Capítulo 1 13
Capítulo 2 21
Capítulo 3 25
Capítulo 4 32
Capítulo 5 39
Capítulo 6 50
Capítulo 7 62
Capítulo 8 68
Capítulo 9 82
Capítulo 10 86
Capítulo 11 96
Capítulo 12 119
Capítulo 13 128
Capítulo 14 136
Capítulo 15 151
Capítulo 16 158
Capítulo 17 162
Capítulo 18 171
Capítulo 19 178
Capítulo 20 182
Capítulo 21 193
Capítulo 22 199
Capítulo 23 203
Capítulo 24 211
Capítulo 25 215
Capítulo 26 218
Capítulo 27 221

Capítulo 1

A sra. Ariadne Oliver saíra com a amiga Judith Butler, na casa de quem estava hospedada, para ajudar nos preparativos de uma festa de crianças que aconteceria naquela mesma noite.

No momento, a cena era de uma agitação caótica. Mulheres cheias de energia entravam e saíam arrastando cadeiras, mesinhas, trazendo vasos de flores e carregando grandes quantidades de abóboras amarelas, que eram arrumadas estrategicamente em lugares específicos.

Era a tradicional festa de Halloween para convidados na faixa etária dos dez aos dezessete anos.

A sra. Oliver, afastando-se do grupo principal, encostou-se em uma parede e levantou uma grande abóbora amarela, olhando-a de maneira crítica.

– A última vez que vi uma abóbora dessas – disse, tirando o cabelo grisalho da testa proeminente – foi no ano passado, nos Estados Unidos. Centenas de abóboras, espalhadas pela casa. Nunca vi tantas. Na verdade – acrescentou, pensativa –, eu nunca soube a diferença entre abóbora e abobrinha. Esta aqui é o quê?

– Desculpe, querida – disse a sra. Butler, ao pisar nos pés da amiga.

A sra. Oliver comprimiu-se mais ainda contra a parede.

– A culpa foi minha – disse. – Estou no meio do caminho. Mas fiquei impressionada de ver tantas abóboras, ou abobrinhas, sei lá. Elas estavam em toda parte, nas lojas, nas casas das pessoas, com velas ou lâmpadas dentro delas ou enfiadas na polpa. Muito interessante mesmo. Mas não era para o Halloween. Era para o dia de Ação de Graças. Sempre associei abóboras com Halloween, que cai no final de outubro. O dia de Ação de Graças é bem depois, não? Não é em novembro, lá pela terceira semana do mês? De qualquer maneira, o Halloween aqui é no dia 31 de outubro, não? Primeiro Halloween, e depois vem o quê? Dia de finados? Em Paris, nesse dia, todo mundo vai ao cemitério colocar flores nos túmulos. Não é um feriado triste. As crianças também vão, e se divertem. Primeiro passamos no mercado de flores e compramos um monte de flores, uma mais bonita do que a outra. Não existem flores mais lindas do que as do mercado de Paris.

As mulheres atarefadas esbarravam de vez em quando na sra. Oliver, mas não lhe davam atenção, envolvidas demais no que estavam fazendo.

A maioria era composta por mães de família, e uma ou duas solteironas; havia adolescentes prestativos, rapazes de dezesseis e dezessete anos subindo em escadas ou cadeiras, para ajeitar a decoração, colocar abóboras ou abobrinhas e bolas de vidro colorido numa altura adequada; meninas de onze a quinze anos reuniam-se em grupos e ficavam dando risadinhas.

– E depois do dia de finados – continuou a sra. Oliver, deixando seu corpo cair sobre o braço de um sofá – vem o dia de Todos os Santos. É isso?

Ninguém respondeu à pergunta. A sra. Drake, uma senhora de meia-idade elegante que seria a anfitriã da festa, tomou a palavra.

– Não estou chamando esta festa de Halloween, embora seja Halloween, na verdade. Estou chamando de "festa dos mais de onze". A maioria está nessa faixa etária. A garotada que está saindo do primário no The Elms e indo para outras escolas.

– Mas esse nome não é muito preciso, não acha, Rowena? – comentou a srta. Whittaker, em tom de reprovação, acomodando o *pincenê* no nariz.

A srta. Whittaker, como professora local, era sempre exigente em termos de precisão.

– É porque abolimos há algum tempo o exame de admissão feito no final do primário.

A sra. Oliver levantou-se do sofá, pedindo desculpas.

– Não estou ajudando em nada. Fiquei aqui sentada, falando bobagens sobre abóboras e abobrinhas.

"E descansando os pés", pensou ela, com certo peso na consciência, mas sem suficiente sentimento de culpa para dizê-lo em voz alta.

– Agora, o que eu posso fazer? – perguntou e acrescentou: – Que maçãs lindas!

Alguém acabara de entrar com um enorme cesto de maçãs. A sra. Oliver adorava maçã.

– Tão vermelhas! – exclamou.

– Na verdade, não estão muito boas – disse Rowena Drake. – Mas servem para a festa. É para a brincadeira de pesca das maçãs. Como as maçãs estão meio moles, fica mais fácil pegá-las com os dentes. Pode levá-las para a biblioteca, Beatrice? Essa brincadeira de pesca das maçãs é sempre uma bagunça. Derrama água por todo lado. Mas o tapete da biblioteca está tão velho que não tem problema. Ah, obrigada, Joyce.

Joyce, uma menina robusta de treze anos, pegou o cesto, deixando cair duas maçãs, que rolaram e foram parar aos pés da sra. Oliver, como que refreadas pela mão de uma feiticeira.

– A senhora gosta de maçãs, não gosta? – perguntou Joyce. – Li que a senhora gosta, ou talvez tenha ouvido na televisão. A senhora escreve contos policiais, não escreve?

– Escrevo – respondeu a sra. Oliver.

– Deveríamos ter pedido para a senhora preparar alguma coisa relacionada a assassinatos. Ter um assassinato na festa hoje à noite e pedir para as pessoas desvendarem o caso.

– Não, obrigada – disse a sra. Oliver. – Nunca mais.

– Como assim, nunca mais?

– Fiz isso uma vez, e não deu muito certo – respondeu a sra. Oliver.

— Mas a senhora escreveu muitos livros — insistiu Joyce. — Deve ter ganho muito dinheiro com eles, não?

— De certa forma — respondeu a sra. Oliver, com o pensamento no imposto de renda.

— E a senhora criou um detetive finlandês.

A sra. Oliver admitiu o fato.

Um garotinho impassível, que ainda não devia ter chegado à idade de fazer o exame de admissão, concluiu a sra. Oliver, indagou friamente:

— Por que finlandês?

— Muitas vezes me fiz a mesma pergunta — confessou a sra. Oliver.

A sra. Hargreaves, a esposa do organista, entrou na sala com a respiração ofegante, carregando uma grande bacia verde de plástico.

— Que tal isto para a pesca das maçãs? — perguntou. — Achei alegre.

— Melhor uma bacia galvanizada — opinou a srta. Lee, a assistente do médico. — Não entorna tão fácil. Onde vai colocá-la, sra. Drake?

— Acho que o melhor lugar é a biblioteca. O tapete de lá é velho, e sempre derrama água.

— Está bem. Levaremos tudo para lá. Rowena, eis aqui outra cesta de maçãs.

— Deixe-me ajudar — disse a sra. Oliver.

Apanhou as duas maçãs que haviam caído no chão e, quase sem perceber o que estava fazendo, enfiou os dentes numa delas, mastigando ruidosamente. A sra. Drake, num gesto firme, arrancou a segunda maçã de sua mão e a devolveu ao cesto. Ouviu-se um burburinho de pessoas conversando.

— Sim, mas onde vamos colocar a tigela do *snapdragon**?

---

* Brincadeira do período vitoriano que consistia em pegar passas numa tigela em chamas e jogá-las, ainda ardendo, na boca. (N.T.)

– Melhor colocá-la na biblioteca, que é o cômodo mais escuro.
– Não, vamos colocá-la na sala de jantar.
– Primeiro temos que cobrir a mesa.
– Tem um pano verde felpudo. Depois cobrimos com a lona de borracha.
– E os espelhos? Será que realmente veremos nossos maridos neles?

Descalçando-se discretamente, a sra. Oliver voltou a sentar-se no sofá e, mastigando ainda sua maçã, observou a sala cheia de gente. "Se eu fosse escrever um livro sobre todas essas pessoas, como faria? Parecem ser pessoas legais, de um modo geral, mas como saber?", pensou com sua mente de escritora.

De certo modo, pensava, era fascinante *não* saber nada sobre aquelas pessoas. Todas viviam em Woodleigh Common. Tinha uma vaga lembrança de algumas coisas que Judith lhe contara sobre elas. A srta. Johnson... alguma coisa relacionada com a igreja... não era a irmã do vigário... Sim, claro, era a irmã do organista! Rowena Drake, que parecia ser a manda-chuva de Woodleigh Common. A mulher esbaforida que trouxera aquela bacia de plástico horrível. É que a sra. Oliver nunca gostara de artigos de plástico. E havia também as crianças e os adolescentes.

Até o momento, eram somente nomes para a sra. Oliver. Havia uma Nan, uma Beatrice, uma Cathie, uma Diana e uma Joyce, prepotente e curiosa. Não gosto muito dessa Joyce, pensou a sra. Oliver. Uma moça chamada Ann, de aparência altiva. Havia dois rapazes que pareciam acostumados a tentar diferentes estilos de penteado, sempre com resultados infelizes.

Um garotinho bem pequenininho entrou na sala com certa timidez.

– A mamãe mandou estes espelhos para ver se servem – disse, com uma voz ligeiramente ofegante.

– Muito obrigada, Eddy – disse a sra. Drake, pegando os espelhos.

— São espelhos comuns, de mão — comentou a moça chamada Ann. — Será que realmente veremos o rosto de nossos futuros maridos neles?

— Algumas deverão ver, outras não — afirmou Judith Butler.

— A senhora já viu o rosto de seu marido numa festa? Digo, numa festa como esta.

— Claro que não — intrometeu-se Joyce.

— Ela poderia ter visto — insistiu Beatrice, com seu ar de superioridade. — Chamam isso de P.E.S.: percepção extrassensorial — acrescentou num tom de quem sente prazer em saber os termos da época.

— Li um de seus livros — disse Ann à sra. Oliver. — *O peixe-dourado à beira da morte*. Achei muito bom — comentou, com amabilidade.

— Não gostei desse — declarou Joyce. — Tinha pouco sangue. Gosto de assassinatos com muito sangue.

— Um pouco repugnante, não acha? — disse a sra. Oliver.

— Mas emocionante — disse Joyce.

— Não necessariamente — retorquiu a sra. Oliver.

— Eu já *vi* um assassinato — disse Joyce.

— Não diga besteira, Joyce — repreendeu-a a srta. Whittaker, a professora.

— Mas eu vi.

— Viu? — perguntou Cathie, olhando para Joyce com os olhos arregalados. — Você viu um assassinato de verdade?

— É claro que ela não viu — disse a sra. Drake. — Pare de falar bobagens, Joyce.

— Eu vi um assassinato, sim — continuou Joyce. — Eu vi. Eu vi. Eu vi.

Um rapaz de dezessete anos, trepado numa escada, olhou para baixo, com interesse.

— Que tipo de assassinato? — quis saber ele.

— Não acredito nisso — falou Beatrice.

— E não é para acreditar mesmo — disse a mãe de Cathie. — Ela está inventando.

— Não estou, não. Eu *vi*.
— Por que você não foi à polícia? – perguntou Cathie.
— Porque eu não sabia que *era* um assassinato quando vi. Não era, até muito tempo depois... quer dizer, só depois é que comecei a perceber que era um assassinato. Alguma coisa que alguém disse um ou dois meses atrás de repente me fez pensar: é claro, aquilo que eu vi foi um *assassinato*.
— Viram? Ela está inventando tudo. Essa história não faz sentido – disse Ann.
— Quando foi que isso aconteceu? – perguntou Beatrice.
— Há anos – respondeu Joyce. – Eu era bem pequena na época.
— Quem matou quem? – Beatrice continuou o inquérito.
— Não vou dizer para ninguém. Vocês estão muito horrorizadas.

A srta. Lee entrou com outro tipo de bacia. O assunto da conversa mudou, dando lugar a um debate sobre que tipo de bacia de plástico era o mais adequado para a brincadeira de pesca das maçãs. A maioria dos ajudantes dirigiu-se à biblioteca para avaliar o local. Alguns mais jovens estavam ansiosos para fazer uma demonstração, simulando as dificuldades e exibindo suas habilidades esportivas. Resultado? Cabelos molhados, água derramada, precisaram trazer toalhas para secar tudo. No final, ficou decidido que uma bacia galvanizada seria preferível aos encantos sedutores de uma bacia de plástico, que entornava com mais facilidade.

A sra. Oliver, trazendo outro cesto de maçãs para completar o estoque necessário para o dia seguinte, mais uma vez se serviu de uma.

— Li no jornal que a senhora adora maçãs – ouviu a voz acusadora de Ann ou Susan, não sabia direito de quem.
— É a minha tentação – disse a sra. Oliver.
— Seria mais engraçado se fosse melão – comentou um dos meninos. – Eles têm mais água. Imaginem a bagunça que seria – disse, observando o tapete com prelibação.

A sra. Oliver, sentindo-se um pouco culpada pela acusação pública de gulodice, saiu da sala em busca de um aposento específico, cuja geografia, em geral, é facilmente identificável. Subiu as escadas e, virando-se no patamar, deparou-se com um casal de namorados abraçados bem em frente à porta que deveria ser a do cômodo em que desejava tanto entrar. Os dois não deram a mínima atenção para ela. Suspiravam e se agarravam. Que idade teriam?, perguntava-se a sra. Oliver. O rapaz devia ter uns quinze, a menina, mais de doze, embora o desenvolvimento de seus seios a fizesse parecer mais madura.

A casa tinha um tamanho considerável, com cantos e recantos bastante agradáveis. Como as pessoas são egoístas, pensava a sra. Oliver. Não têm consideração pelos outros. Aquela antiga frase do passado lhe veio à cabeça, dita sucessivamente por uma babá, uma criada, uma governanta, sua avó, duas tias-avós e algumas outras pessoas.

– Com licença – falou a sra. Oliver de maneira firme.

O rapaz e a menina estavam enroscados, comprimindo os lábios um contra o outro.

– Com licença – repetiu a sra. Oliver –, poderiam me deixar passar? Preciso abrir esta porta.

O casal desgrudou-se a contragosto, olhando para ela com certa hostilidade.

A sra. Oliver entrou, bateu a porta e passou o trinco.

A porta era daquelas que não fecham direito. Um som fraco de palavras lhe chegou de fora.

– Será que as pessoas não percebem que não queremos ser incomodados? – disse uma voz irregular de tenor.

– As pessoas são muito egoístas – disse uma voz aguda de menina. – Só pensam em si mesmas.

– Não têm consideração pelos outros – disse a voz do rapaz.

Capítulo 2

Os preparativos para uma festa de criança normalmente dão muito mais trabalho para os organizadores do que um entretenimento voltado para adultos. Comida de qualidade e algumas bebidas alcoólicas, com opção de limonada para as pessoas certas, é mais do que suficiente para o sucesso de uma festa. Pode sair mais caro, mas é infinitamente menos trabalhoso. Nesse ponto Ariadne Oliver e sua amiga Judith Butler concordavam.

– O que acha das festas de adolescentes? – perguntou Judith.

– Não entendo muito do assunto – respondeu a sra. Oliver.

– De certo modo – disse Judith –, acho que são as que dão menos trabalho. Os adolescentes só querem que os adultos fiquem de fora. Eles dizem que se viram sozinhos.

– E se viram mesmo?

– Não do nosso jeito – disse Judith. – Esquecem de pedir algumas coisas e compram um monte de besteiras de que ninguém gosta. Depois de nos expulsarem, dizem que deveríamos ter providenciado algumas coisas para eles. Quebram vários copos e outras coisas, e há sempre algum convidado indesejável ou que traz um amigo indesejável. Você sabe como é. Drogas peculiares... como é que eles chamam?... Ácido, cânhamo ou LSD, que eu sempre achei que fosse apenas dinheiro, mas, pelo visto, não é.

– Mas deve custar dinheiro – comentou Ariadne Oliver.

– É muito desagradável, e o cânhamo tem um cheiro horrível.

– Tão deprimente tudo isso – disse a sra. Oliver.

– De qualquer maneira, esta festa será um sucesso. É só confiar em Rowena Drake. Ela é uma ótima organizadora. Você vai ver.

– Estou sem a mínima vontade de ir a uma festa – disse a sra. Oliver, com um suspiro.

– Suba e descanse por uma horinha. Você vai ver. Vai gostar quando estiver lá. Pena que Miranda está com febre. Ela ficou tão triste de não poder ir...

A festa começou às sete e meia. Ariadne Oliver foi obrigada a admitir que sua amiga estava certa. Os convidados chegaram pontualmente. Tudo estava esplêndido. Uma festa bem planejada, decorrendo com a precisão de um relógio. Havia luzes vermelhas e azuis nas escadas, e um monte de abóboras amarelas. As meninas e os meninos chegavam segurando cabos de vassoura enfeitados para uma competição. Após os cumprimentos, Rowena Drake anunciou o programa da noite.

– Primeiro, julgamento da competição dos cabos de vassoura, com três prêmios: primeiro, segundo e terceiro lugares. Em seguida, o corte do bolo de farinha, no jardim de inverno. Depois, a pesca das maçãs. Há uma lista das duplas pendurada na parede. E o baile. Toda vez que as luzes se apagarem, vocês deverão mudar de par. Depois, as meninas vão para o escritório, onde receberão seus espelhos. Em seguida, o jantar, o *snapdragon* e a entrega de prêmios.

Como em todas as festas, no início demorou um pouco para engrenar. As vassouras foram avaliadas. Eram miniaturas de vassouras, e, de um modo geral, os enfeites não atingiram um padrão muito alto de mérito, "o que facilita as coisas", comentou a sra. Drake a uma de suas amigas.

– E isso é ótimo, porque há sempre uma ou duas crianças que sabemos que não ganharão prêmio algum. Então podemos trapacear um pouco nesse momento.

– Que horror, Rowena.

– Não é horror algum. Eu só arrumo as coisas para ser tudo justo e bem dividido. A questão é que todo mundo quer ganhar *alguma coisa*.

– Como é a brincadeira do bolo de farinha? – quis saber Ariadne Oliver.

– Ah, é, você não estava aqui quando preparamos o jogo. É o seguinte: colocamos farinha dentro de uma caneca, comprimimos bem e depois viramos a caneca numa bandeja. Colocamos uma moeda em cima do bolo, e todo mundo tem que cortar uma fatia sem deixar a moeda cair. Quem deixar a moeda cair sai. É um jogo de eliminação. O último fica com a moeda. Vamos indo?

E foram. Ouviam-se gritos de animação vindos da biblioteca, onde havia começado a pesca das maçãs. Os competidores saíam de lá com o cabelo todo molhado, depois de espirrar bastante água em todo mundo.

Uma das brincadeiras mais esperadas, pelo menos entre as meninas, foi a chegada da bruxa. Quem desempenhou o papel da bruxa foi a sra. Goodbody, uma faxineira da região, que, além de ter o nariz adunco e um queixo que quase o encontrava, sabia reproduzir de modo admirável uma voz de arrulho com semitons sinistros e fazer versos burlescos e mágicos.

– Vamos começar. Beatrice, não? Ah, Beatrice. Um nome muito interessante. Você quer saber como será seu marido. Venha, querida, sente-se aqui. Sim, sim, debaixo desta lâmpada. Sente-se aqui e segure este espelhinho. Assim que as luzes se acenderem, você o verá. Ele estará atrás de você. Agora, segure firme o espelho. *Abracadabra, quem verei? O rosto do homem com quem casarei. Beatrice, Beatrice, você verá o rosto do homem que a conquistará.*

Um súbito raio de luz vindo do alto de uma escada por detrás de uma tela cruzou a sala e atingiu o lugar certo para refletir-se no espelho que as mãos trêmulas de Beatrice seguravam.

– Oh! – exclamou Beatrice. – Eu o vi. Eu o vi! Consigo vê-lo no meu espelho!

O facho de luz extinguiu-se, as luzes foram acesas e uma fotografia colorida colada num cartão caiu flutuando do teto. Beatrice pulava de empolgação.

– Era ela! Era ele! Eu o vi – gritava. – Oh, ele tem uma *linda* barba avermelhada.

Correu em direção à sra. Oliver, a pessoa que estava mais perto.

— Olhe, olhe. Ele não é lindo? Parece o Eddie Presweight, o cantor. Não acha?

A sra. Oliver achava que ele parecia uma daquelas pessoas cujo rosto ela lamentava diariamente ter que ver no jornal matutino. A barba, pensou, fora um adendo tardio genial.

— De onde vem tudo isso? — perguntou.

— Rowena pede para Nicky fazer. E seu amigo Desmond ajuda. Ele faz muitas experiências com fotografias. Ele e uns dois amigos fantasiam-se, colocam peruca, costeleta, barba, essas coisas. E com a luz e tudo mais, as meninas entram em êxtase.

— Não consigo parar de pensar — disse Ariadne Oliver — como as meninas são bobas atualmente.

— Atualmente? — perguntou Rowena Drake, irônica.

— Tem razão — concordou a sra. Oliver.

O jantar foi ótimo. Tinha torta de sorvete, salgadinhos, bolinhos de camarão, queijo e doces de nozes. A meninada se empanturrou.

— E agora, a última atração da noite — anunciou Rowena. — O *snapdragon*. Por ali, pela copa. Perfeito. Pronto. Primeiro os prêmios.

Os prêmios foram apresentados, e logo depois ouviu-se um grito lá de dentro. As crianças saíram correndo pelo corredor de volta para a sala de jantar.

A comida já havia sido retirada. Sobre um feltro verde estendido na mesa, encontrava-se um grande prato de passas flamejantes. Todos, em alvoroço, correram em direção à mesa para tentar agarrar as passas, queixando-se aqui e ali. "Ai, me queimei! Viu que maravilha?" Aos poucos, as chamas foram se apagando. Acenderam-se as luzes. Fim da festa.

— Foi um sucesso — disse Rowena.

— E era para ser mesmo, com todo o trabalho que você teve.

— Foi ótimo — comentou Judith. — Muito bom mesmo. Agora — acrescentou pesarosa — precisamos limpar um pouco. Não podemos deixar tudo para aquelas pobres coitadas amanhã de manhã.

Capítulo 3

Num apartamento em Londres o telefone tocou. O proprietário do apartamento, Hercule Poirot, moveu-se na cadeira, decepcionado. Já sabia, antes de atender, do que se tratava. Seu amigo Solly, que viria passar aquela noite com ele, retomando a infinita controvérsia sobre o verdadeiro culpado do crime dos Banhos Municipais de Canning Road, lhe diria que não podia mais vir. Poirot, que havia juntado algumas provas a favor de sua teoria um tanto quanto forçada, estava profundamente desapontado. Não achava que Solly concordaria com suas ideias, mas não tinha dúvida de que quando ele, por sua vez, começasse a expor suas elucubrações, ele próprio, Hercule Poirot, seria facilmente capaz de derrubá-las em nome da sanidade, da lógica, da ordem e do método. Seria muito chato, no mínimo, se Solly não viesse aquela noite. Mas é verdade que, quando se encontraram mais cedo, Solly tossia muito e estava muito encatarrado.

– Ele estava bastante resfriado – disse Poirot –, e não há dúvida de que, mesmo com os remédios que tenho aqui, ele acabaria me passando a gripe. Melhor que ele não venha. *Tout de même* – acrescentou, num suspiro. – Isso significa que a noite será tediosa.

Grande parte das noites agora era tediosa, pensava Poirot. Sua mente, magnificente que era (desse fato ele nunca duvidara), requeria estímulo constante de fontes externas. Não se dava a devaneios filosóficos. Em alguns momentos, quase se arrependia de não ter estudado teologia em vez de ingressar na polícia. O número de anjos que podiam dançar na cabeça de um alfinete. Seria interessante pressupor que tudo isso fosse importante e discutir fervorosamente o assunto com seus colegas.

Seu criado, George, entrou na sala.

– Era o sr. Solomon Levy, senhor.

— Ah, sim — disse Hercule Poirot.

— Ele disse que lamenta muito, mas não poderá vir hoje à noite. Está de cama com uma forte gripe.

— Ele não está gripado — corrigiu Poirot. — Pegou foi um resfriado terrível. Todo mundo sempre acha que tem gripe. O problema do resfriado é que os amigos dificilmente compreenderão.

— É até bom que ele não venha, senhor — disse George. — Esses resfriados são muito contagiosos. Não seria nada bom o senhor pegar um resfriado.

— Seria extremamente tedioso — concordou Poirot.

O telefone tocou novamente.

— E agora, quem estará resfriado? — perguntou, irônico. — Não chamei mais ninguém.

George atravessou o cômodo em direção ao telefone.

— Atenderei aqui — avisou Poirot. — Tenho certeza de que não é nada importante. Mas de qualquer maneira... — encolheu os ombros. — Servirá para passar o tempo. Quem sabe?

— Tudo bem, senhor — disse George, retirando-se.

Poirot esticou o braço e pegou o fone, silenciando a campainha.

— Hercule Poirot falando — disse, com certa grandeza para impressionar quem estivesse do outro lado da linha.

— Que ótimo — disse uma voz feminina, ligeiramente prejudicada pela falta de fôlego. — Achei que não fosse encontrá-lo em casa.

— Por que achou isso? — perguntou Poirot.

— Porque me parece que nos dias de hoje as coisas sempre acontecem para nos frustrar. Precisamos de alguém com urgência, sentimos que não podemos esperar e somos *obrigados* a esperar. Precisava falar com o senhor urgentemente.

— Quem é você? — quis saber Hercule Poirot.

A voz, que era de uma mulher, parecia surpresa.

— O senhor não *sabe*? — perguntou, incrédula.

— Sim, eu sei – respondeu Hercule Poirot. – É minha amiga Ariadne.

— Encontro-me num estado terrível – desabafou Ariadne.

— Sim, dá para perceber. A senhora estava correndo? Dá para perceber que está sem fôlego.

— Não estava correndo, não. É a emoção. Podemos nos encontrar *logo*?

Poirot fez silêncio por alguns segundos antes de responder. Sua amiga, a sra. Oliver, parecia bastante exaltada. Qualquer que fosse a questão, ela passaria muito tempo descarregando suas queixas, infortúnios, frustrações ou o que a estivesse afligindo. Uma vez enfiada nos aposentos de Poirot, seria difícil convencê-la a voltar para casa sem incorrer numa certa dose de indelicadeza. As coisas que empolgavam a sra. Oliver eram tantas e normalmente tão inesperadas que era preciso ter muito cuidado em como embarcar numa discussão sobre aqueles assuntos.

— Alguma coisa a aflige?

— Sim. É claro que estou aflita. Não sei o que fazer. Não sei... Oh, eu não sei nada. O que sinto é que preciso conversar com o senhor... contar-lhe exatamente o que aconteceu, pois o senhor é a única pessoa que talvez saiba o que fazer. Quem poderia me dizer o que fazer? Posso ir?

— Claro, claro que sim. Será um prazer recebê-la.

O telefone foi desligado abruptamente do outro lado da linha. Poirot chamou George, refletiu por alguns minutos e pediu a ele para trazer água de cevada com limão e um copo de conhaque.

— A sra. Oliver chegará dentro de dez minutos – disse.

George retirou-se. Voltou com o conhaque para Poirot, que o recebeu com um sinal de satisfação, e foi providenciar o refresco sem álcool, a única coisa que possivelmente agradaria a sra. Oliver. Poirot tomou um gole de conhaque com delicadeza, fortalecendo-se para a provação pela qual estava prestes a passar.

— É uma pena – murmurou – que ela seja tão dispersa. Mesmo assim, tem originalidade. Talvez eu goste do que vem me contar. Pode ser – refletiu – que tome grande parte da noite e que tudo não passe de uma grande tolice. *Eh bien*, precisamos correr riscos na vida.

A campainha soou. Dessa vez, era a campainha da porta. Não foi apenas um simples toque de botão. A campainha soou por muito tempo, numa espécie de ação decidida, muito eficaz, o barulho pelo barulho.

– Certamente está bastante afoita – disse Poirot.

Ouviu George dirigindo-se à porta. Antes que qualquer anúncio fosse feito, a porta de sua sala de estar se abriu e Ariadne Oliver irrompeu por ela, seguida de George. Estava vestida com uma capa de chuva impermeável de pescadores.

– Que negócio é esse que a senhora está usando? – perguntou Poirot. – Deixe George ajudá-la. Está muito molhado.

– Claro que está molhado – disse a sra. Oliver. – Está tudo molhado lá fora. Nunca pensei em água antes. É uma coisa horrível de se pensar.

Poirot fitou-a com interesse.

– Gostaria de um pouco de água de cevada ou posso oferecer-lhe uma taça de *eau de vie*? – perguntou Poirot.

– Detesto água – respondeu a sra. Oliver.

Poirot ficou surpreso.

– Detesto. Nunca pensei em água antes. O que ela é capaz de fazer e tudo mais.

– Minha cara – disse Hercule Poirot, enquanto George a libertava das dobras da capa de chuva encharcada –, sente-se aqui. Deixe George terminar de ajudá-la... o que é isso mesmo que a senhora está usando?

– Comprei em Cornwall – explicou a sra. Oliver. – É uma capa impermeável. Própria dos pescadores.

– Muito útil para eles, imagino – disse Poirot –, mas não tão prática para a senhora. É uma capa pesada. Mas venha... sente-se aqui e me conte.

– Não sei como – disse a sra. Oliver, afundando-se numa poltrona. – Às vezes, não acredito que seja realmente verdade. Mas é. Aconteceu.

– Conte-me – disse Poirot.

– Foi para isso que eu vim. Mas agora que estou aqui é muito difícil, porque não sei por onde começar.

– Que tal começar pelo começo? – sugeriu Poirot. – Ou seria muito convencional?

– Não sei direito onde é o começo. Pode ter sido há muito tempo.

– Acalme-se – disse Poirot. – Procure recapitular a história na cabeça e me conte. O que a abala tanto?

– O senhor também teria ficado abalado – disse a sra. Oliver. – Pelo menos, é o que eu acho. – Parecia pensativa. – Na verdade, não sabemos direito o que o abalaria. O senhor enfrenta tudo com tanta calma!

– Normalmente, é a melhor forma – disse Poirot.

– Compreendo – disse a sra. Oliver. – Começou com uma festa.

– Ah, sim – disse Poirot, aliviado por estar diante de algo comum e tangível. – Uma festa. A senhora foi a uma festa e aconteceu alguma coisa.

– O senhor sabe o que é uma festa de Halloween? – indagou a sra. Oliver.

– Eu sei o que é o Halloween – respondeu Poirot. – Dia 31 de outubro. Quando as bruxas saem voando em cabos de vassoura – disse, piscando os olhos.

– Havia cabos de vassoura mesmo – disse a sra. Oliver. – Eles deram prêmios por isso.

– Prêmios?

– Sim, para quem tivesse o cabo de vassoura mais enfeitado.

Poirot olhou para ela com expressão de dúvida. Inicialmente aliviado com a menção de uma festa, agora voltou a desconfiar. Como sabia que a sra. Oliver não gostava de bebidas alcoólicas, não podia levantar uma das hipóteses que teria aventado em outras circunstâncias.

– Uma festa de crianças – explicou a sra. Oliver. – Na verdade, uma festa para os acima de onze.

– Acima de onze?

– É assim que eles chamam nas escolas. A capacidade dos alunos é avaliada. Se o aluno for inteligente o bastante para passar no exame de admissão, mandam-no para o ginásio ou algo parecido. Caso contrário, ele vai para uma coisa chamada "escola secundária moderna". Um nome tolo. Acho que não significa nada.

– Confesso que não estou entendendo nada do que a senhora está dizendo – disse Poirot. Eles haviam saído do assunto festas para o campo da educação.

A sra. Oliver respirou profundamente e recomeçou.

– Tudo começou, na verdade, com as maçãs – disse ela.

– Sim, claro – disse Poirot. – Isso sempre poderia acontecer com a senhora, não?

Ele visualizou um carro pequeno numa ladeira e uma mulher grandona saindo dele, deixando rasgar uma sacola cheia de maçãs, que rolariam ladeira abaixo.

– Sim, maçãs – disse ele, incentivando-a a continuar.

– Pesca das maçãs – explicou a sra. Oliver. – É uma das coisas que se faz numa festa de Halloween.

– Sim, claro, acho que já ouvi falar.

– Como o senhor vê, um monte de atrações. Pesca das maçãs, a moeda no bolo de farinha, espelho mágico...

– Para ver o rosto de seu verdadeiro amor? – perguntou Poirot, demonstrando conhecimento.

– Finalmente o senhor está começando a entender – disse a sra. Oliver.

– Muito folclore – disse Poirot –, e tudo isso aconteceu em sua festa.

— Sim, foi um grande sucesso. Terminou com o *snapdragon*. Sabe? Aquela brincadeira com passas em chamas numa tigela. Imagino... – a voz dela vacilou – imagino que tenha sido naquele momento que aconteceu.

— Aconteceu o quê?

— Um assassinato. Depois do *snapdragon*, todo mundo foi para casa – contou a sra. Oliver. – Aí, não conseguiram mais encontrá-la.

— Encontrá-la quem?

— Uma menina. Uma menina chamada Joyce. Todo mundo ficou gritando seu nome, procurando por ela, perguntando se ela não teria ido para casa com alguém. Sua mãe, aborrecida, disse que Joyce deveria ter se sentido mal ou cansada e ido para casa sozinha, e que era muita falta de consideração de sua parte não ter avisado, esse tipo de coisa que as mães falam em situações como essa. Fato é que não conseguimos encontrá-la.

— E ela havia ido sozinha para casa?

— Não – respondeu a sra. Oliver –, ela não tinha ido para casa... – sua voz falhou de novo. – Finalmente a encontramos... na biblioteca. Foi lá... foi lá que aconteceu. A pesca das maçãs. A bacia estava lá. Uma grande bacia galvanizada. Não aceitaram a bacia de plástico. Talvez, se tivesse sido a bacia de plástico, não tivesse acontecido. Não seria tão pesado. Poderia ter entornado...

— O que aconteceu? – perguntou Poirot, com a voz dura.

— Foi ali que a encontramos – continuou a sra. Oliver. – Alguém enfiou a cabeça dela na água com as maçãs. Enfiou a cabeça e ficou segurando, até ela morrer, claro. Afogada. *Afogada*. Numa bacia de ferro galvanizado quase cheia de água. Ajoelhada e com a cabeça mergulhada para pegar uma maçã. Odeio maçãs – disse a sra. Oliver. – Nunca mais quero ver uma maçã na minha frente.

Poirot olhou para ela. Esticou o braço e encheu um cálice de conhaque.

— Beba isso – disse. – Vai lhe fazer bem.

Capítulo 4

A sra. Oliver largou o cálice e enxugou os lábios.

– O senhor tem razão – disse. – Ajudou. Eu estava ficando histérica.

– A senhora passou por um grande choque, dá para notar. Quando foi que aconteceu?

– Ontem à noite. Ontem à noite? Faz tão pouco tempo? Sim, foi ontem à noite.

– E depois a senhora veio falar comigo.

Não era exatamente uma pergunta, mas revelava o desejo de obter mais informações.

– Por que a senhora veio falar comigo?

– Achei que o senhor pudesse ajudar – explicou a sra. Oliver. – Como vê, a coisa não é tão simples.

– Pode ser e pode não ser – disse Poirot. – Depende muito. A senhora tem que me contar mais. A polícia, imagino, já deve ter sido avisada. Sem dúvida, chamaram um médico. O que o médico disse?

– Eles farão um inquérito – disse a sra. Oliver.

– Evidentemente.

– Amanhã ou depois de amanhã.

– A menina, Joyce, quantos anos tinha?

– Não sei direito. Acho que uns doze ou treze.

– Ela era pequena para sua idade?

– Não, não. Era até bem madura. Volumosa – disse a sra. Oliver.

– Bem desenvolvida? A senhora quer dizer que tinha uma aparência sedutora?

– Sim, é exatamente isso que quero dizer. Mas não creio que tenha sido esse tipo de crime... teria sido mais simples, não?

— É o tipo de crime – disse Poirot – que encontramos diariamente no jornal. Uma menina atacada, uma colegial agredida... sim, todos os dias. Nesse caso, aconteceu numa casa particular, o que muda um pouco a configuração das coisas, mas talvez nem tanto. De qualquer maneira, não acho que a senhora tenha me contado tudo.

— Não, não contei mesmo – concordou a sra. Oliver. – Não lhe contei o motivo, digo, a razão por que vim falar com o senhor.

— A senhora conhecia bem essa Joyce?

— Não a conhecia. Acho que posso explicar melhor se disser como fui parar lá.

— Lá *onde*?

— Oh, um lugar chamado Woodleigh Common.

— Woodleigh Common – repetiu Poirot, pensativo. – Foi onde recentemente... – interrompeu-se.

— Não é muito longe de Londres. Deve ficar a uns cinquenta, sessenta quilômetros, acho. Perto de Manchester. É um desses lugares com lindas casas, onde foram construídos alguns prédios novos. Residencial. Há uma boa escola, e os moradores se deslocam com regularidade para Londres ou Manchester. Um lugar comum, habitado por pessoas de renda comum.

— Woodleigh Common – disse Poirot novamente, em tom reflexivo.

— Eu estava na casa de uma amiga. Judith Butler. Ela é viúva. Fiz um cruzeiro à Grécia este ano, e Judith estava no mesmo navio. Ficamos amigas. Ela tem uma filha. Uma menina chamada Miranda, de doze ou treze anos. Pois bem. O fato é que ela me convidou para ficar em sua casa e me disse que umas amigas suas iriam dar uma festa para crianças, uma festa de Halloween. Comentou que talvez eu pudesse ter algumas ideias interessantes.

— Ah – fez Poirot –, ela não pediu dessa vez que a senhora elaborasse um caso de assassinato para ser desvendado?

— Graças a Deus, não – respondeu a sra. Oliver. – O senhor acha que eu voltaria a fazer tal coisa?

— Acho pouco provável.

— Mas aconteceu, isso é que é pior – disse a sra. Oliver. – Mas não poderia ter acontecido justamente porque *eu* estava lá, poderia?

— Não creio. Pelo menos... Alguém na festa sabia quem era a senhora?

— Sim – retrucou a sra. Oliver. – Uma das crianças falou alguma coisa sobre meus livros e que gostava de assassinatos. Foi assim que... bem, foi isso que levou ao fato... quer dizer, ao motivo que me trouxe aqui.

— E que a senhora ainda não me contou.

— No início, não pensei muito a respeito. Não fiquei pensando naquilo. Às vezes, as crianças fazem coisas estranhas mesmo. Digo, existem crianças estranhas por aí, crianças que... bem, já cheguei a pensar na possibilidade de crianças que saíram de lugares para doentes mentais e foram mandadas de volta para casa, sendo obrigadas a levar uma vida normal. Até que um belo dia elas cometem uma atrocidade dessas.

— Havia alguns adolescentes lá, não havia?

— Havia dois rapazes, ou menores, como costumam chamá--los nos boletins de ocorrência. Deviam ter dezesseis, dezessete anos.

— Suponho que um deles possa ter cometido o crime. É isso o que a polícia acha?

— Eles não dizem o que acham – contou a sra. Oliver –, mas dão a impressão de que acham isso.

— Essa Joyce era uma menina atraente?

— Não – respondeu a sra. Oliver. – O senhor quer dizer atraente para os meninos?

— Não – respondeu Poirot. – O sentido comum da palavra.

— Não acho que fosse uma menina muito simpática, não – comentou a sra. Oliver. – Não tinha cara de ser dada a conversas. Era do tipo que gosta de se exibir, de se gabar. Acho que é uma idade meio maçante. Parece indelicado de minha parte dizer isso, mas...

– Não é indelicado no crime dizer como era a vítima – esclareceu Poirot. – É deveras necessário. A personalidade da vítima é a causa de grande parte dos crimes. Quantas pessoas havia na casa na ocasião?

– O senhor se refere à festa e tudo mais? Bem, calculo que houvesse cinco ou seis mulheres, algumas mães, uma professora, a esposa ou irmã de um médico, acho, um casal de meia-idade, os dois rapazes de dezesseis, dezessete anos, uma menina de quinze, duas ou três de onze ou doze... mais ou menos isso. Deviam ser umas vinte e cinco, trinta pessoas no total.

– Algum desconhecido?

– Todos se conheciam, acho. Alguns mais do que outros. Acho que a maioria das meninas estudava na mesma escola. Havia mais duas mulheres que vieram ajudar com a comida, o jantar, coisas desse tipo. No final da festa, a maioria das mães foi para casa com suas filhas. Fiquei com Judith e mais umas duas senhoras para ajudar Rowena Drake, a mulher que deu a festa, a limpar um pouco, de modo a não deixar tanta bagunça para as faxineiras que viriam no dia seguinte. Havia muita farinha, papéis de biscoito e outras coisas espalhadas. Varremos um pouco e chegamos à biblioteca por último. Foi aí que... que a encontramos. E, naquele momento, eu me lembrei do que ela dissera.

– Quem?

– Joyce.

– O que foi que ela disse? Estamos chegando perto, não? Estamos chegando ao motivo que a trouxe aqui.

– Sim. Julguei que aquilo não significaria nada para... um médico, para a polícia ou qualquer outra pessoa, mas achei que poderia significar algo para o senhor.

– *Eh bien* – disse Poirot –, conte-me, então. Foi alguma coisa que Joyce disse na festa?

– Não... mais cedo naquele dia. À tarde, quando estávamos arrumando as coisas. Foi depois que eles falaram sobre meus romances policiais. Joyce disse: "Eu já vi um assassinato", e sua

mãe ou alguém a cortou: "Não diga bobagens, Joyce". Uma das meninas mais velhas chegou a dizer: "Você está inventando". Mas Joyce insistiu: "Não. Eu vi. Eu vi. Estou dizendo. Eu vi. Eu vi alguém cometendo um assassinato". Ninguém acreditou nela. Todos acharam graça, e ela ficou com raiva.
— A *senhora* acreditou nela?
— Não, claro que não.
— Entendo — disse Poirot —, entendo. — Fez silêncio por um instante, tamborilando com os dedos na mesa. — Ela não deu nenhum detalhe... nenhum nome? — perguntou em seguida.
— Não. Exaltou-se um pouco, gritando, zangada, porque a maioria das meninas ria dela. As mães, acho, e as pessoas mais velhas irritaram-se bastante com ela. Mas as meninas e os rapazes ficaram rindo, dizendo coisas do tipo: "Que mais, Joyce? Quando foi isso? Por que você nunca nos contou nada?" E Joyce respondeu: "Faz tanto tempo que acabei me esquecendo".
— Ah! Ela disse quanto tempo?
— "Há anos", ela disse, com jeito de adulta. "Por que você não foi contar à polícia?", perguntou uma das meninas. Ann, acho, ou Beatrice. Uma garota meio presunçosa, que se julga superior.
— Ah! E o que ela respondeu?
— Ela disse: "Porque eu não sabia na época que *era* um assassinato".
— Uma observação muito interessante — disse Poirot, aprumando-se na cadeira.
— Ela ficou um pouco confusa nesse momento, creio. Tentando se explicar e furiosa porque todos caçoavam dela. Eles continuaram perguntando por que ela não tinha avisado a polícia, e ela continuou dizendo: "Porque eu não sabia na época que era um assassinato. Só depois de um tempo é que me dei conta do que tinha visto".
— Mas ninguém parecia acreditar nela, nem mesmo a senhora. Ao encontrá-la morta, porém, a senhora sentiu que talvez ela estivesse dizendo a verdade. É isso?

– Exatamente isso. Eu não sabia o que fazer ou o que poderia fazer. Mais tarde, então, lembrei do senhor.

Poirot inclinou a cabeça num gesto grave de agradecimento. Ficou em silêncio por um ou dois minutos e disse em seguida:

– Preciso lhe fazer uma pergunta muito séria e quero que a senhora pense bem antes de responder. A senhora acha que aquela menina *realmente* viu um assassinato? Ou acha que simplesmente *acreditava* ter visto um assassinato?

– Acho que realmente viu – respondeu a sra. Oliver. – Não achava na ocasião. Julguei que ela estivesse apenas se lembrando vagamente de algo que vira alguma vez, e agora dramatizava para dar mais emoção e importância à história. Ela afirmou com muita veemência: "Eu *vi*, estou dizendo. Eu vi o que aconteceu".

– E então?

– Então eu vim falar com o senhor – disse a sra. Oliver –, porque a única forma de explicar a morte dela é admitir a existência de um assassinato anterior do qual ela foi testemunha.

– Isso implicaria em certas coisas. Implicaria que um dos convidados da festa tivesse cometido o assassinato e que essa mesma pessoa tivesse estado ali durante o dia e ouvido o que Joyce dissera.

– O senhor não acha que estou imaginando coisas, acha? – perguntou a sra. Oliver. – Acha que tudo isso pode ser apenas fruto da minha imaginação fértil?

– Uma menina foi assassinada – afirmou Poirot. – Assassinada por alguém forte o suficiente para manter sua cabeça enfiada numa bacia de água. Um assassinato revoltante, cometido, como se diz, "sem tempo a perder". Alguém se sentiu ameaçado e agiu o mais rápido possível.

– Joyce não tinha como saber quem cometeu o assassinato que ela viu – lembrou a sra. Oliver. – Se soubesse que o criminoso estava presente, não teria dito o que disse.

– É verdade – concordou Poirot. – A senhora tem razão nesse ponto. Ela viu um assassinato, mas não viu o rosto do assassino. Precisamos ir além disso.

– Não entendo direito o que o senhor quer dizer.

– Pode ser que alguém presente ali durante o dia e que tenha ouvido a acusação de Joyce soubesse do assassinato, soubesse quem era o assassino. Talvez fosse uma pessoa próxima do assassino. Essa pessoa talvez acreditasse ser a única a saber do que sua esposa fizera, ou sua mãe, sua filha, seu filho. Ou pode ter sido uma mulher que sabia o que o marido, a mãe, a filha ou o filho fizera. Alguém que achava que ninguém mais sabia. Até Joyce começar a falar...

– E então...

– Joyce tinha que morrer.

– Sim. O que o senhor fará?

– Acabei de me lembrar – disse Hercule Poirot – por que o nome Woodleigh Common me pareceu familiar.

Capítulo 5

Hercule Poirot olhou pelo pequeno portão que dava acesso ao Monte dos Pinheiros. Era uma pequena casa moderna e elegante, muito bem construída. Hercule Poirot estava ligeiramente ofegante. A linda casinha a sua frente tinha um nome bastante apropriado: situava-se no alto de uma colina coberta de pinheiros esparsos. Tinha um jardim bem cuidado, onde um homem grande e idoso empurrava um grande regador de estanho galvanizado.

O cabelo do inspetor Spence estava agora todo grisalho, em vez de ter apenas alguns fios brancos nas têmporas. A circunferência da barriga não havia diminuído muito. O inspetor Spence parou o que estava fazendo e olhou para o visitante no portão. Hercule Poirot estava imóvel.

– Meu Deus do céu – exclamou o inspetor Spence. – Não pode ser, mas é. Só pode ser. Hercule Poirot, em carne e osso!

– Ah, você me conhece – disse Hercule Poirot. – Isso é muito gratificante.

– Que seu bigode não diminua jamais – disse Spence, largando o regador e dirigindo-se ao portão. – Malditas ervas daninhas – exclamou. – E o que o traz aqui?

– O que me levava a muitos lugares no meu tempo – respondeu Hercule Poirot – e o que uma vez, muitos anos atrás, *o* levou a *me* procurar. Assassinato.

– Não cuido mais de assassinatos – disse Spence –, exceto no caso das ervas daninhas. É o que estou fazendo agora: matando-as com herbicida. Não é tão fácil como parece. Há sempre algo errado, geralmente o tempo. Não pode estar úmido demais, nem seco demais. Essas coisas. Como você me encontrou? – indagou, abrindo o portão para Poirot entrar.

– Você me mandou um cartão de Natal, com seu novo endereço impresso.

– Ah, sim, é verdade. Sou antiquado. Gosto de enviar cartões no Natal para alguns velhos amigos.

– Obrigado pela parte que me toca – disse Poirot.

– Estou velho agora – disse Spence.

– Nós dois estamos velhos.

– Mas na sua cabeça não se vê tanto cabelo branco.

– Cuido disso com uma tintura – confessou Poirot. – Não há nenhuma necessidade de aparecer em público com o cabelo grisalho, a menos que o sujeito queira.

– Bem, não acho que eu ficaria bem com o cabelo preto a esta altura – disse Spence.

– Concordo – disse Poirot. – Você está muito elegante grisalho.

– Não consigo me ver como uma pessoa elegante.

– Pois eu acho. Por que veio morar em Woodleigh Common?

– Na verdade, vim para ficar com minha irmã. Resolvemos juntar forças. Ela perdeu o marido, os filhos estão casados e moram no exterior, um na Austrália e o outro na África do Sul. Então, me mudei para cá. As pensões deixam a desejar hoje em dia, mas vivemos uma vida bastante confortável juntos. Sente-se, por favor.

Spence o conduziu a uma pequena varanda envidraçada, onde havia cadeiras e uma ou duas mesas. O sol de outono caía agradavelmente, iluminando o local.

– O que lhe sirvo? – perguntou Spence. – Não tenho nada muito elaborado. Não há groselha, xarope de rosas ou alguma daquelas suas bebidas patenteadas. Cerveja? Ou peço a Elspeth para fazer um chá? Quer um *shandy*, uma coca-cola, um chocolate? Minha irmã, Elspeth, adora chocolate.

– Você é muito gentil. Aceito um *shandy*. A cerveja de gengibre e a cerveja. Uma boa pedida, não?

– Perfeito!

Spence entrou em casa e voltou pouco tempo depois com dois grandes canecos de vidro.

– Vou tomar com você – disse.

Aproximou uma cadeira da mesa e sentou-se, colocando os dois canecos na frente deles.

– O que foi que você disse ainda há pouco? – perguntou, levantando seu caneco. – Não brindaremos aos crimes. Já cansei de crimes, e se você se refere ao crime que suponho, e imagino que sim, porque não me lembro de nenhum outro crime recente, não gosto desse tipo específico de assassinato.

– Evidentemente.

– Estamos falando da criança que foi morta afogada numa bacia com água, não?

– Sim – confirmou Poirot. – É exatamente disso que estamos falando.

– Não sei por que você veio falar comigo – disse Spence. – Não tenho nada a ver com a polícia hoje em dia. Tudo aquilo acabou há muitos anos.

– Uma vez policial, sempre policial – disse Poirot. – Quer dizer, há sempre o ponto de vista do policial por trás do ponto de vista do homem comum. Falo por experiência própria. Também comecei como policial em meu país.

– Sim, é verdade. Lembro que já me disse isso. Bom, acho que nosso ponto de vista está um pouco distorcido, mas há muito tempo que não exerço nenhuma atividade na área.

– Mas você deve ouvir o que falam por aí – disse Poirot. – Você tem amigos na profissão, deve ouvir o que eles pensam, suspeitam ou sabem.

Spence suspirou.

– Sabemos demais – disse. – Esse é um dos problemas de hoje. Acontece um crime, um crime que segue um determinado padrão, e os policiais sabem muito bem o provável autor do crime. Eles não contam à imprensa, mas fazem seus inquéritos e *sabem*. Para ir além disso, as coisas já começam a complicar.

– Você se refere à esposa, à namorada, esse tipo de coisa?

— Em parte, sim. No final, talvez, consigam chegar ao sujeito. Às vezes, passa-se um ano ou dois. Atrevo-me a dizer, sabe, Poirot, que as moças hoje em dia se casam com tipos errados mais do que no meu tempo.

Hercule Poirot considerou a ideia, alisando o bigode.

— Sim — disse —, concordo com você. Tenho a impressão de que as moças sempre tiveram uma tendência para o mau caminho, como você diz, mas no passado havia salvaguardas.

— É verdade. Elas estavam sempre sendo observadas, pela mãe, pelas tias, pelas irmãs mais velhas, pelos irmãos mais novos. O pai expulsava os maus elementos de casa sem cerimônia. Às vezes, claro, uma ou outra fugia com um tipo indesejável. Hoje em dia, nem há motivo para isso. Os pais não sabem com quem a filha está saindo. Os irmãos sabem, mas pensam: "Azar o dela". Se os pais não aprovam o casamento, o casal comparece diante de um juiz de paz e consegue permissão para se casar. No momento em que fica evidente para todos, inclusive para a esposa, que o jovem que todo mundo já sabia que era um mau elemento é um mau elemento mesmo, é tarde! Mas amor é amor. A moça não vai querer admitir que seu marido tem esses hábitos horrorosos, essas tendências criminosas. Ela mentirá por ele, jurará de pés juntos. Sim, é difícil. Difícil para nós, veja bem. Mas não adianta nada ficar aqui dizendo que as coisas eram melhores antigamente. Talvez seja só um pensamento. De qualquer maneira, Poirot, como é que você se envolveu nisso tudo? Você não mora aqui, não é? Sempre achei que morasse em Londres. Pelo menos morava quando o conheci.

— Ainda moro em Londres. Vim para cá a pedido de uma amiga, a sra. Oliver. Você se lembra dela?

Spence levantou a cabeça, fechou os olhos e parecia refletir.

— Sra. Oliver? Acho que não.

— Ela é escritora. Escreve romances policiais. Você a conheceu na época em que me persuadiu a investigar o assassinato da sra. McGinty. Lembra-se da sra. McGinty?

– Claro que lembro! Mas já faz muito tempo. Você me ajudou bastante naquela ocasião, Poirot, bastante. Fui pedir sua ajuda, e você não me decepcionou.

– Senti-me honrado, lisonjeado, com o fato de você ter vindo me consultar – lembrou Poirot. – Devo admitir que perdi a esperança uma ou duas vezes. O homem que tínhamos que salvar – salvar seu pescoço, creio, já passou muito tempo – era um sujeito difícil de ajudar. O típico exemplo de alguém que não faz nada útil para si mesmo.

– Casou-se com aquela menina, não? A beberrona. Não a brilhosa com o cabelo oxigenado. Será que continuaram juntos? Tem alguma notícia deles?

– Não – respondeu Poirot. – Mas acho que está tudo bem com eles.

– Não entendo o que ela viu nele.

– É difícil – disse Poirot –, mas um dos grandes consolos da natureza é que o homem, por mais feio que seja, sempre encontrará uma mulher que o achará atraente. Resta-nos torcer para que eles se casem e vivam felizes para sempre.

– Não acho que seriam capazes de viver felizes para sempre se tivessem que trazer a sogra para morar com eles.

– É verdade – concordou Poirot. – Ou o padrasto – acrescentou.

– Bem – disse Spence –, já estamos falando dos velhos tempos de novo. Tudo aquilo acabou. Sempre achei que aquele homem, não me lembro do nome dele, deveria ter aberto uma empresa funerária. Ele parecia levar jeito. De repente abriu mesmo. A moça tinha dinheiro, não? Sim, ele seria um excelente agente funerário. Consigo visualizá-lo, todo de preto, organizando o funeral. Talvez se entusiasmasse até com o tipo de madeira para fazer os caixões. Por outro lado, acho que jamais seria um bom corretor de seguros ou imóveis. Mas deixemos o passado para trás. – Fez uma breve pausa e disse repentinamente: – Sra. Oliver. Ariadne Oliver. *Maçãs*. Foi assim que ela se meteu nessa história? A coitadinha da criança foi afogada numa bacia cheia de maçãs flutuantes, numa festa, não foi? Foi isso o que interessou à sra. Oliver?

— Não creio que ela tenha se envolvido particularmente por causa das maçãs — afirmou Poirot —, mas ela estava na festa.

— Você disse que ela mora aqui?

— Não, ela não mora aqui. Ela estava na casa de uma amiga, a sra. Butler.

— Butler? Sim, sei quem é. Mora perto da igreja. É viúva. O marido era piloto comercial. Tem uma filha. Uma menina muito bonita. Educada. A sra. Butler é uma senhora bastante atraente, não acha?

— Mal a vi, mas, sim, ela é bonita.

— E como você se meteu nessa história, Poirot? Nem estava aqui quando aconteceu.

— Não. A sra. Oliver foi me procurar em Londres, bastante atordoada, querendo que eu fizesse alguma coisa.

O inspetor Spence esboçou um ligeiro sorriso.

— Entendo. Sempre a mesma história. Fui procurá-lo, também, porque queria que você fizesse alguma coisa.

— E dei um passo a mais — disse Poirot. — Agora *eu* vim procurá-*lo*.

— Porque quer que eu faça alguma coisa? Estou avisando, não há nada que eu possa fazer.

— Há, sim. Você pode me contar tudo sobre os envolvidos, sobre as pessoas que moram aqui, sobre as pessoas que foram à festa; sobre os pais e as mães das crianças que estavam na festa; sobre a escola, os professores, os advogados, os médicos. Alguém, durante a festa, induziu uma criança a se ajoelhar, talvez lhe dizendo, sorrindo: "Vou lhe mostrar a melhor maneira de pegar uma maçã com os dentes. Tenho um truque". E, então, essa pessoa, que não sabemos se é homem ou mulher, colocou a mão na cabeça da menina. Não deve ter havido muita luta ou barulho.

– Uma coisa repugnante – disse Spence. – Foi o que pensei quando soube. O que você quer saber? Moro aqui há um ano. Minha irmã está aqui há mais tempo, dois ou três anos. Não é uma cidade grande. Também não é um lugar muito estável. As pessoas estão sempre indo e vindo. Os homens trabalham em Medchester, em Great Canning ou em algum outro lugar dos arredores. As crianças frequentam a escola local. Até o dia em que o pai muda de emprego, e a família toda se muda. Não é uma comunidade muito estável, como eu disse. Algumas pessoas moram aqui há muito tempo. É o caso da a srta. Emlyn, a professora, e do dr. Ferguson. Mas, de um modo geral, a população oscila muito.

– Concordando em relação ao fato de que o crime foi um acontecimento detestável – disse Poirot –, suponho que saiba quem são as pessoas detestáveis daqui.

– Sim – confirmou Spence. – É a primeira coisa que procuramos, não? E o passo seguinte é procurar um adolescente desagradável capaz de fazer uma coisa dessas. Quem desejaria estrangular, afogar ou eliminar uma garota de treze anos? Aparentemente, não foi encontrado nenhum indício de violação sexual ou coisa do gênero, o que seria a primeira coisa a aparecer. Hoje em dia, toda cidade pequena ou aldeia está cheia de casos assim. Nesse ponto, repito, acho que atualmente está muito pior do que nos meus tempos de juventude. Tínhamos nossos desequilibrados mentais, ou sei lá como os chamam, mas não tantos quanto hoje. Imagino que muitos estejam fora do lugar onde deveriam estar em segurança. Nossos sanatórios estão superlotados. Por isso, os médicos dizem: "Que eles levem uma vida normal. Podem voltar para casa, para o lado de seus entes queridos", esse tipo de coisa. Aí um sujeito desses, destrambelhado (ou um pobre desgraçado atormentado, depende de como enxergamos), é acometido por um impulso novamente, e a jovem que saíra toda lépida a passear é encontrada morta numa pedreira, ou talvez tenha sido tola de dar uma carona para qualquer um. Crianças que não voltam para casa depois da escola porque aceitaram carona de um estranho, embora os pais tivessem dito para não aceitar caronas de estranhos. Sim, isso acontece muito hoje em dia.

– Isso se enquadra no padrão que temos aqui?

– Bem, é a primeira coisa em que se pensa – disse Spence. – Alguém na festa foi acometido por um impulso, digamos. Talvez já tivesse feito isso antes, talvez tivesse apenas o desejo. Arrisco-me a dizer que haverá um histórico de ataque infantil em algum lugar. Até onde eu sei, ninguém relatou nada a respeito. Não oficialmente, digo. Havia dois rapazes na festa com a idade propícia. Nicholas Ransom, um jovem bonito, de dezessete ou dezoito anos. Tinha a idade certa. Ele vem da Costa Leste, acho. Parece um bom rapaz, um jovem normal, mas vai saber? E Desmond, internado uma vez devido a um relatório psiquiátrico, mas não acho que ele esteja envolvido. Sabemos que foi alguém na festa, embora qualquer pessoa possa ter entrado depois, suponho. Uma casa não costuma ficar trancada durante uma festa. Há sempre uma porta ou uma janela lateral aberta. Um de nossos indivíduos insensatos pode ter chegado para ver o que estava acontecendo e aproveitou para entrar. Um grande risco. Será que uma criança concordaria em brincar de pesca das maçãs com alguém que ela *não* conhece? De qualquer maneira, não explicou ainda, Poirot, como se envolveu nessa história. Disse que foi por causa da sra. Oliver. Alguma ideia extravagante dela?

– Não diria uma ideia extravagante – corrigiu Poirot. – É verdade que os escritores gostam de ideias fantásticas, no extremo da probabilidade. Mas, nesse caso, foi somente algo que ela ouviu a menina dizer.

– Que menina? Joyce?

– Sim.

Spence inclinou-se para a frente e olhou para Poirot de modo inquisitivo.

– Vou lhe contar – disse Poirot.

Poirot contou, de maneira calma e sucinta, a história que a sra. Oliver lhe relatara.

– Compreendo – disse Spence, alisando o bigode. – A menina disse isso, é? Disse que viu um assassinato? Por acaso ela disse quando e como?

– Não – respondeu Poirot.

– O que a levou a falar?

– Alguma observação, creio, sobre os crimes dos livros da sra. Oliver. Alguém disse alguma coisa a respeito à sra. Oliver. Uma das crianças, parece, comentou que não havia sangue suficiente nos livros dela, nem cadáveres. Aí Joyce começou a falar, dizendo que já havia presenciado um assassinato.

– Gabando-se disso? É a impressão que você está me dando.

– Foi a impressão que a sra. Oliver teve. Sim, ela se gabava do fato.

– Poderia não ser verdade.

– Exato. Talvez não fosse verdade – concordou Poirot.

– As crianças costumam fazer essas declarações chocantes quando querem chamar a atenção ou causar impacto. Por outro lado, pode ser verdade. É isso o que você acha?

– Não sei – disse Poirot. – Uma criança que se gaba de ter testemunhado um assassinato. Poucas horas depois, essa criança está morta. Devemos admitir que existem motivos para acreditar que poderia ser verdade, uma ideia um pouco disparatada, talvez, mas pode ter sido causa e efeito. Nesse caso, a pessoa não perdeu tempo.

– Certamente – concordou Spence. – Quantas pessoas estavam presentes no momento em que a menina se referiu ao crime, você sabe exatamente?

– Segundo a sra. Oliver, devia haver umas quatorze, quinze pessoas, talvez um pouco mais. Cinco ou seis crianças, cinco ou seis adultos organizando a festa. Mas, para ter a informação exata, conto com você.

– Bem, isso é fácil – disse Spence. – Não tenho como lhe dar essa informação agora, mas consigo obtê-la com as pessoas daqui. Em relação à festa em si, já sei bastante coisa. A maioria dos presentes eram mulheres. Os pais não frequentam muito festas infantis. Participam, às vezes, ou vão buscar os filhos. O dr. Ferguson estava lá, assim como o vigário. Além deles, mães, tias, assistentes sociais, duas professoras. Posso lhe dar uma lista. Havia cerca de quatorze crianças. Os mais novos não tinham mais de dez anos, e os mais velhos já eram adolescentes.

– E suponho que você poderia apontar os suspeitos entre eles, não? – perguntou Poirot.

– Bem, não será tão fácil agora, se a sua ideia se confirmar.

– Você quer dizer que não está mais à procura de pessoas com distúrbios sexuais, não é? A busca agora é por alguém que tenha cometido um assassinato e escapado impune, alguém que jamais pensou que poderia ser descoberto e que, de repente, recebeu esse choque.

– Se pelo menos eu pudesse ter uma ideia de quem poderia ter sido... – disse Spence. – Mas não me consta que tenhamos prováveis assassinos aqui. E mais, nada de espetacular no âmbito dos assassinatos.

– Podemos ter prováveis assassinos em qualquer lugar – disse Poirot. – Ou, melhor, assassinos improváveis, mas assassinos. Porque assassinos improváveis não costumam levantar suspeitas. De um modo geral, não há muitas provas contra eles, e seria um tremendo choque para um assassino desses descobrir que houve uma testemunha ocular em seu crime.

– Por que Joyce não disse nada na época? Isso é que eu gostaria de saber. Será que alguém a forçou a ficar em silêncio? Seria arriscado demais.

– Não – disse Poirot. – Pelo que entendi da sra. Oliver, Joyce não percebeu, na ocasião, que *era* um assassinato.

– Isso sim que é improvável – disse Spence.

– Não necessariamente – objetou Poirot. – Quem falava era uma criança de treze anos, lembrando de algo que viu no passado. Não sabemos exatamente quando. Pode ter sido três ou quatro anos antes. Ela viu algo, mas não se deu conta de seu verdadeiro significado. Isso poderia se aplicar a muitas coisas, *mon cher*. Um acidente de carro, por exemplo. Uma pessoa atropela a outra, ferindo-a ou até matando-a. Uma criança talvez não percebesse que *foi* de propósito *na ocasião*. Mas alguma coisa que alguém disse, ou algo que ela viu ou ouviu um ou dois anos mais tarde, pode ter despertado sua memória. "A, B ou X fez aquilo *de propósito*", pensa a criança. "Talvez tenha sido um assassinato mesmo, não só um acidente." E existem diversas outras possibilidades. Algumas, admito, sugeridas pela minha amiga, a sra. Oliver, que é capaz de apresentar umas doze soluções diferentes para tudo, a maioria pouco provável, mas todas possíveis. Comprimidos adicionados a uma xícara de café. Esse tipo de coisa. Um empurrão, talvez, num lugar perigoso. Vocês não têm penhascos aqui, o que é uma pena do ponto de vista das prováveis teorias. Sim, acho que poderia haver inúmeras possibilidades. Talvez tenha sido algum conto policial que a menina leu, concentrando-se num determinado incidente. Pode ter sido um incidente que a intrigou na época. Ao ler a história, ela pensou: "Bem, *aquilo* pode ter sido assim. E se tiver sido de propósito?". Sim, existem muitas possibilidades.

– E você veio aqui investigá-las?

– Seria do interesse público, creio. Você não acha? – perguntou Poirot.

– Ah, devemos ser dotados de espírito público, não? Você e eu?

– Você pode ao menos me dar informações – disse Poirot. – Você conhece as pessoas daqui.

– Farei o que puder – garantiu Spence. – E vou dar corda em Elspeth. Ela sabe quase tudo sobre as pessoas daqui.

Capítulo 6

Satisfeito com o que conseguira, Poirot despediu-se do amigo.

As informações que desejava viriam, não tinha dúvida disso. Spence ficara interessado. E Spence, uma vez decidido, não era homem de voltar atrás. Sua reputação de oficial de alto posto aposentado do Departamento de Investigação Criminal rendera-lhe amigos nos departamentos de Polícia da região.

Poirot consultou o relógio. Precisava encontrar-se com a sra. Oliver em dez minutos, numa residência chamada Casa das Macieiras. Um nome estranhamente apropriado.

Realmente, pensou Poirot, não dava mesmo para fugir das maçãs. Nada poderia ser mais agradável do que uma suculenta maçã inglesa. Mas ali, as maçãs misturavam-se com cabos de vassoura, bruxas, antigos folclores e uma criança assassinada.

Seguindo o caminho indicado, Poirot chegou pontualmente a uma casa georgiana de tijolos vermelhos, com uma cerca viva bem cuidada circundando um lindo jardim.

Esticou a mão, levantou o trinco e entrou pelo portão de ferro forjado que trazia uma placa pintada com os dizeres "Casa das Macieiras". Uma vereda conduzia à porta da frente. À semelhança daqueles relógios suíços em que figuras saem automaticamente por uma portinhola acima do mostrador, a porta de entrada se abriu e a sra. Oliver apareceu nos degraus.

– O senhor é muito pontual – disse esbaforida. – Estava esperando-o na janela.

Poirot virou-se e fechou o portão com cuidado. Praticamente toda vez que eles se encontravam, em encontro marcado ou por acaso, surgia o tema das maçãs. Ou a sra. Oliver estava comendo uma maçã, ou acabara de comer – conforme testemunhava a semente de maçã pousada em seus seios fartos –, ou estava carregando uma sacola com essas frutas. Mas dessa vez não havia nenhum sinal de maçã. Está certo, pensou Poirot. Seria de muito mau gosto comer uma maçã ali, no cenário do que tinha sido não só um crime, mas uma tragédia. E para o que mais aquele lugar serviria?, pensava Poirot. A repentina morte de uma criança de apenas treze anos. Ele não gostava de pensar nisso. E como não gostava de pensar nisso, sabia que era exatamente nisso que iria pensar até que, de uma forma ou outra, alguma luz brilhasse na escuridão e ele enxergasse claramente o que viera enxergar ali.

– Não entendo por que o senhor não quis ficar com Judith Butler – disse a sra. Oliver –, em vez de ir para um hotel de quinta categoria.

– Porque é melhor eu analisar as coisas com um certo grau de distanciamento – explicou Poirot. – Não devemos nos envolver, se é que me entende.

– Não vejo como pode evitar esse envolvimento – disse a sra. Oliver. – O senhor precisa falar com todo mundo, não precisa?

– Sem dúvida – respondeu Poirot.

– Com quem o senhor já falou até agora?

– Com meu amigo, o inspetor Spence.

– Como ele está? – perguntou a sra. Oliver.

– Bem mais velho do que antes – respondeu Poirot.

– Claro – disse a sra. Oliver. – Como poderia ser de outra forma? Está mais surdo, mais cego, mais gordo, mais magro?

Poirot pensou um pouco.

– Perdeu peso. Usa óculos para perto. Não creio que esteja surdo, pelo menos não se percebe.

– E o que ele acha de tudo isso?

– A senhora está indo depressa demais – interrompeu Poirot.

– E o que vocês dois farão exatamente?

– Já planejei meu programa – disse Poirot. – Primeiro, fui falar com meu velho amigo. Pedi-lhe que me ajudasse, que conseguisse algumas informações que, de outro modo, não seria fácil obter.

– Ou seja, a polícia aqui será de companheiros dele, e ele conseguirá muitas informações internas dessa forma, é isso?

– Bem, eu não teria dito exatamente nesses termos, mas sim, em linhas gerais, foi nisso que pensei.

– E depois?

– Vim encontrá-la aqui, madame. Preciso ver exatamente onde o fato aconteceu.

A sra. Oliver virou a cabeça em direção à casa.

– Não parece o tipo de casa onde aconteceria um assassinato, concorda? – perguntou ela.

"Que instinto infalível ela tem!", pensou Poirot.

– Concordo – respondeu ele. – Não parece mesmo. Depois de ter visto *onde*, irei com a senhora encontrar a mãe da menina morta. Vou escutar o que ela tem a me dizer. Esta tarde, meu amigo Spence vai marcar um encontro num horário conveniente para eu falar com o inspetor local. Gostaria também de falar com o médico daqui. Se for possível, com a diretora da escola também. Às seis, estarei na casa de meu amigo Spence e sua irmã, tomando chá, comendo algumas salsichas e discutindo o caso.

– O que mais o senhor acha que ele conseguirá lhe contar?

– Quero conhecer sua irmã. Ela mora em Woodleigh Common há mais tempo do que ele. Spence veio morar com ela quando o marido dela morreu. Ela deve conhecer muito bem as pessoas daqui.

– Sabe com o que o senhor se parece? – perguntou a sra. Oliver. – Com um computador. O senhor está na fase da programação. Não é assim que falam? Digo, o senhor alimenta o sistema o dia inteiro e depois verifica o resultado disso tudo.

– Uma ideia interessante – comentou Poirot. – Sim, sim, faço o papel do computador. Insiro as informações...

– E se o senhor chegar somente a respostas erradas? – indagou a sra. Oliver.

– Impossível – retorquiu Poirot. – Isso não acontece com computadores.

– Não é para acontecer – disse a sra. Oliver –, mas às vezes nos surpreendemos com o que vemos. Minha última conta de luz, por exemplo. Sei que existe um ditado que diz: "Errar é humano", mas um erro humano não é nada comparado ao que um computador pode fazer. Entre, por favor. Venha conhecer a sra. Drake.

A sra. Drake era especial, Poirot pensou. Uma senhora alta, bonita, de quarenta e poucos anos, cabelos dourados entremeados com alguns fios brancos, olhos azuis brilhantes. Tudo nela refletia competência. Qualquer festa que organizasse seria um sucesso. Na sala de estar, uma bandeja com café e dois pãezinhos açucarados os aguardavam.

A Casa das Macieiras era uma casa muito bem cuidada, observou Poirot. Bem mobiliada, com tapetes de primeira qualidade, tudo meticulosamente limpo. Curiosamente, não havia quase nenhum objeto que se destacasse ali. As cores das cortinas e dos estofados eram agradáveis, mas convencionais. A casa poderia ser alugada a qualquer momento por um valor alto, sem a necessidade de tirar qualquer peça preciosa ou fazer qualquer alteração na arrumação dos móveis.

A sra. Drake cumprimentou a sra. Oliver e Poirot, procurando ocultar o que Poirot acabou percebendo, um sentimento de contrariedade, vigorosamente reprimido, por estar na condição de anfitriã de uma ocasião social em que ocorrera algo antissocial como um assassinato. Como membro proeminente da comunidade de Woodleigh Common, Poirot tinha a impressão de que ela devia se sentir frustrada por ter, de certo modo, falhado. O que ocorrera *não* deveria ter ocorrido. Com qualquer outra pessoa em qualquer outra casa, sim. Mas numa festa infantil, preparada por ela, oferecida por ela, organizada por ela, nada daquilo poderia ter acontecido. De uma forma ou outra, ela deveria ter feito algo para que aquilo *não* tivesse acontecido. E Poirot também tinha a impressão de que ela procurava com irritação, no fundo da mente, uma explicação. Não tanto uma explicação para o crime em si.

Ela desejava descobrir e identificar alguma imperfeição da parte de alguém que a estivera ajudando e que, por imprevidência ou desatenção, não percebera que algo semelhante *poderia* acontecer.

– Monsieur Poirot – disse a sra. Drake, com sua voz fina, que Poirot considerou perfeita para uma pequena sala de leitura de um centro social –, estou muito feliz por ter vindo aqui. A sra. Oliver me disse que sua ajuda será de extrema importância nessa terrível crise.

– Fique tranquila, madame. Farei o que puder. Mas a senhora há de compreender, por sua própria experiência de vida, que será um caso difícil.

– Difícil? – repetiu a sra. Drake. – É claro que será difícil. É inacreditável, totalmente *inacreditável* que uma coisa tão horrorosa tenha acontecido. Será que a polícia descobrirá alguma coisa? – perguntou. – O inspetor Raglan tem uma excelente reputação aqui, me parece. Se devem ou não chamar a Scotland Yard, não sei. Aparentemente, a morte daquela criança tem uma importância local. Não preciso lhe dizer, monsieur Poirot – afinal, o senhor lê jornais tanto quanto eu –, que tem havido muitas tristes fatalidades com crianças em todo o país. Parece que estão se tornando cada vez mais frequentes. A instabilidade mental parece estar aumentando, embora deva dizer que as mães e famílias, de um modo geral, não estão cuidando direito de seus filhos, como cuidavam antes. As crianças voltam para casa da escola sozinhas, à noite, saem sozinhas de manhã, quando ainda está escuro. E as crianças, por mais que avisemos, infelizmente esquecem tudo quando lhes oferecem uma carona num carro bonito. Elas acreditam no que lhes dizem. Acho que não temos como evitar isso.

– Mas o que aconteceu aqui, madame, foi algo completamente diferente.

– Oh, eu sei... eu sei. Foi por isso que utilizei o termo "inacreditável". Ainda não consigo acreditar – disse a sra. Drake. – Tudo estava sob controle. Estava tudo preparado. Tudo corria com perfeição, de acordo com o planejado. É inacreditável.

Pessoalmente, tenho a impressão de que deve ter havido o que chamo de significação *externa* para o fato. *Alguém* entrou na casa – o que não era difícil naquelas circunstâncias –, alguém com um sério distúrbio mental, creio, o tipo de pessoa que é liberada do sanatório simplesmente porque não há espaço para acomodar todos os pacientes lá. Hoje em dia, eles estão sempre procurando criar vagas para novos pacientes. Qualquer pessoa que espiasse pela janela veria que estava acontecendo uma festa de criança, e esse pobre desgraçado – se é que devemos realmente sentir pena dessas pessoas, o que me parece muito difícil às vezes – seduziu a menina e a matou. Não conseguimos conceber como algo dessa natureza pode acontecer, mas *aconteceu*.

– A senhora poderia me mostrar onde...
– Claro. Mais café?
– Não, obrigado.

A sra. Drake levantou-se.

– A polícia supõe que o crime tenha acontecido na hora da brincadeira do *snapdragon*, que foi realizada na sala de jantar.

Ela atravessou o corredor, abriu a porta e, como uma guia conduzindo um grupo de turistas, mostrou a grande mesa de jantar e as pesadas cortinas de veludo.

– Estava escuro aqui, evidentemente, exceto pela luz do fogo. E agora...

A sra. Drake levou-os pelo corredor e abriu a porta que dava para uma pequena sala com poltronas, quadros com motivos esportivos e estantes de livros.

– A biblioteca – anunciou a sra. Drake, estremecendo. – A bacia estava *aqui*. Em cima de um plástico, claro...

A sra. Oliver não entrou com eles. Ficou esperando no corredor.

– Não consigo entrar – disse ela a Poirot –, pois me faz pensar demais.

– Não há nada para ver agora – comentou a sra. Drake. – Só estou lhe mostrando *onde*, como o senhor pediu.

– Imagino – disse Poirot – que havia água, uma boa quantidade de água.

– Havia água na bacia, sim – confirmou a sra. Drake, olhando para Poirot como se ele não regulasse muito bem.

– E havia água no plástico. Se a cabeça da criança foi enfiada dentro da bacia, muita água deve ter derramado.

– Ah, sim. Mesmo durante a pesca das maçãs, a bacia teve que ser enchida novamente uma ou duas vezes.

– A pessoa que cometeu o crime também teve que se molhar.

– Sim, sim.

– Isso teria sido notado?

– Não. O inspetor me perguntou isso também. No final da festa, quase todo mundo estava um pouco descabelado, molhado ou sujo de farinha. Não parece haver nenhuma pista útil nesse sentido. É o que diz a polícia.

– É verdade – disse Poirot. – Acho que a única pista deve ser a criança em si. Gostaria que me contasse tudo o que sabe sobre ela.

– Sobre Joyce?

A sra. Drake parecia um pouco surpresa. Era como se Joyce agora estivesse tão distante que a menção de seu nome a pegara desprevenida.

– A vítima é sempre importante – explicou Poirot. – A vítima, muitas vezes, é a *causa* do crime.

– Imagino que sim. Compreendo o que o senhor quer dizer – disse a sra. Drake, que claramente não compreendia. – Vamos voltar à sala de estar?

– E lá a senhora me conta a respeito de Joyce – insistiu Poirot.

Voltaram todos para a sala de estar.

A sra. Drake parecia pouco à vontade.

– Não sei exatamente o que o senhor espera que eu diga, monsieur Poirot – disse ela. – Certamente, o senhor poderia obter todas as informações com a polícia ou com a mãe de Joyce, sem dificuldade. Coitada, deve estar sendo muito doloroso para ela, mas...

– Mas o que eu quero – cortou Poirot – não é a avaliação de uma mãe sobre a filha morta. Quero uma opinião direta e objetiva de alguém que tenha um bom conhecimento da natureza humana. Pelo que me consta, madame, a senhora tem desenvolvido aqui diversas atividades nos campos social e do bem-estar. Tenho certeza de que ninguém seria capaz de resumir com maior propriedade o caráter e o temperamento de alguém que a senhora conhece.

– Bem, é um pouco difícil. As crianças nessa idade – ela estava com treze anos, acho, doze ou treze – são todas muito parecidas.

– Nem tanto! – exclamou Poirot. – Existem grandes diferenças de caráter, de temperamento. A senhora gostava dela?

A sra. Drake deu a impressão de ter achado a pergunta constrangedora.

– Claro... eu... eu gostava dela. Aliás, eu gosto de criança de um modo geral. Como a maioria das pessoas.

– Ah, nesse ponto eu não concordo com a senhora – disse Poirot. – Algumas crianças me parecem bastante malcriadas.

– Concordo. Atualmente a criação dos filhos deixa a desejar. Tudo parece ficar a cargo da escola, e as crianças vivem uma vida de muita permissividade. Escolhem seus próprios amigos e... oh, realmente, monsieur Poirot.

– Ela era uma boa menina ou não? – perguntou Poirot com insistência.

A sra. Drake olhou para ele com expressão de censura.

– O senhor deve se lembrar, monsieur Poirot, que a pobre criança está *morta*.

– Viva ou morta, isso é importante. Se ela fosse uma boa menina, talvez ninguém quisesse matá-la, mas suponhamos que ela não fosse uma boa menina. Alguém pode ter desejado sua morte.

– Bem, imagino... Mas não se trata de uma questão de bondade, não é?

– Poderia ser. Eu soube também que ela afirmou ter visto um assassinato.

– Oh, *aquilo* – disse a sra. Drake, com desdém.

– A senhora não levou a coisa a sério?

– Claro que não. Levar a sério uma besteira dessas.

– E por que ela teria dito isso?

– Bem, acho que, na verdade, estávamos todos empolgados com a presença da sra. Oliver. Você é uma pessoa famosa, querida, não se esqueça disso – disse a sra. Drake, dirigindo-se à sra. Oliver.

A palavra "querida" parecia incluída em sua fala sem qualquer entusiasmo.

– A meu ver, o assunto não teria sido levantado em outras circunstâncias, mas as crianças estavam emocionadas de conhecer uma escritora famosa...

– Então Joyce disse que tinha visto um assassinato – repetiu Poirot, pensativo.

– Sim, ela disse alguma coisa assim. Eu não estava prestando atenção.

– Mas a senhora se lembra de que ela disse.

– Oh, sim, ela disse, sim. Mas eu não acreditei na história – contou a sra. Drake. – Sua irmã fez com que ela se calasse na hora, com razão.

– E ela ficou aborrecida?

– Sim, continuou dizendo que era verdade.

– Na verdade, gabava-se do que dizia.

– De certa forma, sim.

– *Talvez* fosse verdade, suponho – sugeriu Poirot.

– Um contrassenso! Não acredito nisso nem por um minuto – exclamou a sra. Drake. – É o tipo de tolice que Joyce dizia.

– Ela era uma menina tola?

– Bem, era do tipo que gostava de se exibir – disse a sra. Drake. – Queria sempre ter visto mais ou feito mais do que as outras meninas.

– Um caráter não muito adorável – resumiu Poirot.
– Exato – concordou a sra. Drake. – O tipo de criança que você precisa pedir o tempo todo para se calar.
– O que as outras crianças presentes disseram? Elas ficaram impressionadas?
– Riram dela – contou a sra. Drake. – O que piorou as coisas, evidentemente.
– Bem – disse Poirot, levantando-se –, estou feliz por ter me confirmado esse ponto. – Curvou-se educadamente sobre a mão dela. – Adeus, madame. Muito obrigado por me permitir ver o cenário dessa triste ocorrência. Espero que não tenha lhe despertado lembranças desagradáveis.
– Na verdade – disse a sra. Drake –, é muito doloroso lembrar qualquer coisa desse tipo. Eu esperava que nossa festinha terminasse bem. Aliás, estava indo tudo muito bem, todo mundo estava se divertindo, até acontecer essa coisa terrível. Só nos resta tentar esquecer. Foi realmente uma infelicidade Joyce ter falado aquela bobagem sobre assassinato.
– Vocês já tiveram algum assassinato em Woodleigh Common antes?
– Não que eu me lembre – respondeu a sra. Drake, com firmeza.
– Nestes tempos de crimes em que vivemos – disse Poirot –, isso parece algo fora do comum, não parece?
– Bem, acho que houve o caso de um motorista de caminhão que matou um companheiro, algo assim, e o caso de uma garota encontrada enterrada numa pedreira a uns vinte quilômetros daqui, mas isso já faz anos. Foram ambos crimes um tanto sórdidos, e que não chamaram muita atenção. Relacionados ao consumo de álcool, creio eu.
– Em realidade, o tipo de crime difícil de ter sido testemunhado por uma menina de doze ou treze anos.
– Muito improvável, eu diria. E posso lhe assegurar, monsieur Poirot: a afirmação de Joyce foi só para impressionar os

coleguinhas e talvez despertar o interesse de uma pessoa famosa.
– Olhou friamente na direção da sra. Oliver.

– De fato – disse a sra. Oliver –, a culpa foi toda minha, de ter ido à festa.

– Oh, claro que não, minha querida, eu não falei *nesse* sentido.

Poirot suspirou ao sair da casa acompanhado da sra. Oliver.

– Um lugar bastante impróprio para um assassinato – disse ele, enquanto se dirigiam ao portão. – Não tem a atmosfera, o clima obsedante de tragédia, nenhum personagem digno de ser assassinado, embora não consiga deixar de pensar que alguém, ocasionalmente, poderia ter o desejo de matar a sra. Drake.

– Sei o que o senhor quer dizer. Ela chega a ser irritante às vezes. Tão cheia de si e tão complacente.

– Como é o marido dela?

– Oh, ela é viúva. O marido morreu há um ou dois anos. Teve poliomielite e ficou aleijado por anos. Era banqueiro, acho. Gostava muito de jogos e de esportes. Ficou bastante mal de ter que renunciar a tudo isso e virar um inválido.

– Faz sentido. – Poirot retomou o assunto da menina. – Diga-me uma coisa: algum dos presentes levou a sério a história de Joyce sobre o assassinato?

– Não sei. Acho que não.

– As outras crianças, por exemplo.

– Eu estava pensando mesmo nelas. Não, não acho que tenham acreditado no que Joyce disse. Acharam que ela estava inventando.

– A senhora também achou isso?

– Na verdade, sim – disse a sra. Oliver. – Evidentemente – acrescentou –, a sra. Drake gostaria de acreditar que o assassinato nunca aconteceu, mas não acho que ela consiga ir tão longe.

– Imagino que isso tudo deva ser muito penoso para ela.

– Suponho que sim, de certo modo – disse a sra. Oliver –, mas acho que agora ela está começando a gostar de falar no assunto. Não creio que ela goste de ter que evitar isso o tempo todo.

– A senhora gosta dela? – perguntou Poirot. – Considera a sra. Drake uma boa pessoa?

– O senhor faz perguntas difíceis, embaraçosas – disse a sra. Oliver. – Parece que seu único interesse é saber se as pessoas são boas ou não. Rowena Drake é o tipo de mulher mandona, gosta de controlar tudo, pessoas e situações. Ela meio que administra este lugar, me parece. Mas administra de maneira muito eficiente. Depende, se o senhor gosta de mulheres mandonas... Eu não gosto muito.

– E a mãe de Joyce, que veremos agora?

– Uma mulher muito boa. Um pouco ignorante, eu diria. Sinto pena dela. Deve ser terrível ter uma filha assassinada, não? E todo mundo aqui acha que foi um crime sexual, o que piora tudo.

– Mas não havia nenhum indício de violação sexual, pelo que entendi.

– Não, mas as pessoas gostam de pensar nessas coisas. A história fica mais excitante. O senhor sabe como são as pessoas.

– Achamos que sabemos, mas, às vezes... bem, não sabemos de nada.

– Não seria melhor que minha amiga Judith Butler o levasse à casa da sra. Reynolds? Elas se conhecem muito bem. Eu sou uma estranha.

– Faremos conforme o planejado.

– O programa do computador continua em operação – murmurou a sra. Oliver, com certa rebeldia.

Capítulo 7

A sra. Reynolds era totalmente diferente da sra. Drake. Não aparentava nenhuma segurança ou competência, nem a probabilidade de algum dia mudar.

Vestia-se de preto, pelo luto, segurava um lenço úmido na mão e estava pronta a desabar em lágrimas a qualquer momento.

– É muita gentileza sua – disse à sra. Oliver – trazer um amigo aqui para nos ajudar. – Estendeu a mão úmida para Poirot e olhou-o com expressão de dúvida. – E se ele *puder* ajudar de alguma forma, serei muito grata, embora ache que ninguém tenha como ajudar. Nada a trará de volta, coitadinha. É horrível pensar nisso. Como alguém pode matar tão friamente uma criança dessa idade. Se pelo menos ela tivesse gritado... mas acho que ele enfiou a cabeça dela dentro d'água e ficou segurando. Ah, não consigo pensar nisso. Realmente, não consigo.

– Não quero causar-lhe sofrimento, madame. Por favor, não pense nisso. Gostaria apenas de lhe fazer algumas perguntas que poderiam ajudar... ajudar, digo, a encontrar o assassino de sua filha. Suponho que a senhora não tenha nenhuma ideia de quem poderia ser.

– Como poderia ter alguma ideia? Jamais imaginei que houvesse alguém assim morando aqui. Este lugar é tão pacífico, com pessoas tão boas. Acho que deve ter sido algum homem terrível que entrou por uma das janelas. Talvez estivesse drogado. Viu as luzes, percebeu que era uma festa e entrou sem ser convidado.

– A senhora tem certeza de que o criminoso era homem?

– Oh, deve ter sido – a sra. Reynolds parecia chocada. – Tenho certeza de que sim. Não poderia ter sido uma *mulher*, poderia?

– Uma mulher forte.

— Bem, acho que entendo o que o senhor quer dizer. As mulheres são muito mais atléticas hoje em dia. Mas uma mulher não faria uma coisa dessas, tenho certeza. Joyce era só uma criança... de treze anos de idade.

— Não quero incomodá-la, madame, permanecendo muito tempo aqui ou lhe fazendo perguntas difíceis. Isso, tenho certeza, já está sendo feito pela polícia em algum lugar, e não quero perturbá-la relembrando fatos dolorosos. Gostaria apenas de saber a respeito de uma afirmação que sua filha fez na festa. A senhora não estava lá, certo?

— Não estava, não. Não tenho me sentido bem ultimamente, e as festas infantis são muito cansativas. Levei-os lá e depois voltei para buscá-los. Os três foram juntos. Ann, a mais velha, de dezesseis, e Leopold, que está com quase onze. O que foi que Joyce disse?

— A sra. Oliver, que estava lá, lhe dirá exatamente quais foram as palavras de sua filha. Ela disse, se não me engano, que já havia presenciado um assassinato.

— Joyce? Ela não pode ter dito uma coisa dessas. Que assassinato ela poderia ter presenciado?

— Bem, todo mundo parece achar bastante improvável — disse Poirot. — Gostaria de saber se *a senhora* também acha. Ela alguma vez lhe falou sobre o assunto?

— De ter presenciado um *assassinato*? Joyce?

— Devemos lembrar — disse Poirot — que o termo assassinato poderia ter sido usado por alguém na idade de Joyce num sentido muito amplo. Pode ter sido apenas em referência a um atropelamento ou a uma briga de crianças, em que uma empurra a outra dentro de um rio ou do alto de uma ponte. Algo que não foi feito de propósito, mas que teve um resultado infeliz.

— Bem, não consigo pensar em nada semelhante que tivesse acontecido aqui e que Joyce tivesse presenciado. E ela nunca me contou nada a respeito. Devia estar brincando.

— Ela foi muito assertiva — comentou a sra. Oliver. — Ficou dizendo que era verdade, que ela tinha visto um assassinato.

— Alguém acreditou nela? — perguntou a sra. Reynolds.

— Não sei — respondeu Poirot.

— Acho que não — disse a sra. Oliver —, ou talvez não quisessem, digamos, incentivá-la, dizendo que acreditavam.

— Eles pareciam querer caçoar dela, afirmando que ela estava inventando tudo aquilo — disse Poirot, menos compassivo do que a sra. Oliver.

— Bem, isso não foi muito certo da parte deles — disse a sra. Reynolds. — Como se Joyce vivesse inventando coisas desse tipo. — Enrubesceu, indignada.

— Eu sei. Parece improvável — disse Poirot. — O mais provável, suponho, é que ela tenha se enganado, que tenha visto algo que *julgou* ter sido um assassinato. Algum acidente, talvez.

— Ela teria me contado, não acham? — disse a sra. Reynolds, ainda revoltada.

— Seria o lógico — concordou Poirot. — E ela não disse, em nenhum momento do passado? A senhora pode ter se esquecido, sobretudo se não fosse nada importante.

— No passado quando?

— Não sabemos — respondeu Poirot. — Essa é uma das dificuldades. Pode ter sido há três semanas ou há três anos. Ela disse que era "muito pequena" na época. O que uma criança de treze anos considera muito pequena? Não houve nenhum acontecimento fora do normal aqui de que a senhora se lembre?

— Não. Na verdade, ouvimos falar, ou lemos coisas no jornal. Casos de mulheres que foram atacadas ou a história de uma moça e um rapaz. Coisas desse tipo. Mas nada importante de que me lembre, nada que pudesse despertar o interesse de Joyce.

— Mas se Joyce afirmou tão segura que viu um assassinato, a senhora não acha que ela realmente acreditava no que dizia?

— Ela não diria nada, a menos que acreditasse no que dizia — disse a sra. Reynolds. — Ela deve ter realmente se confundido.

— Sim, é possível. Será que eu poderia falar com seus dois filhos que também estavam na festa? – indagou Poirot.

— Claro, apesar de não saber como eles poderão ajudá-lo. Ann está fazendo seu dever de casa lá em cima e Leopold está no jardim montando um avião de modelagem.

Leopold era um menino robusto de rosto rechonchudo e estava totalmente compenetrado na montagem de seu avião. Demorou algum tempo para ele prestar atenção nas perguntas que lhe estavam sendo feitas.

— Você estava lá, não estava, Leopold? Você deve ter ouvido o que sua irmã disse. O que foi que ela disse?

— Ah, o senhor se refere ao assassinato? – perguntou, sem grande entusiasmo.

— Sim, me refiro a isso – respondeu Poirot. – Ela disse que já havia visto um assassinato.

— É claro que ela não viu – disse Leopold. – Que assassinato ela teria visto? Isso era típico de Joyce.

— Como assim?

— Ela gostava de se exibir – contou Leopold, enrolando um pedaço de arame e respirando fortemente pelo nariz, concentrado. – Uma garota muito boba – acrescentou. – Falava qualquer coisa para as pessoas prestarem atenção nela.

— Então você acha que ela inventou tudo?

Leopold desviou o olhar para a sra. Oliver.

— Acho que ela queria impressioná-*la* – disse. – A senhora escreve histórias de detetive, não escreve? Acho que ela falou aquilo para que a senhora desse mais atenção a ela do que aos outros.

— Isso também era típico dela, não? – perguntou Poirot.

— Ah, ela dizia qualquer coisa – disse Leopold. – Aposto que ninguém acreditou nela.

— Você ouviu? Você acha que ninguém acreditou?

— Bem, eu a ouvi falando, mas, na verdade, não prestei muita atenção. Beatrice riu, e Cathie também. Disseram que ela estava inventando.

Não parecia haver muito mais a extrair de Leopold. Subiram atrás de Ann. A menina, que aparentava ter mais de dezesseis anos, estava debruçada sobre uma mesa, com diversos livros de estudo a sua volta.

– Sim, eu estava na festa – ela disse.

– Você ouviu sua irmã dizer alguma coisa a respeito de ter visto um assassinato?

– Ouvi, sim, mas não dei muita atenção.

– Você não achou que fosse verdade?

– É claro que não era verdade. Não acontecem crimes aqui há séculos. Acho que faz anos que não acontece um assassinato propriamente dito.

– Então, por que você acha que ela disse aquilo?

– Ah, ela gosta de se exibir. Gostava. Uma vez, contou uma história mirabolante sobre uma viagem à Índia. Meu tio tinha feito uma viagem à Índia, e ela dizia que tinha ido com ele. Várias meninas na escola *acreditaram* nela.

– Então você não se lembra de ter acontecido aqui nenhum tipo de assassinato nos últimos três ou quatro anos?

– Não, só os corriqueiros – respondeu Ann. – Esses que vemos todos os dias no jornal. E nem foram exatamente *aqui*, em Woodleigh Common. A maioria foi em Medchester, acho.

– Quem *você* acha que matou sua irmã, Ann? Você devia conhecer os amigos dela, deve saber se alguém não gostava dela.

– Não consigo imaginar quem poderia querer matá-la. Só um louco mesmo. Ninguém mais faria uma coisa dessas.

– Será que houve alguma discussão? Você conhece alguém que não se dava bem com sua irmã?

– O senhor está perguntando se Joyce tinha inimigos? Acho isso uma bobagem. As pessoas não têm inimigos, só gente de quem não gostamos.

Quando eles saíram do quarto, Ann disse:

– Não quero falar mal de Joyce, porque ela está morta e não é certo, mas ela era muito mentirosa. Desculpe falar assim de minha irmã, mas é verdade.

– Estamos fazendo algum progresso? – perguntou a sra. Oliver quando deixavam a casa.

– Nenhum – respondeu Hercule Poirot. – Interessante – disse, pensativo.

A sra. Oliver parecia não concordar com ele.

Capítulo 8

Eram seis horas no Monte dos Pinheiros. Hercule Poirot levou um pedaço de salsicha à boca, seguido de um gole de chá. O chá estava forte e, para Poirot, intragável. A salsicha, por outro lado, estava deliciosa, cozida com perfeição. Olhou para o outro lado da mesa, onde a sra. McKay presidia um grande bule de chá.

Elspeth McKay era bastante diferente de seu irmão, o inspetor Spence. Onde ele era largo, ela era angular. Seu rosto magro encarava o mundo com argúcia. Ela era fina como um palito, embora houvesse certas semelhanças entre eles, sobretudo os olhos e a linha acentuada do queixo. Os dois, pensava Poirot, eram confiáveis em termos de julgamento e bom senso. Expressavam-se de modo diferente, mas era só isso. O inspetor Spence falava devagar e com cautela, resultado de bastante ponderação. A sra. McKay ia direto ao assunto, sem rodeios, como um gato atacando um rato.

– Muita coisa depende do caráter dessa criança – disse Poirot. – Joyce Reynolds. É o que mais me intriga.

Olhou de maneira inquisitiva para Spence.

– Não se guie por mim – disse Spence. – Moro aqui há pouco tempo. Melhor perguntar para Elspeth.

Poirot olhou para o outro lado da mesa, de testa franzida, com ar interrogativo. A sra. McKay foi aguda como sempre em sua resposta.

– Eu diria que era uma boa mentirosa, aquela menina.

– Não era o tipo de menina em quem se pode confiar.

– De jeito nenhum – disse Elspeth, sacudindo a cabeça veementemente. – Inventar histórias ela sabia, e inventava bem, diga-se de passagem. Mas nunca acreditei nela.

– Inventava com a intenção de se exibir?

– Exatamente. Já lhe contaram a história da Índia, não? Muita gente acreditou. A família viajou de férias para o exterior. Não sei se foram o pai e a mãe ou o tio e a tia, mas sei que foram à Índia, e ela voltou das férias contando como havia ido com eles. Inventou uma boa história, a respeito de um marajá e uma caçada de tigres, elefantes... era muito interessante. Muita gente acreditou nela. Eu disse logo: ela está inventando mais do que realmente aconteceu. Achei, no início, que ela estivesse apenas exagerando. Mas a história ia crescendo toda vez que ela contava. Havia mais tigres, muito mais tigres do que era possível. E elefantes também, para completar. Eu já tinha visto Joyce inventando histórias antes.

– Sempre para chamar atenção?

– Agora o senhor falou tudo. Ela adorava chamar atenção.

– Só porque a criança inventou uma história de uma viagem que nunca fez – disse o inspetor Spence – não podemos dizer que toda história que ela contava era mentira.

– Talvez não fosse mentira – disse Elspeth –, mas eu diria que a probabilidade de ser era grande.

– Então a senhora acha que se Joyce Reynolds dissesse que viu um assassinato, provavelmente seria uma mentira?

– Exato – respondeu a sra. McKay.

– Você poderia estar enganada – disse o irmão.

– Sim – assentiu a sra. McKay. – Todo mundo pode se enganar. É como a velha história do menino que vivia pedindo ajuda, dizendo que um lobo estava para comê-lo. No dia em que apareceu um lobo de verdade, ninguém acreditou, e o lobo o pegou.

– Resumindo...

– Eu diria que o mais provável é que ela não estivesse falando a verdade. Mas sou uma mulher justa. Talvez estivesse. *Poderia* ter visto algo. Não tanto quanto disse, mas *alguma coisa*.

– E por isso foi morta – concluiu o inspetor Spence. – Você precisa se lembrar disso, Elspeth. Ela foi assassinada.

– É verdade – disse a sra. McKay. – É por isso que estou dizendo que talvez eu esteja julgando errado. Se assim for, peço perdão. Mas perguntem a qualquer pessoa que a conhecia e lhes dirão que ela era uma menina mentirosa. Lembrem-se de que ela estava numa festa e estava empolgada. Queria chamar a atenção.

– De fato, ninguém acreditou nela – disse Poirot.

Elspeth McKay sacudiu a cabeça, em dúvida.

– Quem ela poderia ter visto assassinado? – perguntou Poirot, desviando o olhar do irmão para a irmã.

– Ninguém – respondeu a sra. McKay, com segurança.

– Deve ter havido mortes aqui nos últimos três anos, digamos.

– Isso com certeza – confirmou Spence. – Os casos de sempre: morte de idosos, de inválidos ou talvez algum atropelamento.

– E mortes inesperadas ou fora do comum não?

– Bem... – Elspeth hesitou. – Quer dizer...

Spence tomou a palavra.

– Anotei alguns nomes aqui. – Entregou um papel para Poirot. – Para lhe poupar o trabalho de ficar fazendo perguntas.

– Estas são as prováveis vítimas?

– Não exatamente. Digamos que são algumas possibilidades.

Poirot leu em voz alta.

– Sra. Llewellyn-Smythe. Charlotte Benfield. Jane White. Lesley Ferrier... – Parou nesse ponto, olhou para o outro lado da mesa e repetiu o primeiro nome. Sra. Llewellyn-Smythe.

– Poderia ser – disse a sra. McKay. – Talvez haja algo aí. – Acrescentou uma palavra que soou como "ópera".

– Ópera? – Poirot parecia intrigado. Não tinha ouvido falar de nenhuma ópera.

– Foi embora uma noite – disse Elspeth – e nunca mais se ouviu falar dela.

– A sra. Llewellyn-Smythe?

– Não, não. A menina ópera. Poderia ter colocado alguma coisa no remédio. E ganharia todo o dinheiro, ou pelo menos era o que achava na época, não?

Poirot olhou para Spence em busca de esclarecimento.

– E nunca mais se ouviu falar dela – repetiu a sra. McKay. – Essas estrangeiras são todas iguais.

Poirot entendeu, finalmente, o sentido da palavra "ópera".

– A menina *au pair*, uma cuidadora – disse.

– Exato. Ela morava com a velha. Uma semana ou duas depois da morte dela, a menina sumiu.

– Fugiu com algum homem, eu diria – opinou Spence.

– Bem, isso ninguém soube – disse Elspeth. – E olha que aqui se fala muito. Geralmente as pessoas sabem quem anda com quem.

– Alguém notou algo de errado no caso da morte da sra. Llewellyn-Smythe? – indagou Poirot.

– Não. Ela sofria de problemas cardíacos. Recebia visitas frequentes do médico.

– Mas ela é uma das primeiras da sua lista de possíveis vítimas.

– Bem, era uma mulher rica, muito rica. Sua morte não foi uma surpresa, mas *foi* de repente. O dr. Ferguson ficou um pouco surpreso. Acho que ele esperava que ela vivesse mais. Mas os médicos têm dessas surpresas. A sra. Llewellyn-Smythe não era muito obediente. O dr. Ferguson havia recomendado que ela evitasse se cansar, mas ela não lhe deu ouvidos. Era apaixonada por jardinagem, e isso não ajuda muito quem tem problemas no coração.

Elspeth McKay começou a contar a história.

– Ela mudou-se para cá quando a saúde começou a piorar. Veio para estar perto do sobrinho e da sobrinha, o sr. e a sra. Drake, e comprou a Casa da Pedreira, uma grande casa vitoriana com uma pedreira abandonada, que a atraiu. Ela gastou milhares de libras para transformar a pedreira num jardim rebaixado, não sei como chamam. Contratou um paisagista para projetá-lo. Olha, vale a pena ver.

– Vou lá olhar – disse Poirot. – Quem sabe... Talvez me dê algumas ideias.

– Se fosse o senhor, não deixava de ir. Imperdível.
– E ela era rica, a senhora disse – falou Poirot.
– Era viúva de um grande construtor de navios. Nadava em dinheiro.
– Sua morte não foi uma surpresa, porque ela tinha problemas cardíacos, mas *foi* repentina – disse Spence. – Ninguém duvidou que ela morreu de causa absolutamente natural. Falência cardíaca, ou qualquer que seja o nome que médicos chamam. "Alguma coisa" coronariana.
– E ninguém jamais procedeu a um inquérito?
Spence fez que não com a cabeça.
– Já aconteceu antes – disse Poirot. – Uma senhora idosa recebe a recomendação de tomar cuidado, de não subir nem descer escadas, de não exagerar no trabalho de jardinagem, e assim por diante. Mas uma mulher cheia de energia, que se dedicou a vida inteira à jardinagem e sempre fez o que bem entendia, jamais tratará essas recomendações com o devido respeito.
– É verdade. A sra. Llewellyn-Smythe transformou a pedreira numa maravilha. Aliás, o paisagista. Eles trabalharam no projeto por três ou quatro anos, ele e sua empregadora. Ela havia visto um jardim, na Irlanda, parece, numa excursão de visita a jardins. Com isso em mente, transformaram completamente o lugar. Só vendo para crer.
– Então foi uma morte natural – resumiu Poirot –, atestada pelo médico local. É o mesmo médico que está aqui agora, que verei daqui a pouco?
– Sim, o dr. Ferguson. É um senhor com mais ou menos sessenta anos, muito bom no que faz e bastante estimado na cidade.
– Mas a senhora suspeita, por alguma outra razão que não falamos, que a morte da sra. Llewellyn-Smythe *poderia* ter sido um assassinato?
– A menina ópera – disse Elspeth.
– Como assim?

– Ela deve ter forjado o testamento. Quem o teria forjado senão ela?

– A senhora deve ter mais coisas para me contar – disse Poirot. – Que história é essa de testamento forjado?

– Bem, houve uma certa confusão na hora da legitimação, não sei o nome, do testamento da velha.

– Era um testamento novo?

– Era o que chamam de... codi... codicilo*.

Elspeth ficou olhando para Poirot, que assentiu com a cabeça.

– Ela havia feito testamentos antes – informou Spence. – Sempre a mesma coisa. Doações para instituições de caridade, legados a antigos criados, mas a maior parte de sua fortuna foi sempre destinada ao sobrinho e à esposa dele, que eram parentes próximos.

– E como era esse codicilo específico?

– Ela deixava tudo para a menina ópera – disse Elspeth –, *"por conta de sua dedicação e bondade"*. Algo assim.

– Conte-me mais sobre a menina *au pair*.

– Ela veio de algum país da Europa Central. Um nome comprido.

– Há quanto tempo ela estava com a sra. Llewellyn-Smythe?

– Um pouco mais de um ano.

– A senhora sempre chama a sra. Llewellyn-Smythe de velha. Quantos anos tinha?

– Sessenta e poucos. Sessenta e cinco ou seis, acho.

– Não era tão velha – objetou Poirot.

– Segundo consta, ela teria feito diversos testamentos – disse Elspeth. – Como Bert lhe contou, quase todos iguais. Deixava dinheiro para uma ou duas instituições de caridade e algumas doações ou lembranças para antigos criados. Mas o grosso do dinheiro era sempre para o sobrinho e a mulher dele, e

---

* Documento posterior ao testamento, que o modifica em certos aspectos. (N.T.)

acho que para uma outra prima velha, que já estava morta quando ela morreu. Deixava o bangalô que tinha construído para o paisagista, para que ele pudesse morar ali o tempo que quisesse, e alguma renda para manter o jardim, permitindo a visitação pública. Algo assim.

– Suponho que a família tenha alegado desequilíbrio mental e influência indevida.

– Poderiam ter chegado a isso – disse Spence. – Mas os advogados descobriram logo a falsificação. Não era uma falsificação muito convincente. Eles a identificaram na hora.

– Os fatos demonstraram que a menina ópera poderia ter falsificado facilmente o documento – disse Elspeth. – Ela escrevia grande parte das cartas da sra. Llewellyn-Smythe, e parece que a velha não gostava de mandar cartas datilografadas para amigos. Se fosse uma carta de negócios, ela dizia: "Escreva à mão, com a letra mais parecida com a minha possível, e assine meu nome". A sra. Minden, a faxineira, ouviu-a dizer isso um dia, e acho que a moça se acostumou a copiar a escrita de sua patroa. Deve ter tido a ideia, de repente, e fez o que fez. Mas, como falei, os advogados detectaram logo a falsificação.

– Os advogados da sra. Llewellyn-Smythe?

– Sim. Fullerton, Harrison & Leadbetter. Uma firma muito respeitável de Medchester. Sempre cuidaram de suas questões legais. De qualquer maneira, designaram especialistas para o caso, a moça foi interrogada e ficou com medo. Foi embora deixando metade de suas coisas para trás. Os advogados preparavam-se para processá-la, mas ela não esperou. Simplesmente sumiu. Não é tão difícil sair deste país, se for no momento certo. Dá para viajar pelo continente sem passaporte, e se você tiver contatos tudo pode ser arranjado muito antes de haver qualquer alvoroço. Ela provavelmente voltou para seu país, ou mudou de nome, ou foi viver com amigos.

– Mas todo mundo acha que a sra. Llewellyn-Smythe morreu de morte natural, não? – perguntou Poirot.

— Sim, acho que isso nunca foi questionado. Só digo que é possível porque essas coisas já aconteceram antes sem qualquer suspeita do médico. Suponhamos que Joyce tivesse ouvido alguma coisa, tivesse visto a menina *au pair* dando remédio para a sra. Llewellyn-Smythe e escutado a velha dizendo: "Este remédio está com um gosto diferente", "este remédio está amargo" ou "este remédio está estranho".

— Parece que você que estava lá, Elspeth — disse o inspetor Spence. — Isso não passa de imaginação sua.

— Quando ela morreu? — perguntou Poirot. — De manhã, à noite, dentro de casa, fora de casa, em casa ou não?

— Oh, em casa. Ela voltou do jardim um dia, com a respiração bastante ofegante. Disse que estava cansada e que ia se deitar um pouco. Para resumir, nunca mais acordou. O que parece perfeitamente normal, do ponto de vista médico.

Poirot tirou do bolso um pequeno bloquinho de anotações. A página já estava intitulada "Vítimas". Embaixo do título ele escreveu: "Nº 1, sra. Llewellyn-Smythe, possível". Nas páginas seguintes, anotou os outros nomes que Spence lhe dera.

— Charlotte Benfield? — falou, em tom de pergunta.

Spence informou prontamente:

— Vendedora de dezesseis anos. Diversos ferimentos na cabeça. Foi encontrada numa trilha perto da Floresta da Pedreira. Dois jovens foram considerados suspeitos. Os dois saíam com ela de vez em quando. Nenhuma prova.

— Eles ajudaram a polícia nas investigações? — quis saber Poirot.

— Não ajudaram muito. Estavam assustados. Contaram algumas mentiras, contradisseram-se. Não chegaram a ser indiciados como prováveis assassinos. Mas ambos *poderiam* ter sido.

— Como eles eram?

— Peter Gordon, 21 anos. Desempregado. Teve um ou dois empregos, mas não permaneceu em nenhum. Preguiçoso. Um rapaz bonito. Esteve em liberdade condicional uma ou duas vezes por pequenos furtos, coisas do gênero. Nenhum registro anterior de violência. Andava com um grupo de prováveis delinquentes juvenis, mas costumava não se meter em confusão.

– E o outro?

– Thomas Hudd. Vinte anos. Gago. Tímido. Neurótico. Queria ser professor, mas não conseguiu se formar. Mãe viúva, muito apegada ao filho. Espantava as possíveis namoradas. Mantinha-o bastante agarrado a sua saia. Ele arrumou um emprego numa papelaria. Não tem antecedentes criminais, mas possui o perfil psicológico para tal, parece. A moça judiava bastante dele. O ciúme era um possível motivo, mas não havia provas. Ambos tinham álibis. O de Hudd era a mãe, que jurou por tudo quanto é mais sagrado que ele ficou em casa com ela a noite toda, e ninguém pôde dizer o contrário ou que o vira em algum lugar ou nas proximidades do local do crime. O jovem Gordon arranjou um álibi com um de seus amigos menos respeitáveis. Não era um grande álibi, mas valeu.

– Quando foi isso?

– Há um ano e meio.

– Onde?

– Numa trilha de terra não muito longe de Woodleigh Common.

– A cerca de um quilômetro daqui – informou Elspeth.

– Perto da casa de Joyce, da casa dos Reynolds?

– Não, do outro lado da cidade.

– Parece improvável ser o assassinato a que Joyce se referia – disse Poirot, pensativo. – Se víssemos uma moça sendo golpeada na cabeça por um jovem, reconheceríamos na hora que era um crime. Não precisaria passar um ano para que nos déssemos conta.

Poirot leu outro nome.

– Lesley Ferrier.

Spence deu as informações.

— Escriturário, 28 anos. Trabalhava na Fullerton, Harrison & Leadbetter, Market Street, Medchester.
— Não são os advogados da sra. Llewellyn-Smythe?
— Exatamente.
— E o que aconteceu com Lesley Ferrier?
— Foi esfaqueado nas costas. Não muito longe do pub Green Swan. Dizem que ele estava tendo um caso com a esposa do senhorio, Harry Griffin. Uma mulher bonita, até hoje. Talvez esteja um pouco velha. Era cinco ou seis anos mais velha do que ele, mas ela gosta de homens mais novos.
— E a arma?
— A faca não foi encontrada. Dizem que Les havia terminado com ela e estava saindo com outra moça, mas nunca descobriram quem.
— Ah. E quem era o suspeito nesse caso, o senhorio ou a esposa?
— Muito bem — disse Spence. — Poderia ter sido qualquer um dos dois. Mais provável que tenha sido a mulher. Ela era meio cigana e um tanto temperamental. Mas havia outras possibilidades. Lesley não tinha uma vida exemplar. Meteu-se em encrenca já aos vinte e poucos anos, falsificando contas. Ficou com fama de falsificador. Dizem que foi criado numa família problemática e essas coisas. Seus patrões o defenderam. Ele pegou uma sentença pequena e foi admitido na Fullerton, Harrison & Leadbetter quando saiu da prisão.
— E depois disso ele se endireitou?
— Nada comprovado. Parecia bem comportado no que dizia respeito a seus empregadores, mas se meteu em algumas transações suspeitas com amigos. É o que podemos chamar de meliante cauteloso.
— E qual a outra opção?
— Ele pode ter sido apunhalado por um de seus colegas menos respeitáveis. Quando um sujeito está metido com elementos perigosos, não é difícil receber uma facada se desapontá-los.

– Mais alguma coisa?

– Bem, ele tinha bastante dinheiro no banco. Depositado em espécie. Não havia como comprovar de onde vinha o dinheiro. Isso em si já era motivo de suspeita.

– Possivelmente roubado da Fullerton, Harrison & Leadbetter – sugeriu Poirot.

– Dizem que não. Mandaram um contador juramentado estudar o caso.

– E a polícia não descobriu a procedência do dinheiro?

– Não.

– De novo – disse Poirot –, eu diria que não é o crime que Joyce viu.

Leu o último nome, "Janet White".

– Foi encontrada estrangulada numa estradinha que ligava o prédio da escola a sua casa. Dividia o apartamento com outra professora, Nora Ambrose. Segundo Nora Ambrose, Janet White chegara a comentar que estava preocupada com as cartas de ameaça que vinha recebendo de um ex-namorado, com quem rompera relações um ano antes. Nada foi descoberto sobre esse homem. Nora Ambrose não sabia seu nome, nem onde ele morava.

– A-ha – exclamou Poirot –, agora estou começando a gostar.

Fez uma marcação grossa ao lado do nome de Janet White.

– É um assassinato mais provável de uma criança da idade de Joyce ter presenciado. Ela pode ter reconhecido a vítima, uma professora que ela conhecia, que talvez até tenha sido sua professora. Possivelmente não conhecia o assassino. Pode ter visto uma briga, ouvido uma discussão entre a moça que ela conhecia e um estranho, sem pensar mais no assunto na época. Quando Janet White foi assassinada?

– Há dois anos e meio.

– Isso também faz sentido – disse Poirot. – Joyce pode não ter se dado conta de que o homem com as mãos no pescoço de Janet White não estava simplesmente acariciando a moça, mas estrangulando-a. Depois, mais velha, Joyce compreendeu o que realmente acontecera.

Olhou para Elspeth.

— A senhora concorda com meu raciocínio?

— Entendo o que o senhor diz – respondeu Elspeth. – Mas será que o senhor não está seguindo o caminho inverso? Procurando a vítima de um crime passado em vez de procurar o homem que matou uma criança aqui em Woodleigh há não mais de três dias?

— Vamos do passado ao futuro – explicou Poirot. – O ponto inicial é, digamos, dois anos e meio atrás. Chegaremos até três dias atrás. Teremos que considerar, portanto – o que, sem dúvida, a senhora já considerou –, quem estava em Woodleigh Common entre as pessoas presentes na festa e que poderia ter relação com um crime mais antigo.

— Podemos reduzir ainda mais as possibilidades – disse Spence. – Isto é, se aceitarmos sua hipótese de que Joyce foi morta porque afirmou ter presenciado um assassinato. Ela disse essas palavras durante os preparativos para a festa. Veja bem, podemos estar equivocados em acreditar que esse foi o motivo da morte dela, mas não creio que estejamos. Portanto, poderíamos supor que alguém presente na hora dos preparativos da festa ouviu Joyce falar do assassinato e resolveu agir o mais rápido possível.

— Quem *estava* presente? – perguntou Poirot. – Presumo que você deve saber.

— Sim, tenho a lista dos presentes aqui.

— Já a conferiu?

— Sim, mais de uma vez. Deu bastante trabalho. Cheguei a dezoito nomes.

Lista de pessoas presentes durante os preparativos para a festa de Halloween
Sra. Drake (dona da casa)
Sra. Butler

Sra. Oliver
Srta. Whittaker (professora)
Rev. Charles Cotterell (vigário)
Simon Lampton (padre)
Srta. Lee (assistente do dr. Ferguson)
Ann Reynolds
Joyce Reynolds
Leopold Reynolds
Nicholas Ransom
Desmond Holland
Beatrice Ardley
Cathie Grant
Diana Brent
Sra. Garlton (auxiliar de serviço)
Sra. Minden (faxineira)
Sra. Goodbody (ajudante)

– Tem certeza de que a lista está completa?
– Não – respondeu Spence. – Não tenho certeza, nem há como ter. Algumas pessoas estranhas compraram coisas para a festa. Uma trouxe lâmpadas coloridas. Outra trouxe espelhos. Havia pratos extras. Alguém emprestou uma bacia de plástico. São pessoas que traziam alguma coisa, trocavam algumas palavras com os presentes e iam embora. Não ficavam para ajudar. Portanto, é possível que alguém tenha passado despercebido. Mas esse alguém, só de deixar a bacia no corredor, pode ter ouvido o que Joyce dizia na sala de estar. Ela estava gritando. Não podemos nos limitar a essa lista, mas é o que temos. Aqui está. Dê uma olhada. Fiz uma pequena observação ao lado de cada nome.
– Obrigado. Só uma pergunta... Você deve ter interrogado algumas dessas pessoas, aquelas, por exemplo, que também estiveram na festa. *Alguma* delas, por acaso, chegou a mencionar o que Joyce dissera sobre o assassinato que presenciou?

– Creio que não. Não há nenhum registro oficial. A primeira coisa que ouvi a respeito foi o que você me contou.

– Interessante – disse Poirot. – Incrível, eu diria.

– Evidentemente, ninguém levou a sério – disse Spence.

Poirot assentiu com a cabeça, pensativo.

– Preciso ir agora. Tenho um compromisso com o dr. Ferguson, após uma operação – disse.

Dobrou a lista de Spence e guardou-a no bolso.

Capítulo 9

O dr. Ferguson era um homem de sessenta anos, de ascendência escocesa e gestos bruscos. Inspecionou Poirot de cima a baixo, com olhos argutos sob as sobrancelhas encrespadas.

– Muito bem, o que está havendo? – perguntou. – Sente-se. Cuidado com a perna dessa cadeira. A rodinha está frouxa. Corrija-me se eu estiver errado. Todo mundo sabe de tudo num lugar como este. Aquela escritora o trouxe aqui como o maior detetive do mundo para intrigar a polícia. É isso?

– Em parte – respondeu Poirot. –Vim visitar um antigo amigo, o ex-inspetor Spence, que mora com a irmã aqui.

– Spence? Hmm. Bom sujeito. Da velha guarda. Um policial honesto, como os que se faziam antigamente. Nada de suborno. Nada de violência. Um sujeito inteligente. Totalmente confiável.

– É verdade.

– Bem – disse Ferguson –, o que o senhor disse a ele e o que ele lhe disse?

– Tanto ele quanto o inspetor Raglan foram muito atenciosos comigo. Espero que o senhor seja também.

– Não sei como posso ajudá-lo – disser Ferguson. – Não sei o que aconteceu. Uma criança é afogada com a cabeça dentro de uma bacia no meio de uma festa. Alguém a matou. Veja bem, esse tipo de coisa não é motivo de espanto hoje em dia. Fui chamado para ver inúmeras crianças assassinadas nos últimos sete ou dez anos. Inúmeras. Muita gente que deveria estar numa casa para doentes mentais não está. Não há vagas. Essas pessoas estão por aí. Falam tranquilamente, têm boa aparência, são iguais a qualquer outra pessoa. Mas estão procurando alguém para derrubar. E se divertem, embora não costumem agir em festas. A probabilidade de serem pegas é grande, imagino, mas a novidade atrai até um assassino de mente perturbada.

– O senhor tem alguma ideia de quem a matou?

– O senhor acha realmente que eu sou capaz de responder a uma pergunta dessas? Eu teria que ter alguma prova, não? Teria que ter certeza.

– O senhor poderia arriscar um palpite – sugeriu Poirot.

– Palpite qualquer um pode dar. Se sou chamado para ver um paciente, preciso descobrir se é um caso de sarampo, alergia a mariscos ou alergia a travesseiro de penas. Preciso fazer perguntas para saber o que a criança andou comendo e bebendo, como tem dormido ou com que outras crianças tem andado. Se andou num ônibus lotado com os filhos da sra. Smith ou da sra. Robinson, que estão com sarampo, e todas essas coisas. Aí, então, arrisco uma opinião quanto ao mais provável, o que chamamos de diagnóstico. Um diagnóstico não pode ser feito às pressas e com base em palpites.

– O senhor conhecia a criança?

– Claro. Era minha paciente. Somos dois médicos aqui, eu e Worrall. Eu sou o médico da família Reynolds. Joyce era uma criança bastante saudável. Teve as doenças típicas de criança, nada de peculiar ou fora do comum. Comia demais e falava demais. Falar demais não lhe causava nenhum mal, mas o excesso de comida lhe provocava o que antigamente chamávamos de ataque de bílis. Teve caxumba e catapora. Mais nada.

– Mas talvez tenha falado demais numa ocasião específica. O senhor disse que ela falava demais.

– Então é aí que o senhor quer chegar. Ouvi falar a respeito. No estilo "o que o mordomo viu". Só tragédia em vez de comédia. É isso?

– Poderia ser um motivo, uma razão.

– Sim, concordo. Mas *existem* outras razões. Distúrbio mental costuma ser a resposta hoje em dia. Pelo menos, é o que se alega nos tribunais. Ninguém ganhou com a morte dela, ninguém a odiava. Mas me parece que com as crianças, hoje em dia, nem precisa haver razão. A razão está em outro lugar. A razão está na mente do assassino. Sua mente perturbada, sua mente perversa, sua mente bizarra. Chame como quiser. Não sou psiquiatra. Aborrece-me ouvir estas palavras: "Submetido a avaliação psiquiátrica", quando um rapaz invade alguma propriedade, quebra vitrines, furta garrafas de uísque, rouba joias, golpeia uma senhora na cabeça. Não importa o que ele faz. Submeta-o a uma avaliação psiquiátrica.

– E, neste caso, quem o senhor diria que merece uma avaliação psiquiátrica?

– O senhor se refere às pessoas que estavam envolvidas no episódio daquela noite?

– Sim.

– O assassino tinha que estar lá, não? Caso contrário, não teria havido assassinato. Certo? O assassino estava entre os convidados, entre os ajudantes ou talvez tenha entrado pela janela já premeditando a maldade. Provavelmente conhecia as trancas da casa. Deve ter ido lá antes, para observar. Consideremos o homem ou o menino. Ele quer matar alguém. Nada fora do comum. Tivemos um caso desses em Medchester há pouco tempo. Veio à luz depois de seis ou sete anos. Um menino de treze anos. Queria matar alguém, então matou uma garota de nove anos, roubou um carro, levou o corpo para um bosque a uns dez quilômetros dali, queimou-o e foi embora. Até onde eu sei, o menino levou uma vida normal até os 21 ou 22 anos de idade. Veja bem, temos apenas a palavra dele. Ele pode ter continuado com suas atrocidades. Provavelmente continuou. Descobriram que ele gostava de matar. Não que ele tenha matado muita gente, senão a polícia já o teria prendido. Mas de vez em quando ele sentia o desejo. Avaliação psiquiátrica. Cometeu o crime mentalmente perturbado. Estou tentando me convencer de que foi isso o que aconteceu neste caso. Algo assim. Não sou psiquiatra, graças a Deus. Tenho alguns amigos psiquiatras. Alguns são pessoas sensatas. Outros... bem, atrevo-me a dizer que precisariam de avaliação psiquiátrica também. Esse camarada que matou Joyce provavelmente tinha bons pais, era educado e bem-apessoado. Ninguém jamais imaginaria que havia alguma coisa de errado com ele. Já aconteceu de o senhor dar uma mordida numa bela maçã vermelha e depois ver, lá no meio, algo nojento se levantar e sacudir a cabeça em sua direção? Grande parte dos seres humanos é assim. Hoje em dia mais do que antigamente.

– E o senhor não tem nenhuma suspeita?

– Não posso sair diagnosticando um assassino sem nenhuma prova.

– Mesmo assim, o senhor admite que deve ter sido alguém que estava na festa. Não há assassinato sem assassino.

– Em algumas histórias policiais de ficção é possível. Provavelmente, sua escritora favorita escreve histórias assim. Mas, nesse caso, eu concordo. O assassino tinha que estar lá. Um convidado, uma ajudante doméstica, alguém que tenha entrado pela janela. É fácil entrar se a pessoa souber como funciona o trinco. Algum cérebro doentio deve ter se empolgado com a ideia de haver um assassinato numa festa de Halloween. Esse é o ponto de partida, não é? Alguém que estava na festa.

Debaixo das sobrancelhas grossas, dois olhos piscaram para Poirot.

– Eu mesmo estive lá – disse o dr. Ferguson. – Cheguei tarde, só para ver como estavam indo as coisas.

Assentiu vigorosamente com a cabeça.

– Sim, aí está o problema, não? Como um anúncio social nos jornais:

"Entre os presentes havia...

Um assassino".

Capítulo 10

Poirot olhou para o The Elms e reconheceu o lugar.

Foi recebido e prontamente conduzido à sala da diretora por uma pessoa que julgou ser uma secretária. A srta. Emlyn levantou-se de sua mesa para cumprimentá-lo.

– Um prazer conhecê-lo, sr. Poirot. Ouvi falar no senhor.

– Muita gentileza de sua parte – disse Poirot.

– Uma antiga amiga minha, a srta. Bulstrode, ex-diretora da Meadowbank, falou-me a seu respeito. O senhor se lembra dela?

– Difícil esquecê-la. Uma grande personalidade.

– É verdade – disse a srta. Emlyn. – A Meadowbank é a escola que é graças a ela. – Suspirou brevemente e disse: – Está um pouco mudada atualmente. Objetivos diferentes, métodos diferentes, mas ainda é conhecida como uma escola importante, de progresso e também de tradição. Bem, não devemos viver demais no passado. O senhor veio me ver, sem dúvida, por conta da morte de Joyce Reynolds. Não sei se o senhor tem algum interesse particular nesse caso. Não é o tipo de caso de que o senhor geralmente se ocupa. O senhor a conhecia pessoalmente, ou a família, talvez?

– Não – respondeu Poirot. – Vim a pedido de uma antiga amiga, a sra. Oliver, que passava uns dias aqui e estava presente à festa.

– Ela escreve livros maravilhosos – disse a srta. Emlyn. – Encontrei-a uma ou duas vezes. Bem, isso torna tudo mais fácil. Como não há sentimentos pessoais envolvidos, podemos ir direto ao assunto. Foi horrível o que aconteceu. Se me permite dizer, foi algo improvável. A criança envolvida não parece nem velha nem nova o bastante para ser enquadrada numa categoria especial. Ao que tudo indica, foi um crime psicológico. O senhor concorda?

— Não — disse Poirot. — Acho que foi um crime como a maioria dos crimes, cometido por um motivo, possivelmente sórdido.

— É? E qual motivo?

— O motivo foi uma observação feita por Joyce. Não exatamente durante a festa, pelo que entendi, mas ao longo do dia, quando algumas crianças mais velhas e outros ajudantes faziam os preparativos. Ela afirmou que tinha presenciado um assassinato.

— E acreditaram nela?

— De um modo geral, não.

— É a reação mais provável. Joyce... Serei franca com o senhor, monsieur Poirot, pois não queremos que sentimentos desnecessários turvem nossas faculdades mentais, Joyce era uma criança comum, nem tola, nem particularmente intelectual. Era, a bem da verdade, uma mentirosa compulsiva. Não estou dizendo, com isso, que ela era má. Não evitava punições, nem procurava ocultar suas falhas. Ela se gabava. Gabava-se de coisas que jamais aconteceram, para impressionar os amigos. Como resultado, claro, eles dificilmente acreditavam nas histórias que ela contava.

— A senhora acha, então, que ela inventou a história do assassinato para chamar atenção, para intrigar alguém?

— Sim. E, arrisco-me a dizer, Ariadne Oliver era a pessoa que ela queria impressionar.

— Então a senhora acha que Joyce não viu nenhum assassinato?

— Duvido muito.

— A senhora é da opinião de que ela inventou tudo?

— Não diria isso. Talvez ela tenha visto um acidente de carro, ou alguém ferido na cabeça por uma bola de golfe. Alguma coisa que ela transformou num acontecimento impressionante, que passasse como uma tentativa de assassinato.

— A única coisa que podemos afirmar, então, é que havia um assassino presente na festa de Halloween.

— Certamente — confirmou a srta. Emlyn. — Certamente. É uma questão de lógica, concorda?

— A senhora tem alguma ideia de quem seria esse assassino?

— Uma pergunta muito delicada — disse a srta. Emlyn. — Afinal, a maioria das crianças presentes na festa tinha entre nove e quinze anos, e acho que quase todas estudaram na minha escola. Devo saber alguma coisa a respeito delas, assim como sobre sua família e sua história.

— Soube que uma de suas professoras foi estrangulada por um assassino não identificado, há um ou dois anos.

— O senhor se refere a Janet White? Tinha 24 anos, acho. Uma moça bastante emotiva. Até onde eu sei, andava sozinha. Talvez tivesse marcado um encontro com algum rapaz. Era uma jovem muito atraente para homens modestos. Não descobriram o assassino. A polícia interrogou vários homens e lhes pediu para colaborarem nas investigações, como manda a técnica, mas não encontrou provas suficientes para incriminar ninguém. Um caso fracassado, do ponto de vista deles. Posso dizer que do meu também.

— A senhora e eu temos um princípio em comum. Não aprovamos o crime.

A srta. Emlyn olhou para ele por um momento. Sua expressão não se alterou, mas Poirot teve a impressão de que estava sendo avaliado em detalhes.

— Gosto de como o senhor fala — disse ela. — Pelo que lemos e ouvimos hoje em dia, parece que o crime, em certos aspectos, está aos poucos sendo aceito por grande parte da sociedade.

Calou-se por alguns minutos, e Poirot também fez silêncio. Ela está elaborando um plano de ação, pensava ele.

A srta. Emlyn levantou-se e tocou uma sineta.

— Acho que o senhor deveria conversar com a srta. Whittaker — disse ela.

Passaram-se cinco minutos desde que a srta. Emlyn saíra da sala até que a porta se abriu e por ela entrou uma mulher de

mais ou menos quarenta anos. Tinha cabelo curto, castanho-
-avermelhado, e caminhava com passos lépidos.
– Monsieur Poirot? – disse. – Posso ajudá-lo? A srta. Emlyn
parece achar que sim.
– Se a srta. Emlyn acha isso, então é quase certo que pode.
Acredito na palavra dela.
– O senhor a conhece?
– Conheci-a hoje à tarde.
– Mas já tem uma opinião formada sobre ela.
– Espero que a senhora confirme a minha opinião.
Elizabeth Whittaker deu um suspiro curto e rápido.
– Oh, sim, o senhor está certo. Suponho que o assunto seja
a morte de Joyce Reynolds. Não sei exatamente como o senhor
entrou nisso. Por meio da polícia? – sacudiu levemente a cabeça,
indicando um certo desagrado.
– Não, não foi por meio da polícia. Particularmente, por
meio de uma amiga.
A srta. Whittaker puxou uma cadeira e sentou-se, de frente
para ele.
– Sim. O que o senhor quer saber?
– Não acho que seja necessário lhe dizer. Não há necessidade de perder tempo fazendo perguntas que podem não ter
nenhuma importância. Aconteceu alguma coisa naquela noite
na festa que talvez seja bom eu saber. É isso?
– Sim.
– A senhora estava na festa?
– Sim, estava. – A srta. Whittaker refletiu um instante. –
Foi uma festa muito boa. Correu tudo bem. Havia uns trinta e
poucos convidados, contando todo mundo que ajudou. Crianças,
adolescentes, adultos e algumas empregadas.
– A senhora participou dos preparativos feitos, creio, à
tarde ou de manhã?
– Na verdade, não havia nada a fazer. A sra. Drake prepa-
rou tudo com grande competência, apenas com a ajuda de um

pequeno número de pessoas. Os preparativos necessários eram mais coisas de casa.

– Compreendo. Mas a senhora foi à festa como uma das convidadas?

– Sim.

– E o que aconteceu?

– O que aconteceu, de um modo geral, acho que o senhor já sabe. O senhor quer saber se observei alguma coisa que possa ter alguma importância no caso, não? Não quero fazê-lo desperdiçar seu tempo.

– Tenho certeza de que a senhora não me fará desperdiçar tempo. Sim, srta. Whittaker, conte-me tudo, de maneira simples.

– As várias atrações da noite já haviam sido planejadas. A última atração, na verdade, tinha mais a ver com uma festa de Natal do que com uma festa de Halloween. O *snapdragon*, uma brincadeira em que o objetivo é pegar passas de um prato em chamas. Todo mundo se diverte bastante. Como o cômodo ficou quente demais, por causa do fogo, fui para o corredor. Nesse momento, vi a sra. Drake saindo do toalete do primeiro andar. Ela carregava um grande vaso de flores e plantas. Parou no patamar da escada antes de descer. Reparei que olhava pelo vão. Não em minha direção. Em direção à outra extremidade do corredor, onde há uma porta que dá para a biblioteca. Está exatamente do outro lado, em frente à porta da sala de estar. Como eu dizia, ela ficou ali parada, observando por um momento antes de descer. Mudava ligeiramente o ângulo do vaso, como se fosse um objeto difícil de carregar e pesado, por estar cheio de água, presumi. Mudava a posição do vaso com cuidado, de modo que pudesse sustentá-lo com um braço, agarrando-o junto a seu corpo, e com o outro braço segurar o corrimão, para descer a escada, que curvava naquele ponto. Ficou ali parada por alguns instantes, ainda sem olhar para o que carregava, mas em direção ao corredor lá embaixo. E de repente, fez um movimento súbito... teve um sobressalto, eu diria... sim, alguma coisa a assustou. Tanto que ela soltou o vaso, que caiu no corredor lá embaixo, molhando-a e quebrando-se em vários pedacinhos.

– Compreendo – disse Poirot. Fez uma pausa, observando a srta. Whittaker. Seu olhar era perspicaz e inteligente, buscando agora a opinião dele a respeito do que ela lhe dizia. – O que a senhora acha que a assustou?

– Refletindo, depois, acho que ela viu alguma coisa.

– A senhora acha que ela viu alguma coisa – repetiu Poirot, pensativo. – Como o quê?

– A direção de seu olhar, como eu disse, era para a porta da biblioteca. É possível que ela tenha visto a porta se abrir ou o trinco girar. Talvez tenha visto até mais do que isso. Pode ter visto alguém abrindo a porta e preparando-se para sair. Alguém que ela não esperava ver naquele momento.

– A senhora também estava olhando para a porta?

– Não. Estava olhando no sentido contrário, para cima, em direção à sra. Drake.

– E a senhora realmente acha que ela viu alguma coisa que a assustou.

– Sim. Talvez nada além disso. Uma porta se abrindo. Uma pessoa, alguém improvável, aparecendo. O suficiente para fazer com que ela soltasse o vaso pesado, cheio de água e flores, no chão.

– A senhora viu alguém saindo por aquela porta?

– Não. Eu não estava olhando naquela direção. Não acho que alguém tenha realmente saído para o corredor. Fosse quem fosse, a pessoa deve ter voltado para dentro.

– O que a sra. Drake fez em seguida?

– Soltou um grito de aflição, desceu a escada e me disse: "Veja o que eu fiz! Que bagunça!". Espalhou com os pés alguns cacos de vidro. Ajudei-a a varrer. Deixamos os cacos amontoados num canto. Não dava para limpar tudo naquele momento. As crianças estavam começando a sair da brincadeira das passas. Peguei um pano de chão e enxuguei um pouco a área. Pouco tempo depois a festa terminava.

– A sra. Drake não comentou nada sobre o susto nem fez nenhuma referência ao que poderia tê-la assustado?
– Não.
– Mas a senhora acha que algo a assustou.
– Possivelmente, monsieur Poirot. O senhor acha que estou dando importância demais a algo pouco relevante?
– Não – respondeu Poirot. – Não acho isso, não. Só estive uma vez com a sra. Drake – acrescentou, pensativo –, quando fui a sua casa com minha amiga, a sra. Oliver, para visitar "a cena do crime", como se diz, se quisermos ser melodramáticos. Não me ocorreu, durante o breve período que tive para observar, que a sra. Drake fosse uma mulher que se assustasse facilmente. A senhora concorda comigo?
– Certamente. Por isso fiquei intrigada desde aquele momento.
– A senhora não fez nenhuma pergunta na ocasião?
– Não tinha motivo para fazer perguntas. Se a anfitriã tem a infelicidade de deixar cair um de seus melhores vasos de vidro no chão, não é muito delicado que um convidado venha lhe perguntar: "Por que você fez isso?". Soa como uma espécie de acusação. Como se estivesse chamando-a de estabanada, coisa que a sra. Drake não é.
– E depois disso, como a senhora disse, a festa terminou. As crianças e suas mães ou amigos foram embora, e Joyce, ninguém sabia onde estava. Sabemos agora que Joyce estava por trás da porta da biblioteca, morta. Então, quem poderia ser a pessoa que estava para sair pela porta da biblioteca, um pouco antes, digamos, mas que, ao ouvir vozes no corredor, decidiu fechar a porta de novo e sair mais tarde, no momento em que os convidados estavam todos amontoados no corredor, despedindo-se, vestindo seus sobretudos e essas coisas? Só depois que o corpo foi encontrado é que a senhora teve tempo de refletir sobre o que vira, certo?

– Certo. – A srta. Whittaker ficou de pé. – Acho que não tenho mais nada para lhe contar. Até isso que acabei de falar pode ser uma bobagem.

– Mas observável. Tudo o que é observável merece ser lembrado. A propósito, há uma pergunta que eu gostaria de lhe fazer. Aliás, duas.

Elizabeth Whittaker sentou-se novamente.

– Pode perguntar o que quiser – disse ela.

– A senhora consegue se lembrar da ordem exata dos acontecimentos da festa?

– Acho que sim. – Elizabeth Whittaker refletiu por um instante. – Começou com a competição dos cabos de vassoura. Cabos de vassoura enfeitados. Havia três ou quatro pequenos prêmios diferentes para isso. Depois, houve uma espécie de torneio com balões, que eram perfurados e rebatidos. Uma espécie de aquecimento para as crianças. Houve também a brincadeira do espelho, em que as meninas entram num pequeno quarto e seguram um espelho para ver o rosto de um menino ou rapaz refletido nele.

– Como isso acontece?

– Ah, é muito simples. A bandeira da porta é retirada, de modo que diferentes fotografias passam por esse vão e são refletidas no espelho que as meninas seguram.

– As meninas conheciam os rostos que viam refletidos no espelho?

– Acho que algumas sim, outras não. Parte da preparação para essa brincadeira é o uso de maquiagem, máscaras, perucas, costeletas, barba, essas coisas. Os rapazes, em sua maioria, já eram conhecidos das meninas. Talvez houvesse um ou dois estranhos. De qualquer maneira, a meninada se divertiu – comentou a srta. Whittaker, deixando transparecer, por um momento, uma espécie de desdém acadêmico por esse tipo de diversão. – Em seguida, houve uma corrida de obstáculos e depois a brincadeira do bolo de farinha, em que uma moeda é colocada em cima do bolo e todo mundo corta uma fatia. Quem deixa a moeda cair sai. O último que ficar leva a moeda. Depois disso, foi o baile e, em seguida, o jantar. No final, como o momento máximo da festa, a brincadeira do *snapdragon*.

– Quando foi que a senhora viu Joyce pela última vez?

– Não me lembro – disse Elizabeth Whittaker. – Eu não a conhecia muito bem. Ela não era da minha sala. Como não tinha nada de especial, não prestei muita atenção nela. Lembro-me, isso sim, de vê-la cortando o bolo de farinha, porque ela era tão desajeitada que quase derrubou tudo de uma vez. Ou seja, nesse momento ela estava viva ainda, mas isso foi bem cedo.

– A senhora não a viu entrar na biblioteca com ninguém?

– Não. Eu teria lhe contado antes se tivesse visto. *Isso* pelo menos teria sido significativo e importante.

– E agora – disse Poirot –, minha segunda pergunta, ou perguntas. Há quanto tempo a senhora trabalha nesta escola?

– Vai fazer seis anos no próximo outono.

– E o que a senhora ensina?

– Matemática e latim.

– A senhora se lembra de uma moça que dava aula aqui há dois anos, Janet White?

Elizabeth Whittaker empertigou-se. Quase se levantou da cadeira, mas voltou a sentar-se.

– Mas... isso não tem nada a ver com o caso, tem?

– Poderia ter – respondeu Poirot.

– Mas como? De que maneira?

Os círculos acadêmicos eram menos bem informados do que as pessoas da comunidade, que se informavam por meio de fofocas, pensava Poirot.

– Joyce afirmou perante testemunhas que viu um assassinato há alguns anos. Será que ela se referia ao assassinato de Janet White? O que a senhora acha? Como Janet White morreu?

– Ela foi estrangulada, voltando da escola para casa uma noite.

– Sozinha?
– Provavelmente não.
– Mas não com Nora Ambrose?
– O que o senhor sabe sobre Nora Ambrose?
– Nada ainda – disse Poirot –, mas gostaria de saber. Como elas eram, Janet White e Nora Ambrose?
– Exageradamente sexuais – respondeu Elizabeth Whittaker –, mas cada uma do seu jeito. Como Joyce pode ter visto algo assim ou sabido alguma coisa a respeito? O crime aconteceu num lugar perto da Floresta da Pedreira. E ela devia ter não mais do que dez ou onze anos.
– Qual das duas tinha um namorado? – perguntou Poirot. – Nora ou Janet?
– Isso são coisas do passado.
– *Pecados antigos possuem sombras compridas* – citou Poirot. – Quanto mais vivemos, mais nos damos conta dessa verdade. Onde está Nora Ambrose agora?
– Ela deixou a escola e foi trabalhar no norte da Inglaterra. Ficou, naturalmente, muito abalada. Elas eram... muito amigas.
– A polícia nunca desvendou o caso?

A srta. Whittaker fez que não com a cabeça. Levantou-se e consultou o relógio.

– Preciso ir agora.
– Obrigado pelo que me contou.

Capítulo 11

Hercule Poirot olhava para a fachada da Casa da Pedreira. Um exemplo sólido, bem construído, da arquitetura vitoriana. Entreviu seu interior – um aparador pesado de mogno, uma mesa de centro retangular também de mogno, uma sala de bilhar, talvez, uma cozinha grande com copa, chão de pedra, um grande fogão a lenha, substituído por um fogão a gás ou elétrico.

Poirot reparou que a maior parte das janelas superiores ainda estava encortinada. Tocou a campainha da porta principal e foi recebido por uma senhora magra, de cabelos grisalhos, que lhe informou que o coronel e a sra. Weston estavam em Londres e só voltariam na semana seguinte.

Perguntou sobre a Floresta da Pedreira e ficou sabendo que era aberta ao público. A entrada ficava a uns cinco minutos de caminhada. Ele veria uma placa num portão de ferro.

Poirot encontrou o caminho com facilidade e, passando pelo portão, começou a descer a trilha por entre árvores e arbustos.

Logo em seguida, parou e ficou ali, absorto em pensamentos. Sua mente não estava somente no que via, no que o cercava, mas em uma ou duas frases e um ou dois fatos que o levavam, no momento, a refletir profundamente, como ele mesmo expressou para si mesmo. Um testamento forjado, um testamento forjado e uma moça. Uma moça que havia desaparecido, a moça beneficiária do testamento forjado. Um jovem artista que viera profissionalmente construir aqui um jardim rebaixado a partir de uma pedreira. Nesse momento, Poirot olhou novamente a seu redor, assentindo com a cabeça. Jardim da Pedreira era mesmo um nome feio. Sugeria o som de rochas sendo despedaçadas, caminhões carregando grandes quantidades de pedra para a construção de estradas, em demanda industrial. Mas "Jardim Rebaixado" era outra história. Trazia-lhe vagas lembranças. A sra. Llewellyn-Smythe tinha feito uma excursão pelos jardins da Irlanda. Ele mesmo já havia estado na Irlanda, lembrava, há uns cinco ou seis anos. Fora investigar o roubo de prataria antiga de uma família. Alguns detalhes do caso despertaram sua curiosidade, e tendo resolvido (como de costume) – Poirot acrescentou mentalmente este parêntese – sua missão com sucesso, passou alguns dias conhecendo o país.

Não se lembrava agora o jardim específico que fora visitar. Algum lugar não muito longe de Cork Killarney? Não, não era Killarney. Um lugar perto de Bantry Bay. E ele se lembrava porque era um jardim muito diferente dos que até então considerava as grandes maravilhas desta era, os jardins do Châteaux na França, a beleza formal de Versalhes. Lembrava-se de ter partido com um pequeno grupo de pessoas num barco. Um barco de difícil acesso, não fossem dois barqueiros fortes e habilidosos, que praticamente o carregaram para dentro. Eles navegaram em torno de uma pequena ilha, não muito interessante, pensava Poirot, ligeiramente arrependido de ter ido. Seus pés estavam molhados e frios, e o vento entrava pelas aberturas de sua capa de chuva. Que beleza, pensava, que formalismo, que disposição simétrica de grande beleza poderia haver naquela ilha rochosa de árvores esparsas? Um erro. Definitivamente, um erro.

Desembarcaram num pequeno cais. Os pescadores o ajudaram a sair do barco com a mesma destreza de antes. Os outros membros do grupo tinham ido na frente, conversando e rindo. Poirot, depois de ajeitar a capa de chuva e amarrar os sapatos, seguiu o grupo pelo caminho sem graça, com arbustos, moitas e algumas árvores aqui e ali. Um parque nem um pouco interessante, pensou.

Até que, repentinamente, saíram do meio dos arbustos e chegaram a um terraço com degraus que desciam para um lugar que lhe pareceu totalmente mágico. Era como se seres elementais, que ele imaginava serem comuns na poesia irlandesa, tivessem saído de suas colinas ocas e criado ali, não tanto com esforço e trabalho pesado, mas com o simples gesto de uma varinha de condão, um jardim. Aquele jardim ali embaixo. Sua beleza, as flores e as plantas, a água artificial da fonte, o caminho que o contornava, encantado, belo e totalmente inesperado. Poirot se perguntava como seria tudo aquilo originalmente. Parecia simétrico demais para ter sido uma pedreira. Uma profunda depressão aqui nesta parte da ilha, mas ao longe era possível ver as águas da baía e as colinas do outro lado, com seus cumes enevoados, formando uma paisagem encantadora. Poirot pensou que talvez fosse aquele o jardim que fizera despertar na sra. Llewellyn-Smythe o desejo de possuir um jardim igual, o prazer de adquirir uma pedreira inóspita naquela região tão elementar e convencional da Inglaterra.

Depois, ela procurou o tipo certo de escravo bem remunerado para obedecer as suas ordens. E encontrou um jovem profissionalmente qualificado chamado Michael Garfield, trouxe-o para cá e pagou-lhe sem dúvida muito bem. No devido tempo, construiu uma casa para ele. Michael Garfield, pensava Poirot, não a havia decepcionado.

Poirot sentou-se num banco estrategicamente localizado. Ficou imaginando como seria a pedreira rebaixada na primavera. Havia faias e bétulas com suas cascas brancas lascadas. Espinheiros, roseiras e pequenos zimbros. Mas agora era outono, e o outono também tinha seu encanto. O dourado e o vermelho de bordos, uma ou duas parrótias, um caminho sinuoso que conduzia a novas maravilhas. Havia arbustos floridos de tojos ou giestas espanholas. Botânica não era a especialidade de Poirot, que só reconhecia rosas e tulipas.

Mas tudo o que crescia ali dava a impressão de ter nascido por vontade própria. Nada parecia arranjado ou forçado. E no entanto, pensava Poirot, assim era. Tudo havia sido arranjado, tudo havia sido planejado, até aquela plantinha que brotava ali e aquele arbusto alto com suas folhas douradas e avermelhadas. Oh, sim. Tudo havia sido planejado e estudado. E mais: eu diria que o projeto havia sido executado cabalmente.

Poirot se perguntava quem teria ficado encarregado do projeto, a sra. Llewellyn-Smythe ou Michael Garfield? Faz diferença, pensava Poirot, faz diferença. A sra. Llewellyn-Smythe era instruída. Dedicara-se à jardinagem por muitos anos, com certeza fazia parte da Sociedade Real de Jardineiros, frequentava exposições, consultava catálogos, visitava jardins. Fez viagens ao exterior, sem dúvida, por interesse em botânica. Devia saber o que queria, saberia dizer o que desejava. Isso era suficiente? Poirot julgou que não. Ela poderia ter dado ordens a jardineiros e ter feito de tudo para que suas ordens fossem obedecidas. Mas teria ela a capacidade de imaginar exatamente como ficaria o plano depois de executado? Não no primeiro ano de cultivo, nem no segundo, mas talvez dois ou três anos mais tarde, quem sabe até seis ou sete. Michael Garfield, pensou Poirot, sabia o que ela queria, porque ela disse, e ele sabia como fazer com que aquela paisagem rochosa florescesse como um deserto pode florescer. Ele planejou e executou tudo. Teve, certamente, o intenso prazer dos artistas contratados por clientes ricos. Ali estava a concepção de uma terra encantada escondida numa encosta convencional e monótona, e ali ela se desenvolveria. Caros arbustos, para cuja aquisição grandes cheques foram assinados, e plantas raras, que talvez só tenham sido obtidas graças à boa vontade de um amigo. Viam-se também detalhes necessários, que não custaram quase nada. Na primavera, na terra à esquerda, brotariam prímulas, anunciadas pelas modestas folhas verdes aglomeradas no alto da encosta.

"Na Inglaterra", disse Poirot para si mesmo, "as pessoas gostam de mostrar seus jardins, suas roseiras, falando demoradamente de suas plantações de íris, e, para demonstrar como apreciam uma das maiores belezas da Inglaterra, convidam-nos para uma visita num dia de sol, quando as faias estão cobertas de folhas e debaixo delas há um mar de campânulas. Sim, é um cenário belíssimo, mas já o vi tantas vezes... Prefiro...". O pensamento interrompeu-se. Poirot pensava no que preferia. Um passeio de carro por Devon. Uma estrada sinuosa com grandes vertentes de cada lado, e, nessas vertentes, um extenso tapete de prímulas, claras, de um amarelo tão sutil e modesto, exalando aquele aroma doce e indefinível das prímulas em grandes quantidades, que é o perfume da primavera por excelência. E, assim, não haveria ali só plantas raras. Haveria primavera e outono, haveria ciclames e crocos também. Era realmente um lugar lindo.

Poirot divagava sobre as pessoas que moravam na Casa da Pedreira agora. Tinha seus nomes, um coronel aposentado e sua esposa, mas certamente Spence poderia ter lhe contado mais alguma coisa sobre eles. Poirot tinha a impressão de que, quem quer que fosse o atual proprietário, a pessoa não teria o mesmo amor pelo lugar que a falecida sra. Llewellyn-Smythe tivera. Levantou-se e caminhou por uma pequena vereda. Era um caminho agradável, cuidadosamente nivelado, projetado, pensava, para o passeio de pessoas idosas, sem muitos degraus, e com bancos aparentemente rústicos localizados em intervalos convenientes. Aliás, os bancos tinham pouco de rústicos. O ângulo do encosto era bastante confortável. Gostaria de conhecer esse Michael Garfield, pensava Poirot. Ele fez um belo trabalho aqui. Conhecia seu ofício, era um bom planejador e arrumou profissionais experientes para executar seu projeto. Foi tão habilidoso que deve ter realizado o projeto de modo que sua patroa pensasse que fora todo dela. Mas não acho que tenha sido só dela. Na maior parte, devia ser dele. Sim, gostaria de conhecê-lo. Se ele ainda estiver no chalé – ou no bangalô – que foi construído para ele, acho... – seu pensamento interrompeu-se.

Parou para olhar. Olhava por um declive que se estendia a seus pés, onde o caminho mudava de direção. Viu um determinado arbusto vermelho dourado, que emoldurava algo que Poirot não conseguiu divisar. Por alguns instantes, não sabia se aquilo estava realmente ali ou se era um mero efeito da sombra, da luz do sol e da folhagem.

O que estou vendo?, pensou Poirot. Será resultado de um encantamento? Pode ser. Neste lugar, tudo é possível. É um ser humano que estou vendo ou será... o que poderia ser? Sua mente voltou-se para algumas aventuras do passado que ele batizara de "Os trabalhos de Hércules". De alguma forma, pensava, isto não é um jardim inglês. Há uma atmosfera diferente aqui. Procurou defini-la. O lugar tinha algo de mágico, de encantamento, certamente de beleza, uma beleza tímida, mas selvagem. Aqui, se estivéssemos representando uma cena teatral, teríamos ninfas, faunos, toda a beleza grega, mas teríamos medo também. Sim, pensava Poirot, neste jardim rebaixado há algo que inspira medo. O que foi que a irmã de Spence tinha dito mesmo? Algo a respeito de um assassinato que acontecera na pedreira original há anos. O sangue havia manchado as pedras, mas depois a morte foi esquecida, tudo foi coberto. Michael Garfield tinha vindo, planejado e criado um jardim de grande beleza, e uma senhora idosa, que não tinha mais muitos anos de vida, havia desembolsado o dinheiro para isso.

Poirot via agora que era um jovem do outro lado do declive, emoldurado por folhas vermelhas e douradas, e um jovem de rara beleza. Não concebemos os jovens assim hoje em dia. Os jovens são considerados sensuais ou atraentes, e esses elogios costumam justificar-se. Um homem de rosto duro, cabeleira rebelde e oleosa, com características pouco convencionais. Não se diz mais que um jovem é bonito. Quando se diz, é necessário explicar-se, como se o elogio fizesse referência a um atributo há muito tempo desaparecido. As moças sensuais de hoje não querem um Orfeu tocando alaúde, mas um cantor pop de voz rouca, olhos expressivos e cabelos encaracolados.

Poirot levantou-se e contornou o caminho. Quando chegou ao outro lado do declive, o jovem saiu de trás das árvores e veio a seu encontro. Sua juventude parecia ser seu traço mais característico, embora, conforme Poirot constatou, não fosse realmente jovem. Devia ter mais de trinta anos, talvez quase quarenta. O sorriso em seu rosto era bastante apagado. Não era um sorriso de boas-vindas, apenas um sorriso de calmo reconhecimento. O homem era alto, esguio, com atributos de grande perfeição, como a obra de um escultor clássico. Tinha olhos escuros e cabelos pretos bem arrumados, como se tivesse feito touca. Por um momento, Poirot sentiu que ele e aquele jovem estavam se encontrando no meio do ensaio de uma peça. Nesse caso, pensava Poirot olhando para suas botas, ai de mim, teria que falar com a figurinista para me vestir melhor.

– Talvez eu esteja cometendo uma invasão de propriedade – disse Poirot. – Se estiver, peço-lhe desculpas. Não sou daqui. Cheguei ontem.

– Não creio que possamos chamar isso de invasão. – Sua voz era muito tranquila, educada, mas apresentava certa indiferença, como se os pensamentos daquele homem estivessem muito longe dali. – Não é um lugar realmente aberto ao público, mas as pessoas caminham por aqui. O velho coronel Weston e sua esposa não se importam. Eles se importariam se alguém causasse algum estrago, mas isso é pouco provável.

– Nenhum ato de vandalismo – disse Poirot, olhando ao redor. – Nenhuma sujeira evidente. Nada. Isso é muito pouco comum, não? E parece deserto... estranho. Um lugar – continuou Poirot – propício para os namorados.

– Os namorados não vêm aqui – disse o jovem. – Por algum motivo, dizem que o lugar dá azar.

– O senhor é o arquiteto, suponho. Mas talvez eu esteja enganado.

– Meu nome é Michael Garfield – disse o rapaz.

– Imaginei – disse Poirot. Gesticulou apontando em volta. – O senhor fez tudo isso?

– Sim – respondeu Michael Garfield.

– É lindo! – exclamou Poirot. – De alguma forma, parece incrível que alguém tenha transformado uma parte tão feia da paisagem inglesa, sejamos francos, em algo tão belo. Parabéns. O senhor deve estar satisfeito com o resultado.

– Será que ficamos satisfeito em algum momento? Não sei.
– O senhor criou tudo isso, pelo que me consta, para a sra. Llewellyn-Smythe, já falecida, creio. Ouvi falar do coronel e da sra. Weston. Eles são os atuais proprietários?
– Sim. Compraram barato. É uma casa grande, deselegante... difícil de manter. Não o que a maioria das pessoas quer. Ela a deixou no testamento para mim.
– E o senhor a vendeu?
– Vendi a casa.
– E o Jardim da Pedreira não?
– Oh, sim. O Jardim da Pedreira foi junto, quase de brinde, como se diz.
– Por quê? – quis saber Poirot. – É interessante isso. O senhor não se importa com minha curiosidade, se importa?
– Suas perguntas não são muito comuns – disse Michael Garfield.
– Não pergunto tanto pelos fatos, mas pelos motivos. Por que fulano fez assim e assim? Por que beltrano fez aquilo? Por que o comportamento de sicrano é diferente do comportamento dos outros dois?
– O senhor deveria conversar com um cientista – disse Michael. – Isso é uma questão de genes e cromossomos. Pelo menos é o que dizem hoje em dia. A disposição, o padrão, essas coisas.
– O senhor acabou de dizer que não está totalmente satisfeito porque ninguém realmente fica satisfeito. Sua empregadora, sua patroa, não sei como o senhor gostava de chamá-la, ficou satisfeita? Com toda esta beleza?
– Até certo ponto – respondeu Michael. – Tive esse cuidado. Ela se satisfazia com facilidade.
– Isso parece bastante improvável – comentou Hercule Poirot. – Pelo que eu soube, a sra. Llewellyn-Smythe tinha mais de sessenta anos. Sessenta e cinco, no mínimo. As pessoas dessa idade costumam se satisfazer facilmente?
– Ela tinha a minha palavra de que eu executaria fielmente suas ideias e orientações.

– E executou?

– O senhor está me perguntando isso de verdade?

– Não – respondeu Poirot. – Francamente, não.

– Para ter sucesso na vida – disse Michael Garfield –, temos que seguir a carreira que queremos, devemos satisfazer certas inclinações artísticas adquiridas, mas precisamos também ser bons negociadores, saber vender nosso "peixe". Caso contrário, teremos que executar as ideias dos outros que talvez não sejam compatíveis com as nossas. Eu executei principalmente minhas ideias e as vendi, ou melhor, as negociei com a cliente que me empregou, como uma execução fiel de seus planos e esquemas. Não é uma arte tão difícil de se aprender. Como vender ovos vermelhos em vez de ovos brancos para uma criança. O cliente tem que estar convencido de que eles são os melhores ovos, os ovos certos. A essência da fazenda. A preferência da galinha, poderíamos dizer. Ovos vermelhos, caipiras, vindos direto da granja. Ninguém conseguirá vender ovos se disser: "São apenas ovos. Só existe uma diferença entre os ovos: ou acabaram de ser colocados, ou não".

– O senhor é um jovem fora do comum – disse Poirot. – Arrogante – disse, pensativo.

– Talvez.

– O senhor construiu algo maravilhoso aqui. Acrescentou visão e planejamento à matéria bruta de pedra, escavada para a indústria sem nenhuma preocupação com a beleza. O senhor colocou imaginação, coisa que salta à vista, tendo conseguido o dinheiro para manifestá-la. Parabéns. Presto minha homenagem. A homenagem de um velho que se aproxima do fim de seu próprio trabalho.

– Mas no momento o senhor continua trabalhando?

– O senhor sabe quem eu sou, então?

Poirot ficou visivelmente feliz de saber. Ele gostava que as pessoas o reconhecessem. Hoje em dia, a maioria das pessoas não o reconhecia.

– O senhor segue rastros de sangue... Já é conhecido aqui. É uma comunidade pequena, as notícias se espalham rapidamente. Outro sucesso de público o trouxe aqui.

– Ah, o senhor se refere à sra. Oliver?

– Ariadne Oliver. Escritora best-seller. Muito requisitada para entrevistas. As pessoas querem saber o que ela pensa sobre assuntos como revolta estudantil, socialismo, roupas femininas, liberdade sexual e muitas outras coisas que não interessam a ela.

– Sim, sim – concordou Poirot –, é deplorável. E não sabem muito a respeito da sra. Oliver, já reparei. Sabem apenas que ela gosta de maçãs. Isso todo mundo já sabe há pelo menos uns vinte anos, mas ela continua confirmando suas preferências com o mesmo sorriso. Se bem que atualmente, pelo que me consta, ela não gosta mais de maçãs.

– Foram as maçãs que o trouxeram aqui, não foram?

– Maçãs de uma festa de Halloween – confirmou Poirot.

– O senhor estava na festa?

– Não.

– Sorte.

– Sorte? – Michael Garfield repetiu a palavra, com um tom ligeiramente surpreso.

– Ser um dos convidados em uma festa em que um assassinato é cometido não deve ser uma experiência agradável. Talvez o senhor não tenha vivenciado isso, mas, posso garantir, o senhor tem sorte, porque... – Poirot assumiu um caráter estrangeiro – ...*il y a des ennuis, vous comprenez?* As pessoas lhe perguntam sobre datas, horas, perguntas impertinentes. – Fez uma pausa e continuou: – O senhor conhecia a criança?

– Oh, sim. Os Reynolds são muito conhecidos aqui. Conheço quase todo mundo que mora aqui. Todos nos conhecemos em Woodleigh Common, embora em níveis diferentes. Com uns temos mais intimidade, de outros somos amigos, outros são meros conhecidos, e assim por diante.

– Como ela era, Joyce?

– Era... como posso dizer? Sem importância. Tinha uma voz muito feia. Estridente. Realmente, isso é tudo o que lembro dela. Não gosto muito de crianças. A maioria me cansa. Joyce me cansava. Só falava de si mesma.

– Não era interessante?

Michael Garfield pareceu um pouco surpreso com a pergunta.

– Eu não achava – respondeu. – Por quê? Deveria ser?

– A meu ver, as pessoas destituídas de atrativo dificilmente serão assassinadas. As pessoas são mortas por interesse, por medo, por amor. São as opções, mas temos que ter um ponto de partida...

Interrompeu o que dizia e consultou o relógio.

– Preciso ir. Tenho um compromisso agora. Mais uma vez, meus parabéns.

Poirot seguiu pelo caminho, prestando atenção onde pisava. Ficou contente porque dessa vez não estava usando seus sapatos de couro apertados.

Michael Garfield não foi a única pessoa que ele conheceu no jardim rebaixado aquele dia. Ao chegar na parte mais baixa, viu três caminhos que conduziam a três direções diferentes. À entrada do caminho do meio, sentada num tronco de árvore caído, uma criança o aguardava. Ela esclareceu isso imediatamente.

– Imagino que o senhor seja o sr. Hercule Poirot, não? – perguntou a menina.

Sua voz era clara, quase musical. Era uma criatura frágil. Alguma coisa nela combinava com o jardim rebaixado. Uma dríade ou uma espécie de gnomo.

– Este é meu nome – disse Poirot.

– Vim encontrá-lo – disse a menina. – O senhor está vindo tomar um chá conosco, não?

– Com a sra. Butler e a sra. Oliver? Sim.

– Isso. Com a mamãe e a tia Ariadne.

Acrescentou com um tom de censura:

– O senhor está atrasado.

— Desculpe-me. Parei para conversar com uma pessoa.
— Sim, eu o vi. O senhor estava conversando com Michael, não?
— Você o conhece?
— Claro. Moramos aqui há bastante tempo. Conheço todo mundo.

Poirot se perguntava quantos anos ela devia ter. Perguntou-lhe. Ela respondeu:
— Tenho doze anos. Vou para o internato no ano que vem.
— E você está feliz ou triste?
— Não sei. Só vou saber quando chegar lá. Não gosto mais tanto daqui. Pelo menos, não como eu gostava. — Fez uma pausa e acrescentou: — Melhor o senhor vir comigo. Vamos.
— Claro, claro. Desculpe o atraso.
— Tudo bem, não tem problema.
— Como você se chama?
— Miranda.
— Combina com você esse nome — disse Poirot.
— O senhor está pensando em Shakespeare?
— Sim. Você estuda Shakespeare na escola?
— Sim. A srta. Emlyn lê Shakespeare para nós. Pedi para a mamãe ler mais. Gostei muito. Soa bonito. *Admirável mundo novo*. Isso não existe realmente, existe?
— Você não acredita?
— O senhor acredita?
— Sempre existe um admirável mundo novo — respondeu Poirot —, mas só para pessoas especiais. As que têm sorte. Aquelas que carregam dentro de si a criação deste mundo.
— Entendo — disse Miranda, com um ar de quem havia compreendido facilmente, embora Poirot não soubesse exatamente o quê.

A menina virou-se, começou a andar e disse:
— Vamos por aqui. Não é muito longe. Podemos passar pela cerca de nosso jardim. — Depois, olhou para trás por cima do ombro e apontou, dizendo: — Ali no meio era onde ficava a fonte.

– Fonte?

– Oh, há muitos anos. Acho que ainda está lá, debaixo dos arbustos, azaleias e todo o resto. Está tudo quebrado. As pessoas levaram pedaços dela, mas ninguém construiu uma nova.

– Uma pena.

– Não sei. Não tenho certeza. O senhor gosta muito de fontes?

– *Ça dépend* – respondeu Poirot.

– Eu falo um pouco de francês – disse Miranda. – O senhor falou "isso depende", não falou?

– Isso mesmo! Você parece bem estudiosa e inteligente.

– Todo mundo diz que a srta. Emlyn é uma ótima professora. Ela é nossa diretora. Uma pessoa bastante rígida e um pouco severa, mas nos conta coisas muito interessantes.

– Então, com certeza, é uma boa professora – disse Hercule Poirot. – Você conhece este lugar muito bem. Parece conhecer todos os caminhos. Você vem aqui com frequência?

– Sim, é um de meus passeios favoritos. Ninguém sabe onde estou quando venho aqui. Sento nas árvores, nos galhos, e fico observando as coisas. Gosto disso. De observar as coisas acontecerem.

– Que tipo de coisa?

– Geralmente pássaros e esquilos. Os pássaros causam muita confusão, não acha? Não são como naquele poema que diz "os pássaros em seus pequenos ninhos convivem em paz". Eles não são assim, não é? E observo os esquilos.

– E você observa as pessoas?

– Às vezes. Mas pouca gente vem aqui.

– Por quê?

– Acho que as pessoas têm medo.

– Por que elas teriam medo?

– Porque alguém foi assassinado aqui há muito tempo. Antes de ser um jardim. Isto aqui era tudo de pedra, e nessa época havia muito cascalho ou areia aqui. Foi onde a encontraram. O senhor acredita no velho ditado, "quem nasceu para ser enforcado jamais se afogará"?

– Ninguém nasce para ser enforcado hoje em dia. Não se enforca mais ninguém neste país.

– Mas enforcam em alguns países. Enforcam no meio da rua. Li no jornal.

– Ah. E você acha isso bom ou ruim?

A reação de Miranda não foi responder diretamente à pergunta, mas Poirot considerou aquilo como uma resposta.

– Joyce foi afogada – ela disse. – A mamãe não quis me contar, mas acho isso uma bobagem, o senhor não acha? Já tenho doze anos.

– Joyce era sua amiga?

– Sim. Uma grande amiga, na verdade. Ela me contava coisas muito interessantes às vezes. Histórias de elefantes e de príncipes indianos. Ela conhecia a Índia. Eu gostaria muito de conhecer. Joyce e eu contávamos todos os nossos segredos uma para a outra. Não tenho tanta coisa para contar quanto a mamãe. A mamãe já foi à Grécia. Foi lá que ela conheceu a tia Ariadne, mas ela não me levou.

– Quem lhe contou sobre Joyce?

– A sra. Perring, nossa cozinheira. Ela estava conversando com a sra. Minden, a faxineira. Alguém ficou segurando a cabeça dela dentro de uma bacia de água.

– Você tem alguma ideia de quem poderia ser essa pessoa?

– Acho que não. Elas não pareciam saber, mas elas são meio burrinhas, na realidade.

– *Você* sabe, Miranda?

– Eu não estava lá. Estava com dor de garganta e febre. Por isso a mamãe não me levou. Mas acho que podia saber. Porque ela foi afogada. Foi por isso que lhe perguntei se o senhor achava que alguém nascia para ser afogado. Vamos passar pela cerca. Cuidado com a roupa.

Poirot foi atrás dela. A passagem pela cerca vindo do Jardim da Pedreira se ajustava melhor à compleição física de sua pequena guia, que parecia um duende – a estreita passagem era praticamente uma rodovia para ela. Mas Miranda foi bastante solícita com Poirot, avisando dos arbustos com espinhos e afastando os elementos mais pontiagudos da cerca. Os dois saíram num lugar do jardim perto de uma pilha de esterco e passaram por uma estufa de pepineiro abandonada em frente a duas latas de lixo. A partir dali, um pequeno e belo jardim, quase todo plantado de roseiras, dava fácil acesso ao pequeno bangalô. Miranda seguiu na frente, passando por uma porta-janela aberta e anunciando, com o modesto orgulho de um colecionador que acabara de pegar uma amostra de um besouro raro:

– Ele está aqui.

– Miranda, vocês não vieram pela cerca, vieram? Você deveria ter dado a volta e entrado pelo portão lateral.

– Esse caminho é melhor – disse Miranda. – Mais rápido e mais curto.

– E muito mais penoso, imagino.

– Esqueci-me – disse a sra. Oliver –, cheguei a apresentá-lo a minha amiga, a sra. Butler?

– Claro. No correio.

A apresentação mencionada tinha sido questão de alguns instantes, numa fila diante do guichê. Poirot podia agora avaliar melhor a amiga da sra. Oliver. Antes, tinha visto apenas uma mulher esbelta, com um lenço na cabeça e escondida dentro da capa de chuva. Judith Butler era uma mulher de aproximadamente 35 anos de idade, e enquanto sua filha se parecia com uma dríade ou uma ninfa da floresta, Judith estava mais para uma náiade. Poderia ter sido uma virgem do Reno. Seus longos cabelos loiros caíam sobre seus ombros, de maneira bastante harmoniosa. Tinha feições delicadas, com um rosto longo e ligeiramente côncavo, no qual se viam dois grandes olhos verdes claros, ornados por cílios compridos.

— Fico muito feliz e gostaria de agradecer apropriadamente, monsieur Poirot – disse a sra. Butler. – Foi muita gentileza de sua parte ter vindo até aqui a pedido de Ariadne.

— Os pedidos de minha amiga, a sra. Oliver, são ordens para mim – disse Poirot.

— Que exagero – disse a sra. Oliver.

— Ela tem certeza de que o senhor será capaz de descobrir tudo sobre essa coisa atroz. Miranda, querida, poderia pegar as broinhas na cozinha? Estão numa bandeja, em cima do forno.

Miranda desapareceu. Ao sair, dirigiu à mãe um sorriso inteligente que dizia, dentro das possibilidades de um sorriso: "Ela quer que eu me retire por alguns instantes".

— Tentei evitar que ela ficasse sabendo – disse a mãe de Miranda – disso... dessa coisa horrível que aconteceu. Mas percebi, logo no começo, que seria em vão.

— É verdade – disse Poirot. – Não há nada que se espalhe num bairro residencial com tanta velocidade quanto a notícia de uma desgraça, ainda mais uma desgraça como essa. De qualquer maneira – acrescentou –, não temos como seguir pela vida ignorando o que acontece a nossa volta. E as crianças percebem tudo.

— Não sei se foi Burns ou sir Walter Scott que disse: "Há uma criança entre nós observando tudo" – disse a sra. Oliver –, mas ele certamente sabia do que estava falando.

— Ao que tudo indica, Joyce Reynolds viu um assassinato – disse a sra. Butler. – Mas é difícil acreditar.

— Acreditar que Joyce viu um assassinato?

— Acreditar que, tendo visto uma coisa dessas, ela nunca tivesse falado nada. Isso não era do feitio dela.

— A primeira coisa que todo mundo me conta sobre Joyce – Poirot disse, com a voz suave – é que ela era mentirosa.

— É possível – disse Judith Butler – que uma criança invente uma coisa e depois se constate que essa coisa era verdade.

— Esse é o ponto central, de onde começamos – disse Poirot. – Joyce Reynolds foi sem dúvida assassinada.

— E o senhor já começou. Provavelmente já sabe tudo a respeito – disse a sra. Oliver.

— Madame, não me peça coisas impossíveis. A senhora está sempre com pressa.

— Por que não? – perguntou a sra. Oliver. – Ninguém jamais realizaria nada hoje em dia se não tivesse pressa.

Miranda voltou nesse momento com uma bandeja cheia de broinhas de milho.

— Deixo aqui? – perguntou. – Espero que vocês já tenham terminado de conversar. Terminaram? Ou querem que eu pegue alguma outra coisa na cozinha?

Havia uma malícia dissimulada em sua voz. A sra. Butler colocou o bule de chá de prata georgiana no aparador, ligou uma chaleira elétrica que havia sido desligada um pouco antes de a água ferver, encheu o bule e serviu o chá. Miranda oferecia as broinhas quentes e sanduíches de pepino com seriedade e elegância.

— Ariadne e eu nos conhecemos na Grécia – disse Judith.

— Eu caí no mar – contou a sra. Oliver – quando estávamos voltando de uma das ilhas. O mar estava agitado, e os marinheiros sempre dizem "pule", claro, no momento mais adequado, mas não confiamos, ficamos com medo e pulamos quando parece perto, mas, claro, é o momento em que estamos mais afastados. – Fez uma pausa para respirar. – Judith ajudou a me tirar da água e isso criou uma espécie de vínculo entre nós, não foi?

— É verdade – confirmou a sra. Butler. – Além disso, adorei seu nome de batismo – acrescentou. – Pareceu-me bastante apropriado, de certa forma.

— Sim, acho que é um nome grego – comentou a sra. Oliver. – É meu nome de verdade, não um pseudônimo literário. Mas nunca me aconteceu nada de Ariadne na vida. Jamais fui abandonada numa ilha grega pelo meu verdadeiro amor ou algo do gênero.

Poirot escondeu com a mão no bigode o ligeiro sorriso que não conseguiu conter ao imaginar a sra. Oliver no papel de uma donzela grega abandonada.

— Não temos como viver sempre à altura de nosso nome — disse a sra. Butler.

— É verdade. Não consigo imaginá-la decapitando seu amado. Foi assim que aconteceu, não foi? Entre Judith e Holofernes.

— Era seu dever patriótico — disse a sra. Butler —, pelo qual, se não me engano, ela foi glorificada e recompensada.

— Não conheço muito da história de Judith e Holofernes. O livro é apócrifo, não? Ainda assim, falando em nomes, as pessoas dão aos outros, aos filhos, quero dizer, nomes muito estranhos, não acham? Quem foi que enterrou um prego na cabeça de alguém? Jael ou Sísera. Nunca me lembro quem era o homem ou a mulher dessa história. Jael, acho. Não lembro de nenhuma criança com esse nome.

— Ela lhe ofereceu manteiga num prato nobre — disse Miranda inesperadamente, fazendo uma pausa quando ia retirar a bandeja do chá.

— Não olhe para mim — disse Judith Butler para a amiga. — Não fui eu que apresentei os livros apócrifos para Miranda. Ela aprendeu isso na escola.

— Pouco comum nas escolas de hoje em dia, não? — disse a sra. Oliver. — Eles preferem ensinar ética.

— Não a srta. Emlyn — protestou Miranda. — Ela disse que se formos à igreja hoje em dia só ouviremos a versão moderna da Bíblia nas lições e nos sermões, e que isso não tem nenhum mérito literário. Deveríamos, no mínimo, conhecer a linda prosa e os versos brancos da Versão Autorizada. Eu gostei muito da história de Jael e Sísera — comentou. — Não é o tipo de coisa — disse, pensativa — que eu pensaria em fazer. Enfiar pregos na cabeça de alguém enquanto a pessoa está dormindo.

— Espero que não — disse sua mãe.

— E como você se desfaria de seus inimigos, Miranda? — perguntou Poirot.

— Eu seria muito bondosa — respondeu Miranda, num tom contemplativo. — Seria mais difícil, mas preferiria assim, porque não gosto de coisas que machucam. Eu usaria algum tipo de droga que causasse a eutanásia. A pessoa ia dormir, sonhar e simplesmente não acordaria. – Retirou algumas xícaras, o pão e a manteigueira. – Vou lavá-las, mamãe – disse –, se você quiser levar monsieur Poirot para conhecer o jardim. Ainda há algumas rosas rainha Elizabeth lá atrás.

Miranda saiu da sala carregando cuidadosamente a bandeja.

– Uma menina surpreendente essa Miranda – disse a sra. Oliver.

– A senhora tem uma linda filha, madame – elogiou Poirot.

– Sim, *agora* ela é linda. Não sabemos como serão quando crescerem. Às vezes, as crianças engordam e ficam iguais a porquinhos bem cevados. Mas agora ela parece uma ninfa da floresta.

– Não é de se espantar que ela goste tanto do Jardim da Pedreira ao lado de sua casa.

– Às vezes preferiria que ela não gostasse tanto. Ficamos preocupados com pessoas andando em lugares desertos, mesmo que estejam perto de lugares onde há movimento. Estamos o tempo todo com medo hoje em dia. É por isso que o senhor precisa descobrir por que aconteceu aquela coisa horrível com Joyce, monsieur Poirot. Porque enquanto não soubermos quem foi, não nos sentiremos seguros... em relação a nossos filhos, quero dizer. Leve monsieur Poirot ao jardim, Ariadne. Dentro de um ou dois minutos, eu vou.

A sra. Butler retirou duas xícaras e um prato que ainda estavam na mesa e foi para a cozinha. Poirot e a sra. Oliver saíram pela porta de vidro. O pequeno jardim era como a maioria dos jardins de outono. Viam-se ainda algumas varas-de-ouro e margaridas-de-são-miguel numa ponta e algumas rosas rainha Elizabeth com suas cabeças cor-de-rosa erguidas, imóveis. A sra. Oliver caminhou rapidamente em direção a um banco de pedra, sentou-se e fez um sinal para que Poirot se sentasse a seu lado.

– O senhor disse que achava Miranda parecida com uma ninfa da floresta – comentou ela. – O que o senhor acha de Judith?

— Acho que o nome de Judith deveria ser Ondina — respondeu Poirot.
— Sim, uma ninfa das águas. Ela realmente parece ter saído do Reno, do mar, de um lago na floresta. Seus cabelos parecem que estão sempre molhados. No entanto, não há nenhuma espécie de descuido nela, concorda?
— Ela também é uma mulher muito amável — disse Poirot.
— O que o senhor acha dela?
— Não tive tempo de pensar ainda. Apenas acho uma mulher bonita e atraente e que algo a preocupa bastante.
— Com toda razão, não?
— O que eu gostaria, madame, é que a senhora me contasse o que *a senhora* sabe sobre ela.
— Bem, acabei conhecendo-a muito bem no cruzeiro. O senhor sabe, amigos íntimos temos muito poucos, apenas um ou dois. O resto, gostamos uns dos outros, mas não nos esforçamos para nos vermos novamente. Com uma ou duas pessoas, sim. Bem, Judith foi uma dessas pessoas que *desejei* encontrar de novo.
— A senhora a conhecia antes da excursão?
— Não.
— Mas a senhora sabe algo a seu respeito?
— Bem, sei apenas coisas comuns. Sei que é viúva — contou a sra. Oliver. — Seu marido morreu há muitos anos. Ele era piloto de avião. Morreu num acidente de carro. Parece que bateu numa daquelas coisas que se desprendem daquela máquina, não lembro o nome, que circulava aqui na estrada uma noite dessas. Algo assim. Ele a deixou numa situação difícil, parece. Ela ficou muito mal com tudo isso. Nem gosta de falar dele.
— Miranda é filha única?
— Sim. Judith trabalha como secretária em meio expediente no bairro, mas não tem emprego fixo.
— Ela conhecia as pessoas que moravam na Casa da Pedreira?
— O senhor se refere ao coronel e à sra. Weston?

– Não, à antiga proprietária, a sra. Llewellyn-Smythe. Não é isso?

– Acho que sim. Acho que já ouvi esse nome. Mas ela morreu há uns dois ou três anos já. Por isso, não ouvimos falar muito a seu respeito. As pessoas que estão vivas não bastam para o senhor? – perguntou a sra. Oliver com certa irritação.

– Claro que não – retrucou Poirot. – Também tenho que interrogar sobre as pessoas que morreram ou que desapareceram do mapa.

– Quem desapareceu?

– Uma menina *au pair* – respondeu Poirot.

– Ah – fez a sra. Oliver, elas estão sempre desaparecendo, não? Isto é, aparecem aqui, ganham seu dinheiro e vão direto para o hospital, porque engravidam. Dão à luz e batizam o filho de Auguste, Hans, Boris, um nome desses. Ou vêm para se casar com alguém, ou atrás de algum jovem por quem se apaixonaram. O senhor não acreditaria nas coisas que minhas amigas me contam! A questão das babás, ou meninas *au pair*, é que ou elas são um presente do céu para mães sobrecarregadas, que não querem se separar delas, ou roubam nossas meias... quando não são assassinadas... Oh!

– Acalme-se, madame – disse Poirot. – Não parece haver motivos para acreditar que uma *au pair* foi assassinada. Muito pelo contrário.

– O que o senhor quer dizer com "muito pelo contrário"? Não faz sentido.

– Talvez não. Mesmo assim...

Poirot retirou seu bloquinho do bolso e fez uma anotação.

– O que o senhor está escrevendo aí?

– Algumas coisas que aconteceram no passado.

– O senhor parece muito perturbado com o passado.

– O passado é o pai do presente – disse Poirot, sentenciosamente.

Ofereceu a caderneta de anotações à sra. Oliver.

– A senhora quer ver o que escrevi?

– Claro que quero. Arrisco-me a afirmar que não significará nada para mim. As coisas que *o senhor* considera importante anotar, eu não considero.

Poirot entregou-lhe a caderneta preta.

"Mortes: por exemplo, sra. Llewellyn-Smythe (rica), Janet White (professora). Escriturário – esfaqueado, processo anterior por falsificação.

Embaixo, estava escrito: "Menina ópera desaparece".

– O que é "menina ópera"?

– É o termo que minha amiga, irmã de Spence, usa para o que a senhora e eu chamamos de menina *au pair*.

– Por que teria desaparecido?

– Porque estava a ponto de se meter num problema legal.

O dedo de Poirot apontou para a anotação seguinte. A palavra era simplesmente "Falsificação", com dois pontos de interrogação depois.

– Falsificação? Por que falsificação? – perguntou a sra. Oliver.

– É o que *eu* me pergunto. *Por que* falsificação?

– Que tipo de falsificação?

– Um testamento foi forjado, aliás, um codicilo. Um codicilo a favor da menina *au pair*.

– Influência indevida? – sugeriu a sra. Oliver.

– Falsificação é algo muito mais grave do que influência indevida – disse Poirot.

– Não entendo o que isso tem a ver com o assassinato da pobre Joyce.

– Nem eu – disse Poirot. – Mas por isso mesmo é que é interessante.

– Qual é a próxima palavra? Não estou conseguindo ler.

– Elefantes.

– Como isso pode ter alguma relação com todo o resto?

– Pode ter – disse Poirot. – Creia-me. Pode ter.

Poirot levantou-se.

– Preciso ir – disse. – Por favor, peça desculpa à anfitriã em meu lugar por não ter me despedido dela. Adorei conhecê-la e sua amável e extraordinária filha. Diga-lhe para cuidar bem dela.

– *"Minha mãe dizia que eu jamais deveria brincar com as crianças no parque"* – citou a sra. Oliver. – Bem, até logo. Se o senhor gosta de ser misterioso, suponho que continuará sendo misterioso. O senhor nunca diz o que fará.

– Tenho um encontro marcado na Fullerton, Harrison & Leadbetter amanhã de manhã em Medchester.

– Por quê?

– Para conversar sobre falsificação e outros assuntos.

– E depois?

– Quero falar com certas pessoas que também estavam presentes.

– Na festa?

– Não. No momento dos preparativos.

Capítulo 12

O escritório da Fullerton, Harrison & Leadbetter era típico de uma firma antiquada da mais alta respeitabilidade. A ação do tempo se fazia sentir. Não havia mais Harrisons, nem Leadbetters. Havia um sr. Atkinson, um jovem sr. Cole e ainda o sr. Jeremy Fullerton, o sócio mais antigo.

O sr. Fullerton, um senhor idoso e esbelto, tinha um rosto impassível, voz seca, de advogado, e olhar inesperadamente arguto. Sob sua mão, havia uma folha de papel de carta, com algumas palavras que ele acabara de ler. Releu-as, atentando para seu sentido exato. Em seguida, olhou para o homem cuja nota apresentava.

– Monsieur Hercule Poirot?

Fez sua própria avaliação do visitante. Um senhor estrangeiro, muito elegante na indumentária, com sapatos de couro envernizado muito apertados para ele. Rugas de cansaço no canto dos olhos. Um dândi, um almofadinha, recomendado pelo inspetor Henry Raglan, do Departamento de Investigação Criminal, com o respaldo do inspetor Spence (aposentado), ex--oficial da Scotland Yard.

– Inspetor Spence, não? – disse o sr. Fullerton.

Fullerton conhecia Spence. Um homem que fez um bom trabalho na sua época, muito conceituado entre seus superiores. Vagas lembranças lhe vieram à mente, sobretudo a de um caso célebre, mais célebre do que prometia, um caso aparentemente comum. Evidentemente! Chegou a seu conhecimento que seu sobrinho Robert tinha se envolvido, como advogado júnior. Um assassino psicopata, segundo consta, um sujeito que mal tentara se defender, um homem que parecia querer ser enforcado (porque naquela época teria sido forca mesmo). Nada de quinze anos de prisão ou um número indefinido de anos. Não. Naquela época pegava-se a pena máxima. É uma lástima que tenham acabado com isso, pensava o sr. Fullerton em sua mente fria. Os jovens criminosos de hoje em dia acham que não arriscam muito transformando o assalto em um homicídio. Uma vez que a vítima está morta, não há ninguém para depor contra eles.

Spence havia sido encarregado do caso, um homem calmo e tenaz, que insistia em afirmar que eles haviam pegado o homem errado. E, de fato, haviam pegado o homem errado, e a pessoa que conseguiu provar isso foi uma espécie de amador estrangeiro. Um detetive aposentado da polícia belga. Já tinha uma boa idade na época. Hoje, provavelmente senil, pensava o sr. Fullerton, mas devia comportar-se com a mesma prudência. Informação, era o que vinha lhe pedir. Dar uma informação, afinal, não podia ser um erro, uma vez que não julgava ter informação alguma que pudesse ser útil naquele assunto. Um caso de homicídio infantil.

O sr. Fullerton tinha uma ideia de quem havia cometido o crime, mas não estava tão seguro como gostaria de estar, porque havia, pelo menos, três possibilidades. Qualquer um dos três vagabundos poderia ter assassinado a menina. Palavras passavam pela sua cabeça. Retardado mental. Avaliação psiquiátrica. Era assim que tudo iria terminar, sem dúvida. No entanto, afogar uma criança durante uma festa era muito diferente dos inúmeros casos de crianças que não chegavam em casa da escola por terem aceitado carona de estranhos, contrariando a recomendação dos pais, e que mais tarde eram encontradas nas vizinhanças de um bosque ou de uma cascalheira. Uma cascalheira. Quando foi aquilo? Há muitos, muitos anos.

Tudo isso levou cerca de quatro minutos. O sr. Fullerton limpou a garganta de modo ligeiramente asmático.

– Monsieur Hercule Poirot – falou de novo. – Em que posso ajudá-lo? Imagino que seja o caso dessa menina, Joyce Reynolds. Uma coisa terrível. Terrível mesmo. Não vejo realmente como ajudá-lo. Sei muito pouco a respeito do que aconteceu.

— Mas o senhor é, pelo que me consta, o assessor jurídico da família Drake.

— Sim, sim. Hugo Drake, coitado. Um grande sujeito. Conheço-os há anos, desde que eles compraram a Casa das Macieiras e vieram morar aqui. Uma tristeza. Poliomielite. Contraiu pólio numa viagem de férias de um ano para o exterior. Mentalmente, sua saúde era incomparável. É triste quando uma coisa dessas acontece com um homem que a vida inteira se dedicou aos esportes. Sim. Uma tristeza saber que você ficará aleijado para sempre.

— Pelo que eu soube, o senhor também está encarregado das questões jurídicas da sra. Llewellyn-Smythe.

— A tia dele. Sim. Uma mulher incrível. Veio morar aqui quando sua saúde ficou abalada, para estar mais perto do sobrinho e da esposa dele. Comprou aquele "elefante branco", a Casa da Pedreira. Pagou muito mais do que vale, mas dinheiro não era problema para ela. Era bastante rica. Poderia ter encontrado uma casa mais bonita, mas era a pedreira em si que a fascinava. Contratou um paisagista, um indivíduo bem conceituado na área, creio. Um desses caras boas-pintas, de cabelo comprido, muito talentoso. Fez um excelente trabalho na pedreira. Chegou até a sair na *Casas e Jardins*. Sim, a sra. Llewellyn-Smythe sabia escolher as pessoas. Não era só a questão de um rostinho bonito de homem. Algumas mulheres idosas são bobas nesse sentido, mas esse rapaz era inteligente e um dos melhores profissionais do paisagismo. Mas estou divagando um pouco. A sra. Llewellyn--Smythe morreu há quase dois anos.

— E de maneira repentina.

Fullerton olhou para Poirot.

— Bem, eu não diria isso. Ela sofria de problemas cardíacos, e os médicos avisaram que ela precisava se cuidar, mas a sra. Llewellyn-Smythe era o tipo de mulher que tem dificuldade em acatar ordens. Não era hipocondríaca. — Tossiu e continuou: — Mas imagino que nos desviamos do assunto que o trouxe aqui.

— Não muito – disse Poirot –, mas eu gostaria, se o senhor permitir, de lhe fazer algumas perguntas sobre um assunto completamente diverso. Algumas informações sobre um de seus empregados, Lesley Ferrier.

— Lesley Ferrier? – perguntou o sr. Fullerton, um pouco surpreso. – Lesley Ferrier. Deixe-me ver. Quase esqueci quem era. Ah, sim, claro. Foi esfaqueado, não?

— Ele mesmo.

— Bem, não sei se tenho muita coisa a lhe contar sobre ele. Isso aconteceu há alguns anos. Ele foi esfaqueado perto do Green Swan uma noite. Ninguém foi preso. Ouso dizer que a polícia tinha alguma ideia de quem era o assassino, mas acho que não encontraram provas.

— Foi um crime passional? – interrogou Poirot.

— Tudo leva a crer que sim. Ciúmes. Ele era amante de uma mulher casada. O marido dela era dono de um pub, o Green Swan, em Woodleigh Common. Um lugar bastante despretensioso. O jovem Lesley, parece, começou a sair com outra menina, ou mais de uma, segundo dizem. Um mulherengo. Chegou a se meter em encrenca uma ou duas vezes.

— O senhor estava satisfeito com ele como empregado?

— Não estava insatisfeito. Ele tinha seus pontos fortes. Tratava bem os clientes e estudava os contratos. Teria sido mais eficiente se tivesse dado mais valor a seu trabalho e mantido um bom comportamento, em vez de se envolver com mulheres, a meu modo antiquado de ver, abaixo de sua posição social. Houve uma briga uma noite no Green Swan, e Lesley Ferrier foi esfaqueado no caminho de casa.

— O suspeito é alguma das mulheres com quem ele saía, ou a sra. Green Swan?

— Ninguém soube nada *ao certo*. Acho que a polícia considerou como um caso de ciúme, mas... – não continuou a frase, encolhendo os ombros.

— Mas o senhor não tem certeza.

– Ah, isso acontece – disse o sr. Fullerton. – *"Nada mais terrível do que a fúria de uma mulher desprezada."* Isso é sempre citado nos tribunais. Às vezes, é verdade.

– Mas vejo que o senhor não está nem um pouco convencido de que esse foi o caso aqui.

– Bem, eu gostaria de ter mais provas, digamos. Como a polícia. Parece que o promotor público as rechaçou.

– *Poderia* ter sido algo completamente diferente?

– Oh, sim. Poderíamos tecer diversas teorias. O jovem Ferrier não tinha um caráter muito estável. Teve uma boa educação. Uma boa mãe, viúva. O pai não era lá grande coisa. Escapou por pouco de várias complicações. Uma infelicidade para sua esposa. Nosso jovem, de certa forma, puxou ao pai. Envolvia-se, de vez em quando, com pessoas de reputação duvidosa. Eu procurava não julgá-lo. Ele ainda era jovem. Mas chamei sua atenção por estar se envolvendo com as pessoas erradas, metido em transações ilícitas. Para ser sincero, eu o teria mantido só por causa da mãe. Era um rapaz talentoso. Dei uma ou duas advertências, esperando que ele se endireitasse. Mas há muita corrupção nos dias de hoje. E essa corrupção tem aumentado nos últimos dez anos.

– O senhor acha que alguém lhe guardava rancor?

– É possível. Esse envolvimento com... gangues, sei que é uma palavra melodramática... mas é muito perigoso se envolver com esse tipo de gente. A menor desconfiança de uma traição e o sujeito é apunhalado pelas costas, sem a menor cerimônia.

– Não houve testemunhas?

– Não. Nenhuma testemunha. A pessoa que executou o serviço, evidentemente, tomou todas as precauções. Álibis no local e horário adequado, essas coisas.

– Mesmo assim, *alguém* pode ter visto o crime. Alguém bem improvável. Uma criança, por exemplo.

– Tarde da noite? Nas proximidades do Green Swan? Acho difícil, monsieur Poirot.

— Uma criança – insistiu Poirot – que conseguisse se lembrar. Talvez estivesse voltando da casa de uma amiga, ali perto. Vinha por uma trilha. Talvez tenha visto algo por trás de uma cerca.

— Que imaginação o senhor tem, monsieur Poirot! O que o senhor está dizendo me parece totalmente improvável.

— A mim, não me parece tão improvável assim – retorquiu Poirot. – As crianças *veem* muitas coisas. Muitas vezes, estão em lugares que ninguém espera que estejam.

— Mas, com certeza, quando chegam em casa, contam o que viram.

— Talvez não – insistiu Poirot. – Podem não estar muito seguras do que *viram*, sobretudo se o que viram não tiver sido tão assustador. As crianças nem sempre chegam em casa contando sobre um acidente de carro que presenciaram ou alguma violência inesperada. Elas guardam muito bem seus segredos. Guardam segredos e ficam pensando neles. Às vezes, ficam felizes de saber que têm um segredo, um segredo que não contam para ninguém.

— Contariam para a mãe – objetou o sr. Fullerton.

— Não tenho tanta certeza disso – contestou Poirot. – Segundo minha experiência, há muitas coisas que as crianças *não* contam para as mães.

— Posso saber por que o senhor está tão interessado no caso de Lesley Ferrier? A lamentável morte de um jovem por um ato de violência lastimável, tão comum hoje em dia.

— Não sei nada a respeito dele. Mas queria saber, porque se trata de uma morte violenta que ocorreu há não muitos anos. Pode ser importante para mim.

— O senhor sabe, sr. Poirot – disse o sr. Fullerton, com certa severidade. – Não consigo entender por que o senhor veio me procurar, nem conceber o que realmente lhe interessa. Não vejo como suspeitar que haja alguma relação entre a morte de Joyce Reynolds e o assassinato de um jovem de atividades promissoras, apesar de um tanto quanto ilícitas.

– Podemos suspeitar de tudo – disse Poirot. – Precisamos investigar para descobrir mais coisas.

– Desculpe-me, mas em questões relacionadas a crimes, precisamos de provas.

– O senhor deve ter ouvido falar que a falecida Joyce afirmou, diante de várias testemunhas, ter visto um assassinato.

– Num lugar como este – disse o sr. Fullerton –, os boatos correm soltos. E, se me permite acrescentar, esses boatos costumam ser exagerados, pouco dignos de crédito.

– Isso também é verdade – concordou Poirot. – Joyce tinha apenas treze anos, creio. Uma criança de nove anos pode se lembrar de algo que viu... um atropelamento, uma briga, uma luta de facas numa noite escura, uma professora sendo estrangulada... Tudo isso pode deixar uma forte impressão na mente dela, e talvez ela não queira falar a respeito, por não ter certeza da natureza dos fatos que presenciou. Tudo aquilo fica guardado em sua mente, e ela se esquece do que viu, até que alguma coisa desperta sua memória. O senhor concorda que isso pode acontecer?

– Oh, sim, claro, mas acho muito difícil. Parece-me uma hipótese bastante absurda.

– Vocês já tiveram aqui também, creio eu, um caso de desaparecimento. Uma moça estrangeira. Acho que se chamava Olga, ou Sonia. Não lembro direito do sobrenome.

– Sim. Olga Seminoff.

– Um caráter pouco confiável também, suponho.

– Sim.

– Era cuidadora ou enfermeira da sra. Llewellyn-Smythe, não? A pessoa que o senhor acabou de descrever, tia da sra. Drake...

– Sim. Ela teve várias cuidadoras... duas outras estrangeiras, parece. Com uma delas ela se desentendeu logo de cara. A outra era boazinha, mas ignorante de doer. A sra. Llewellyn-Smythe não suportava gente burra. Olga, sua última investida, agradou-lhe. Não era, pelo que me lembro, uma moça muito atraente

— comentou o sr. Fullerton. — Era baixinha, meio atarracada, um tanto quanto austera. As pessoas da vizinhança não gostavam muito dela.

— Mas a sra. Llewellyn-Smythe *gostava* — disse Poirot.

— Acabou apegando-se muito a ela, insensatamente, ao que parece.

— É mesmo?

— Tenho certeza de que não estou lhe contando nada que o senhor já não tenha ouvido — disse o sr. Fullerton. — Essas coisas, como lhe disse, propagam-se com a velocidade de um incêndio.

— Pelo que eu soube, a sra. Llewellyn-Smythe deixou uma grande quantidade de dinheiro para a moça.

— Sim, foi a coisa mais surpreendente que poderia acontecer — disse o sr. Fullerton. — A sra. Llewellyn-Smythe não mudava as disposições básicas de seu testamento há anos, exceto por alguns acréscimos de instituições de caridade ou alterações de doações por motivo de morte do beneficiário. Talvez o senhor já saiba o que estou lhe contando, se está interessado nesse assunto. Seu dinheiro sempre esteve destinado a seu sobrinho, Hugo Drake, e à esposa dele, da qual também era primo. Ou seja, a esposa de Hugo Drake também era sobrinha da sra. Llewellyn-Smythe. Se um dos dois morresse antes dela, o dinheiro ficaria para o sobrevivente. Uma boa parte da herança ficava para instituições de caridade e para antigos criados. Mas a que acabou sendo considerada a versão final do testamento foi apresentada três semanas antes de a sra. Llewellyn-Smythe morrer, e não foi, como até então, redigida por nossa firma. Era um codicilo escrito de próprio punho. Incluía uma ou duas instituições de caridade — não tantas quanto antes —, nada para os antigos criados, e todo o resto da considerável fortuna ficava para Olga Seminoff, em reconhecimento à dedicação e afeição demonstradas. Uma alteração chocante, diferente de tudo o que a sra. Llewellyn-Smythe sempre fizera.

— E aí? — perguntou Poirot.

— O senhor já deve ter ouvido falar do que aconteceu depois. Peritos em caligrafia revelaram que o codicilo era nitidamente uma falsificação. A escrita tinha apenas uma ligeira semelhança com a letra da sra. Llewellyn-Smythe. A sra. Smythe não gostava de máquina de escrever, e pedia para Olga escrever cartas de caráter pessoal, imitando, o máximo possível, sua letra. Às vezes, Olga chegava a imitar a assinatura da patroa. Já tinha prática. Parece que quando a sra. Llewellyn-Smythe morreu, a moça julgou-se capaz de imitar a caligrafia da falecida. Mas esse tipo de coisa não escapa aos peritos. Não mesmo.
— Alguma ação ia ser movida para contestar o documento?
— Sim. Houve, evidentemente, a habitual demora até o processo chegar no tribunal. Nesse ínterim, a jovem ficou com medo e, como o senhor acabou de dizer, desapareceu.

Capítulo 13

Quando Hercule Poirot se despediu e saiu, Jeremy Fullerton ficou sentado em sua mesa, tamborilando o tampo suavemente. Seu olhar, no entanto, estava longe. O sr. Fullerton estava absorto em pensamentos.

Pegou um documento a sua frente e olhou para o que estava escrito, mas não leu. A campainha discreta do telefone interno o interrompeu.

– Sim, srta. Miles?

– O sr. Holden está aqui, senhor.

– Sim. Seu horário era há 45 minutos. Ele explicou por que chegou tão atrasado?... Sim, sim, compreendo. A mesma desculpa que deu na última vez. Por favor, diga a ele que tenho outro cliente agora e que não tenho tempo. Marque, por favor, para a próxima semana, sim? Esse tipo de coisa não pode continuar acontecendo.

– Sim, sr. Fullerton.

O sr. Fullerton recolocou o fone no gancho e ficou sentado olhando pensativo para o documento que tinha diante de si. Ainda não o lia. Sua mente revisitava acontecimentos do passado. Dois anos – já fazia quase dois anos –, e aquele homenzinho esquisito, com seus sapatos de couro e bigodes compridos, vinha desenterrar aquele assunto, fazendo todas aquelas perguntas.

Repassava na cabeça uma conversa de quase dois anos antes.

Via de novo, sentada numa cadeira a sua frente, uma moça baixa, atarracada – pele morena, lábios grossos vermelhos e escuros, maçã do rosto marcante e olhos azuis ferozes que o fitavam sob as sobrancelhas hirsutas. Um rosto cheio de vitalidade, que certamente já sofrera – talvez estivesse destinado ao sofrimento –, mas que jamais aprenderia a suportá-lo. O tipo de mulher que lutaria até o fim. Onde estaria ela agora?, perguntava-se. De uma forma ou de outra, ela conseguira... o que havia conseguido exatamente? Quem a ajudara? Será que alguém a ajudara? Alguém deve ter ajudado.

Devia ter voltado, pensava o sr. Fullerton, para algum lugar conturbado da Europa Central, de onde vinha, ao qual pertencia, para onde tivera que voltar porque não havia outro caminho a tomar, a não ser que quisesse perder a liberdade.

Jeremy Fullerton era um defensor da lei. Acreditava na lei, desprezava grande parte dos magistrados de hoje, com suas sentenças pouco incisivas, sua aceitação das necessidades acadêmicas. Os alunos que furtavam livros, as jovens casadas que despojavam os supermercados, as moças que roubavam dinheiro do chefe, os rapazes que destruíam cabines telefônicas, nenhum deles agia por real necessidade, nenhum deles estava desesperado. A maioria não conhecia outra coisa além de excesso de indulgência na educação e a convicção de que tudo o que eles não podiam comprar era seu de direito. Apesar da fé intrínseca na necessidade de cumprimento da lei, o sr. Fullerton era um homem compassivo. Conseguia sentir pena das pessoas. Conseguia sentir pena e sentiu pena de Olga Seminoff, embora não tivesse se abalado com os argumentos fervorosos que a moça apresentara em defesa própria.

– Vim lhe pedir ajuda. Achei que o senhor pudesse me ajudar. O senhor foi muito gentil no ano passado. Conseguiu dar um jeito para eu ficar mais um ano na Inglaterra. Eles me disseram: "A senhora não precisa responder a nenhuma pergunta se não quiser. Pode se fazer representar por um advogado". Então, vim procurá-lo.

– As circunstâncias que você apresentou... – o sr. Fullerton se lembrava de como dissera isso de maneira seca e fria, uma frieza exacerbada pela pena que sentia – ... não se aplicam. Neste caso, não tenho liberdade para agir em seu nome legalmente. Estou representando a família Drake. Como você sabe, eu já era o advogado da sra. Llewellyn-Smythe.

– Mas ela está morta. Uma morta não precisa de advogado.
– Ela gostava de você – disse o sr. Fullerton.
– Sim, ela gostava de mim. É o que estou lhe dizendo. Foi por isso que ela quis me dar o dinheiro.
– Toda a fortuna dela?
– Por que não? Por que não? Ela não gostava dos parentes.
– Você está enganada. Ela gostava muito da sobrinha e do sobrinho.
– Bem, talvez ela gostasse do sr. Drake, mas da sra. Drake ela não gostava. Não tinha paciência para ela. A sra. Drake era muito intrometida. Não deixava que a sra. Llewellyn-Smythe fizesse o que bem entendesse. Não permitia que ela comesse o que quisesse.

– Ela é uma mulher muito conscienciosa, e só queria que sua tia obedecesse às ordens médicas em relação à dieta, restrições de atividades físicas e coisas desse tipo.

– As pessoas nem sempre querem obedecer às ordens médicas. Não querem que os parentes se metam. Querem viver livremente, fazendo o que desejam. Ela tinha muito dinheiro. Podia ter o que quisesse! Podia ter a quantidade que quisesse de qualquer coisa. Era rica. Tinha o direito de fazer o que bem entendesse com sua fortuna. O sr. e a sra. Drake já têm bastante dinheiro. Têm uma bela casa, roupas e dois carros. Estão muito bem assim. Para que mais?

– Eles eram seus únicos parentes vivos.

– Ela queria que *eu* ficasse com o dinheiro. Sentia pena de mim. Sabia de tudo o que passei. Sabia do meu pai, preso pela polícia e afastado de nós. Nunca mais o vimos, eu e minha mãe. E depois, minha mãe, como ela morreu. Toda a minha família morreu. É terrível o que passei. O senhor não sabe o que é viver num estado policial, como vivi. Não. O senhor está do lado da polícia, não do *meu* lado.

– Não – disse o sr. Fullerton –, eu não estou do seu lado. Sinto muito por tudo o que lhe aconteceu, mas foi você mesma que criou esta situação difícil.

— Não é verdade! Não fiz nada que não devesse fazer. O foi que eu fiz? Eu era carinhosa com ela, atenciosa. Trazia-lhe coisas que ela não podia comer, segundo as ordens médicas. Chocolates e manteiga. O tempo todo gordura vegetal. Ela não gostava de gordura vegetal. Queria manteiga, bastante manteiga.

— Não é só uma questão de manteiga — objetou o sr. Fullerton.

— Eu cuidava dela, era boa para ela! E por isso ela era grata. Aí, quando ela morreu e eu soube que, por sua bondade e afeição, ela havia deixado um documento assinado, legando-me todo o seu dinheiro, vêm os Drakes e me dizem que não poderei ficar com o dinheiro. Eles dizem um monte de coisas, que eu fui uma má influência, e coisas piores do que isso. Muito piores. Dizem que *eu* mesma escrevi o testamento. Isso é absurdo. Foi *ela* que escreveu. *Ela*. E depois mandou que eu saísse do quarto. Chamou a faxineira e Jim, o jardineiro. Disse que eram eles que deviam assinar o documento, não eu, porque eu ia ficar com o dinheiro. Por que não posso ficar com o dinheiro? Por que não posso ter alguma sorte na vida, alguma felicidade? Parecia tão maravilhoso. Planejei muitas coisas quando fiquei sabendo da herança.

— Não tenho a menor dúvida.

— Por que não posso ter planos? Por que não posso me alegrar? Serei feliz e rica. Terei tudo o que quiser. O que foi que eu fiz de errado? Nada. *Nada*. Estou lhe dizendo. Absolutamente *nada*.

— Tentei lhe explicar — disse o sr. Fullerton.

— Que tudo é mentira. O senhor diz que estou mentindo. O senhor acha que eu escrevi o testamento. Foi *ela* que escreveu. Ninguém pode afirmar o contrário.

— Certas pessoas dizem outra coisa — comentou o sr. Fullerton. — Agora escute. Pare de protestar e me escute. Não é verdade que a sra. Llewellyn-Smythe costumava lhe pedir para imitar sua letra nas cartas que redigia para ela? Isso porque a sra. Llewellyn-Smythe tinha a ideia ultrapassada de que era falta de delicadeza escrever cartas datilografadas para amigos ou conhecidos. Uma reminiscência dos tempos vitorianos. Hoje em dia, ninguém nem repara se a carta é datilografada ou escrita à mão. Mas para a sra. Llewellyn-Smythe, isso era uma grosseria. Entende o que estou dizendo?

– Sim, entendo. Por isso ela me pedia. "Olga, você responderá a essas quatro cartas conforme lhe pedi. Você até já fez um rascunho. Mas quero que você as escreva à mão, com a letra parecida com a minha." E me recomendava que praticasse sua caligrafia, que reparasse em como escrevia a letra "a", a letra "b", a letra "l" e outras letras. "Se estiver relativamente parecido, ótimo", dizia. "Você pode até assinar meu nome. Mas não quero que as pessoas achem que não sou mais capaz de escrever minhas próprias cartas. Embora, como você sabe, o reumatismo de meu pulso esteja piorando, o que me dificulta escrever. Mas não quero que minhas cartas pessoais sejam datilografas."

– Você poderia ter escrito as cartas com sua própria letra – disse o sr. Fullerton – e ter colocado uma observação no final "pela secretária" ou suas iniciais, se preferisse.

– Ela não queria que eu fizesse isso. Ela queria que pensassem que *ela* mesma escrevia as cartas.

E isso podia ser verdade, julgou o sr. Fullerton. Era uma postura típica de Louise Llewellyn-Smythe. Ela vivia chateada com o fato de não poder mais fazer as coisas que fazia antes, de não poder se afastar muito em seus passeios, subir montanhas ou realizar certos trabalhos manuais, principalmente com a mão direita. Ela queria poder dizer: "Estou em perfeitas condições e não há nada que eu não possa fazer se me empenhar". Sim, o que Olga estava lhe dizendo agora era verdade, e como era verdade, o codicilo anexado à última versão do testamento, devidamente redigido e assinado por Louise Llewellyn-Smythe, não levantou nenhuma suspeita no início. Foi em seu escritório, refletia o sr. Fullerton, que as suspeitas surgiram, porque tanto ele quanto seu sócio mais novo conheciam muito bem a caligrafia da sra. Llewellyn-Smythe. Foi o jovem Cole que reparou primeiro.

– Não consigo acreditar que Louise Llewellyn-Smythe tenha escrito este codicilo. Sei que ela tem sofrido de artrite, mas olhe estes exemplos da caligrafia dela que retirei de seus documentos para lhe mostrar. Tem alguma coisa estranha neste codicilo.

O sr. Fullerton concordou que havia algo estranho. Disse que ia pedir a opinião de especialistas. A resposta tinha sido muito clara. As opiniões de diferentes peritos não divergiam. A caligrafia do codicilo não era de Louise Llewellyn-Smythe. Se Olga tivesse sido menos ambiciosa, pensava o sr. Fullerton, se tivesse ficado satisfeita em escrever um codicilo começando como começou – "Por conta da dedicação e afeição demonstradas a mim, deixo..." – Era assim que começava, era assim que poderia ter começado, e se tivesse especificado uma boa soma de dinheiro a ser deixado para a dedicada *menina au pair*, os parentes poderiam ter considerado um exagero, mas teriam aceitado sem questionar. Mas cortar todos os parentes, o sobrinho que tinha sido o legatário de sua tia nos últimos quatro testamentos que ela fizera no período de quase vinte anos, e deixar tudo para uma estranha, Olga Seminoff – isso não era do caráter de Louise Llewellyn-Smythe. E, aliás, uma alegação de influência indevida poderia tornar sem efeito um documento desses. Sim. Ela tinha sido ambiciosa, essa menina impetuosa. Possivelmente, a sra. Llewellyn-Smythe lhe dissera que deixaria algum dinheiro para ela por causa de sua bondade, atenção, por conta do carinho que a velha estava começando a sentir por aquela menina que satisfazia todos os seus caprichos, que fazia qualquer coisa que ela lhe pedisse. E isso teria aberto uma perspectiva para Olga. Ela teria tudo. A velha deixaria tudo para ela, e ela ficaria com *todo* o dinheiro. Todo o dinheiro, a casa, as roupas e as joias. Tudo. Menina ambiciosa. Agora estava recebendo a punição.

E o sr. Fullerton, contra sua vontade, contra seus instintos jurídicos e contra um monte de outras coisas, sentia pena dela. Muita pena. Ela vinha sofrendo desde a infância, conheceu os rigores de um estado policial, perdeu os pais, um irmão e uma irmã e deparou-se com a injustiça e o medo, desenvolvendo uma característica certamente inata, mas que jamais pudera exercitar: uma forte ambição infantil.

— Todo mundo está contra mim — disse Olga. — Todo mundo. Vocês todos estão contra mim. O senhor não é imparcial porque sou estrangeira, porque não pertenço a este país, porque não sei o que dizer, o que fazer. O que eu *posso* fazer? Por que o senhor não me diz o que fazer?

— Porque não acho que haja muito a fazer — respondeu o sr. Fullerton. — A melhor saída é confessar tudo.

— Se eu fizer o que o senhor está me recomendando, será tudo mentira. Foi ela que escreveu aquele testamento. Ela mesma escreveu. Pediu que eu saísse do quarto enquanto os outros assinavam.

— Existem provas contra você, você sabe. Algumas pessoas dirão que a sra. Llewellyn-Smythe muitas vezes não sabia o que assinava. Ela possuía os mais variados documentos, e nem sempre relia o que lhe apresentavam.

— Bem, então ela não sabia o que estava dizendo.

— Minha querida — disse o sr. Fullerton —, sua sorte é que você é ré primária, estrangeira e não fala inglês muito bem. Nesse caso, poderá pegar uma sentença menor ou talvez conseguir liberdade condicional.

— Tudo palavras. Serei presa e jamais me soltarão.

— Agora quem está falando absurdos é você — disse o sr. Fullerton.

— O melhor seria fugir, fugir e me esconder, de modo que ninguém me encontrasse.

— Se for emitida uma ordem de prisão, você será encontrada.

— Não se eu for rápida, se eu for embora imediatamente, se alguém me ajudar. Eu poderia fugir, fugir da Inglaterra. Num navio ou avião. Poderia descobrir alguém que falsifique passaportes, vistos, o que precisar. Alguém que faça algo por mim.

Tenho amigos. Existem pessoas que gostam de mim. Alguém poderia me ajudar a desaparecer. É disso que eu preciso. Posso colocar uma peruca, arranjar umas muletas.

– Ouça – disse o sr. Fullerton, e falava com autoridade. – Tenho pena de você. Vou lhe recomendar a um advogado que fará tudo o que puder. Não dá para simplesmente desaparecer. Você está falando como uma criança.

– Tenho dinheiro suficiente. Poupei dinheiro – fez uma pausa e continuou: – O senhor tentou ser gentil. Sim, acredito nisso. Mas o senhor não fará nada, porque tudo é a lei... a lei. Mas alguém me ajudará. Alguém me ajudará. E fugirei para um lugar onde jamais me encontrarão.

Realmente, ninguém a encontrara, pensava o sr. Fullerton. E se perguntava, sem a mínima ideia da resposta: onde estaria Olga Seminoff agora?

Capítulo 14

I

Ao ser recebido na Casa das Macieiras, Hercule Poirot foi conduzido à sala de estar e informado de que a sra. Drake não demoraria.

Passando pelo corredor, ouviu o murmurinho de vozes femininas por trás do que julgou ser a porta da sala de jantar.

Poirot foi até a janela da sala de estar e ficou olhando o belo jardim, bem planejado e cuidadosamente mantido. Exuberantes margaridas de outono ainda sobreviviam, amarradas a pedaços de madeira. Os crisântemos ainda não tinham perdido sua vitalidade. Uma ou duas rosas persistiam, indiferentes ao inverno que se aproxima.

Poirot não conseguia discernir qualquer sinal das atividades preliminares de um paisagista. Era tudo resultado de cuidado e convenções. O detetive se perguntava se a sra. Drake não teria sido ludibriada por Michael Garfield. Ele lançara seus encantos em vão. O jardim, aparentemente, continuava sendo um jardim suburbano esplendidamente bem tratado.

A porta se abriu.

– Desculpe ter feito o senhor esperar, monsieur Poirot – disse a sra. Drake.

Lá fora, no corredor, o barulho de vozes diminuía. As pessoas estavam se despedindo.

– É a festa de Natal de nossa igreja – explicou a sra. Drake. – Uma reunião da comissão para os preparativos e tudo mais. Essas reuniões sempre demoram mais do que o necessário. Alguém sempre discorda de algo ou tem uma boa ideia, geralmente inviável.

Havia uma certa aspereza em seu tom. Poirot conseguia imaginar Rowena Drake considerando tudo um absurdo, de maneira firme e resoluta. Compreendia, pelas observações da irmã de Spence, pelo que insinuavam as pessoas e por diversas outras fontes, que Rowena Drake era daquele tipo de personalidade dominante que não atrai muita simpatia, pois quer controlar tudo. Conseguia imaginar também que sua escrupulosidade não devia ter sido muito apreciada por uma parenta idosa muito parecida com ela nesse sentido. A sra. Llewellyn-Smythe, ao que constava, viera morar aqui para estar perto do sobrinho e da esposa dele, e a esposa assumira a responsabilidade pelos cuidados da tia do marido, da maneira que podia, uma vez que não morava com ela. A sra. Llewellyn-Smythe provavelmente reconhecia que devia muito a Rowena, mas ao mesmo tempo devia se ressentir pelo que considerava ser seu jeito autoritário.

– Bom, já foi todo mundo embora – disse Rowena Drake, ouvindo a última batida da porta do corredor. – Em que posso ajudá-lo? Alguma coisa a mais sobre aquela festa apavorante? Antes eu nunca tivesse feito essa festa aqui. Mas nenhuma outra casa parecia apropriada. A sra. Oliver ainda está com Judith Butler?

– Acredito que sim. Deve voltar a Londres em um ou dois dias. A senhora não a conhecia pessoalmente?

– Não. E adoro os livros dela.

– É considerada uma excelente escritora, creio – disse Poirot.

– De fato é uma ótima escritora. Uma pessoa muito simpática também. Ela tem alguma ideia? Digo, sobre quem pode ter feito aquela coisa terrível?

– Acho que não. E a senhora, madame?

– Já lhe disse. Não tenho a mínima ideia.

– A senhora pode dizer isso, mas talvez tenha, digamos, uma ideia muito boa. Uma ideia meio formada. Uma ideia *possível*, não?

– Por que o senhor acha isso?

Ela olhou para ele com curiosidade.

– Talvez a senhora tenha visto algo... algo insignificante, mas que depois, refletindo em retrospecto, possa ter lhe parecido mais relevante.

– O senhor deve ter alguma coisa em mente, monsieur Poirot. Algum incidente específico.

– Admito que sim. Por conta de algo que me disseram.

– Quem?

– A srta. Whittaker. Uma professora.

– Ah, sim, claro. Elizabeth Whittaker. Professora de matemática, não? No The Elms. Ela realmente estava na festa, eu me lembro. Ela viu alguma coisa?

– Na verdade, não é que ela viu alguma coisa, mas ela acha que *a senhora* viu.

A sra. Drake sacudiu a cabeça, aparentemente surpresa.

– Não consigo me lembrar de nada que possa ter visto – disse Rowena Drake –, mas nunca se sabe.

– Ela me falou de um vaso – contou Poirot. – Um vaso de flores.

– Um vaso de flores? – Rowena Drake parecia intrigada. Até que sua fisionomia se desanuviou. – Ah, claro. Já sei. Havia um grande vaso de crisântemos e plantas de outono em cima da mesa, no canto da escada. Um belo vaso de vidro. Um de meus presentes de casamento. As folhas pareciam estar murchando, assim como uma ou duas flores. Lembro-me de ter reparado nisso ao passar pelo corredor... já quase no final da festa, acho, não me lembro direito... Não entendi por que estavam assim. Fui lá, coloquei minha mão dentro do vaso e descobri que algum idiota havia se esquecido de botar água ao arrumar as plantas. Fiquei furiosa. Então, levei o vaso para o banheiro e o enchi. Mas o que eu poderia ter visto no banheiro? Não havia ninguém lá. Tenho certeza. Reparei que um ou dois meninos e meninas mais velhos tinham passado por ali no decorrer da festa para ficar de "agarramento", como se diz, mas quando entrei com o vaso não havia ninguém.

– Não, não, não é a isso que me refiro – disse Poirot. – Soube que houve um acidente. Que o vaso escorregou de sua mão e caiu lá embaixo no corredor, quebrando inteiro.

– Oh, sim – confirmou Rowena. – Quebrou em pedacinhos. Fiquei bem chateada com isso, porque, como lhe contei, era um de meus presentes de casamento, um vaso lindo, desses pesados que aguentam grandes arranjos de flores. Foi falta de cuidado de minha parte. Meus dedos escorregaram. O vaso caiu de minhas mãos e se espatifou no chão do corredor lá embaixo. Elizabeth Whittaker estava lá. Ajudou-me a catar os cacos e varrer os pedacinhos de vidro, para que ninguém pisasse neles. Juntamos tudo num canto, perto do relógio de pêndulo, e deixamos para limpar melhor mais tarde.

Olhou curiosa para Poirot.

– É a esse incidente que o senhor se refere? – perguntou.

– Sim – respondeu Poirot. – A srta. Whittaker não entendeu como a senhora deixou o vaso cair. Ela teve a impressão de que alguma coisa a assustou.

– A mim? – Rowena Drake ficou olhando para Poirot e franziu a testa, tentando se lembrar. – Não, não me lembro de ter ficado assustada. Escorregou mesmo. O tipo de coisa que acontece quando estamos lavando louça, por exemplo. Acho que foi resultado do cansaço. Eu estava bastante cansada àquela altura, depois de todos os preparativos, a festa, e todo o resto. Mas, no final, ficou tudo bem. Foi apenas um lapso decorrente do cansaço.

– Tem certeza de que nada a assustou? Algo inesperado que a senhora possa ter visto?

– Visto? Onde? No corredor lá embaixo? Não vi nada no corredor lá embaixo. Estava vazio no momento, porque todo mundo estava no *snapdragon*, exceto a srta. Whittaker, evidentemente. E acho que nem reparei em sua presença até ela vir me ajudar quando desci.

– A senhora não teria visto ninguém, por exemplo, saindo pela porta da biblioteca?

– Pela porta da biblioteca... Compreendo o que o senhor quer dizer. Sim, eu *poderia* ter visto – fez uma longa pausa, depois encarou Poirot com um olhar firme e direto. – Não vi *ninguém* saindo da biblioteca – disse. – Ninguém...

Poirot ficou pensando. A forma como a sra. Drake dissera aquilo foi o que lhe deu a impressão de que ela não estava falando a verdade, de que ela *havia visto* alguém ou alguma coisa, talvez a porta se abrindo um pouco, com alguém espiando lá de dentro. Mas ela havia sido categórica em sua negação. Por quê?, perguntava-se Poirot. Porque a pessoa que ela viu era uma pessoa que ela não queria acreditar, nem por um momento, que tivesse alguma coisa a ver com o crime cometido do outro lado da porta? Uma pessoa com quem ela se importava, ou alguém – o que era mais provável – que ela queria proteger. Alguém que talvez tivesse acabado de sair da infância, alguém que não estivesse totalmente consciente da barbaridade que acabara de cometer.

Poirot considerava a sra. Drake uma mulher dura, mas íntegra. Do tipo juíza, diretora de instituições de caridade ou defensora do que se costumava chamar de "boas ações". Do tipo que acreditava piamente em circunstâncias atenuantes, disposta, por mais estranho que pareça, a desculpar o jovem criminoso. Um adolescente, uma menina com distúrbios mentais. Alguém que tivesse estado – como é a expressão? – "em tratamento". Se esse fosse o tipo de pessoa que Rowena Drake viu saindo da biblioteca, pensava Poirot, é possível que seu instinto de proteção tenha entrado logo em ação. Não era incomum, nos dias atuais, que as crianças cometessem crimes, crianças até bastante novas, de sete, nove anos, e era difícil saber como tratar esses pequenos delinquentes nos juizados de menores. Era necessário encontrar desculpas para eles. Lares desfeitos. Pais negligentes e desajustados. Mas as pessoas que os defendiam com maior veemência, as pessoas que procuravam inocentá-los de qualquer maneira, geralmente eram como Rowena Drake. Uma mulher austera e crítica, exceto nesses casos.

Poirot não pensava da mesma maneira. Colocava a justiça em primeiro lugar. Suspeitava da misericórdia – isto é, excesso de misericórdia. O excesso de misericórdia, de acordo com sua experiência tanto na Bélgica quanto naquele país, muitas vezes resultava em mais crimes fatais de vítimas inocentes, que não teriam sido vítimas se a justiça tivesse sido priorizada, em detrimento da misericórdia.

– Compreendo – disse Poirot. – Compreendo.

– O senhor acha possível que a srta. Whittaker tenha visto alguém entrar na biblioteca? – perguntou a sra. Drake.

Poirot ficou interessado.

– Ah, a senhora acha que pode ter acontecido isso?

– Estou apenas levantando uma hipótese. Ela pode ter visto alguém entrando na biblioteca, digamos, cinco minutos antes, e aí, quando deixei cair o vaso de flores, talvez tivesse lhe ocorrido a ideia de que vi a mesma pessoa, de que vi quem era. É possível que ela não queira dizer nada para não comprometer, injustamente, alguém que ela mal viu. Ela pode ter visto uma criança ou um rapaz de costas.

– A senhora acha que foi uma criança, não acha, madame? Um menino, uma menina, uma criança mesmo ou um adolescente. A senhora não tem certeza, mas acha que esse é o tipo de pessoa mais provável de ter cometido o crime em questão, não?

A sra. Drake considerou a pergunta com cuidado, ponderando a resposta.

– Sim – respondeu, por fim. – Acho que sim. Não pensei muito a respeito. Tenho a impressão de que os crimes hoje em dia estão bastante relacionados com os jovens, pessoas que não sabem muito bem o que estão fazendo, que desejam vinganças tolas, que possuem instinto de destruição. Até os vândalos que quebram cabines de telefone ou furam pneus de carro, que fazem todo tipo de coisas para prejudicar os outros, só por ódio não de alguém em especial, mas do mundo todo. É uma espécie de sintoma desta época. Por isso, diante de um caso como esse, de uma criança afogada numa festa sem motivo aparente, acho que o assassino deve ser alguém que ainda não é totalmente responsável por suas ações. O senhor não concorda comigo que... bem... que isso é o mais provável?

– A polícia, creio, tem a mesma ideia que a senhora, ou tinha.

– Bem, eles devem saber. Temos policiais excelentes aqui. Resolveram diversos crimes. São muito meticulosos e jamais desistem. Acho que acabarão resolvendo este crime, embora não acredite que seja logo. Essas coisas costumam levar tempo. Muito tempo e paciência para encontrar provas.

– As provas, neste caso, não serão muito fáceis de encontrar, madame.

– Imagino. Quando meu marido foi morto... ele era inválido, o senhor sabe. Estava atravessando a rua e foi atropelado por um carro. Nunca encontraram o responsável. Como deve ser de seu conhecimento – ou talvez não –, meu marido foi vítima de poliomielite. Ficou parcialmente paralítico, há seis anos. Seu estado geral tinha melhorado, mas ele ainda era aleijado, e não teria como sair da frente de um carro que viesse em sua direção em alta velocidade. Senti-me um pouco responsável, embora ele insistisse em sair sem mim ou sem ninguém, porque ele se sentiria muito mal se tivesse que ter uma enfermeira por perto, ou uma esposa que fizesse o papel de enfermeira. Mas ele sempre tomava muito cuidado ao atravessar a rua. De qualquer maneira, sentimo-nos responsáveis quando acontece um acidente.

– Isso aconteceu junto com a morte de sua tia?

– Não. Ela morreu pouco tempo depois. Tudo parece vir de uma vez, não?

– É verdade – concordou Hercule Poirot. E continuou: – A polícia não conseguiu identificar o carro que atropelou seu marido?

– Era um Grasshopper Mark 7, creio. De cada três carros que vemos nas ruas, um é Grasshopper Mark 7, ou pelo menos era, na época. Dizem que é o carro mais popular do mercado. Acreditam que o carro foi roubado no Market Place, em Medchester. De um estacionamento lá. O carro pertencia ao sr. Waterhouse, um floricultor já idoso, de Medchester. O sr.

Waterhouse era um motorista cauteloso. Certamente não foi ele que causou o acidente. O mais provável é que tenha sido um desses jovens irresponsáveis que se apropriam de carros alheios. São tão descuidados, ou insensíveis, esses rapazes, que às vezes sentimos que eles deveriam ser tratados com mais severidade.

– Uma longa pena de prisão, talvez. Uma simples multa que os parentes indulgentes pagam não resolve muito.

– Devemos lembrar – disse Rowena Drake – que esses jovens estão numa idade em que é vital dar continuidade aos estudos se eles quiserem ser alguma coisa na vida.

– A "vaca sagrada" da educação – disse Poirot. – É uma expressão que ouvi. De pessoas que deviam saber. Indivíduos que detêm posições acadêmicas de certa relevância.

– Talvez eles não sejam muito tolerantes com a juventude, com a má educação. Lares desfeitos.

– Então a senhora acha que os jovens precisam de algo além de sentenças de prisão?

– Um tratamento terapêutico apropriado – respondeu Rowena Drake com segurança.

– E isso endireitaria "o pau que nasce torto"? A senhora não acredita na máxima "a cada homem lhe penduramos ao pescoço seu destino"?

A sra. Drake parecia extremamente confusa e um pouco irritada.

– Um ditado islâmico, creio – informou Poirot. A sra. Drake não se impressionou.

– Espero – ela disse – que não tenhamos que basear nossas ideias, ou até mesmo nossos ideais, na cultura do Oriente Médio.

– Precisamos aceitar os fatos – disse Poirot –, e um fato apresentado pelos biólogos modernos, biólogos ocidentais – acrescentou sem demora –, parece sugerir que a raiz das ações de uma pessoa está em sua estrutura genética. Que um assassino de 24 anos era um assassino em potencial aos dois, três ou quatro anos de idade. O mesmo vale para um matemático ou um gênio da música, evidentemente.

— Não estamos discutindo sobre assassinos — disse a sra. Drake. — Meu marido morreu num acidente. Um acidente causado por alguém descuidado ou desajustado. Seja quem for que o atropelou, há sempre a esperança de uma correção. A pessoa passa a aceitar a ideia de que é um dever demonstrar consideração para com os outros, aprende a sentir repulsa por incidentes fatais, causados pelo que se pode chamar de descuido criminoso, embora não seja criminoso na intenção.

— A senhora tem certeza, portanto, de que não houve intenção criminosa?

— Acho muito difícil — respondeu a sra. Drake, ligeiramente surpresa. — Pelo que sei, a polícia jamais considerou seriamente essa hipótese. Eu não considerei. Foi um acidente. Um acidente muito trágico, que alterou o curso de muitas vidas, inclusive a minha.

— A senhora diz que não estamos discutindo sobre assassinos — disse Poirot. — Mas no caso de Joyce, é exatamente o que estamos discutindo. Não houve acidente. Alguém enfiou a cabeça da menina de propósito na água, segurando-a até que ela morresse. Houve intenção de matar.

— Eu sei. Eu sei. É terrível. Não gosto nem de lembrar.

A sra. Drake levantou-se e pôs-se a andar de um lado para o outro, inquieta. Poirot insistia, de modo implacável.

— Ainda temos uma alternativa aí. Precisamos descobrir o motivo do crime.

— A meu ver, um crime desses não deve ter motivo.

— A senhora quer dizer que teria sido um assassinato cometido por alguém mentalmente perturbado, a ponto de ter prazer em matar? Aparentemente, matar pessoas jovens e imaturas.

— Ouvimos falar de casos assim. Difícil é descobrir a causa original. Os próprios psiquiatras não conseguem chegar a um consenso.

— A senhora se recusa a aceitar uma explicação mais simples?

— Mais simples? — perguntou Rowena Drake, perplexa.

— Alguém *sem* distúrbios mentais, um caso que *não* se prestasse a uma discussão psiquiátrica. Alguém, talvez, que quisesse apenas se sentir seguro.

— Seguro? Oh, o senhor quer dizer...

— A menina afirmou naquele dia mesmo, algumas horas antes, que tinha visto alguém cometendo um crime.

— Joyce — disse a sra. Drake, com firmeza e calma — era realmente uma menina muito tola. Infelizmente, nem sempre falava a verdade.

— Foi o que todo mundo disse — contou Hercule Poirot. — E estou começando a acreditar — acrescentou, suspirando. — Normalmente é assim.

Ficou de pé, mudando de postura.

— Queira desculpar-me, madame. Falei de coisas dolorosas que não me dizem respeito propriamente. Mas me parece, a julgar pelo que me contou a srta. Whittaker...

— Por que o senhor não tenta descobrir mais coisas com ela?

— Como assim?

— Ela é professora. Ela sabe, muito melhor do que eu, que potencialidades (como o senhor disse) existem entre as crianças que ela ensina.

Rowena Drake fez uma pausa e disse:

— A srta. Emlyn também.

— A diretora? — perguntou Poirot, surpreso.

— Sim. Ela sabe das coisas. Digo, é uma psicóloga nata. O senhor disse que eu poderia ter ideias, meio formadas, sobre quem matou Joyce. Pois bem. Eu não tenho, mas acho que a srta. Emlyn sim.

— Interessante...

— Não digo *provas*. Mas ela deve *saber*. *Ela* poderia lhe contar, mas não creio que o faça.

— Estou começando a ver — disse Poirot — que ainda tenho um longo caminho pela frente. As pessoas sabem das coisas, mas não querem me contar.

Olhou pensativo para Rowena Drake.

– Sua tia, a sra. Llewellyn-Smythe, tinha uma acompanhante que cuidava dela, uma moça estrangeira.

– Pelo que vejo, o senhor está a par de todas as fofocas daqui – disse Rowena, de maneira seca. – Sim, é verdade. Foi embora de repente, logo após a morte de minha tia.

– Por bons motivos, parece.

– Não sei se é calúnia ou difamação dizer isso, mas tudo indica que ela forjou um codicilo ao testamento de minha tia. Ou alguém a ajudou a fazê-lo.

– Alguém?

– Ela conhecia um rapaz que trabalhava num escritório de advocacia em Medchester. Ele já havia se envolvido num caso de falsificação antes. O caso nunca foi levado a juízo, porque a moça desapareceu. Quando chegou à conclusão de que o testamento não seria legitimado e que haveria um processo judicial, saiu da cidade e nunca mais foi vista.

– Ela também vinha de um lar desfeito, ouvi dizer – provocou Poirot.

Rowena Drake encarou-o com seriedade, mas ele sorria amigavelmente.

– Obrigado por tudo o que me contou, madame – disse.

II

Ao sair da casa de Rowena Drake, Poirot foi dar uma volta numa das ruas transversais da avenida principal chamada "Helpsly Cemetery Road". O cemitério em questão não estava muito longe dali. No máximo, dez minutos de caminhada. Evidentemente, era um cemitério construído nos últimos dez anos, em princípio para acompanhar a crescente importância de Woodleigh como cidade. A igreja, uma igreja de tamanho razoável que datava de dois ou três séculos antes, tivera um claustro muito pequeno em torno dela, mas o lugar já estava lotado. O novo cemitério, então, foi criado com um caminho que o ligava passando por dois campos. Era, pensava Poirot, um cemitério moderno, comercial, com as condolências apropriadas gravadas em mármore ou em lajes de granito. Havia vasos e pequenos canteiros de arbustos ou flores. Nenhum epitáfio ou inscrição interessante. Nada para um antiquário. Tudo limpo, organizado e com sentimentos adequados.

Poirot parou para ler uma tábua erguida sobre um túmulo recente, com diversos outros túmulos ao redor, todos datados de dois ou três anos antes. Trazia uma inscrição simples: "Dedicado à memória de Hugo Edmund Drake, amado esposo de Rowena Arabella Drake, que partiu desta vida no dia 20 de março de 19..."

Descanse em paz.

Ocorreu a Poirot, ainda sob o impacto da dinâmica Rowena Drake, que talvez o descanso tivesse sido bem-vindo ao finado sr. Drake.

Um vaso de alabastro tinha sido fixado ali e continha um resto de flores. Um jardineiro idoso, obviamente contratado para cuidar dos túmulos dos bons cidadãos que partiram desta vida, aproximou-se de Poirot na esperança de alguns minutos de conversa, deixando a enxada e a vassoura de lado.

– O senhor não é daqui, estou certo? – perguntou.

– Não – respondeu Poirot. – "Perante Ti, sou um forasteiro, como o foram meus antepassados."

– Ah, sim. Temos esse texto em algum lugar ou um troço bem parecido. Lá do outro lado. – Fez uma pausa e continuou: – Era um senhor muito amável, o sr. Drake. Aleijado, né? Teve paralisia infantil, como dizem, apesar de que não afeta só as crianças. Também afeta os adultos. Homens e mulheres. Minha mulher tinha uma tia que pegou essa doença na Espanha. Pois é. Foi de excursão e entrou em algum rio. Disseram depois que a água estava infectada, mas acho que eles não sabem muito. Os médicos não sabem. Mesmo assim, tem feito muita diferença hoje em dia. Todas essas vacinas que dão nas crianças. Hoje há menos casos do que antes. Sim, ele era um homem gentil e não reclamava, apesar de ser aleijado. Tinha sido um grande esportista no seu tempo. Jogava para nós no time aqui da cidade. Jogava bem. Um grande sujeito.

— Ele morreu num acidente, não foi?

— Foi. Atravessando a rua. Já estava anoitecendo. Veio um carro, dirigido por dois jovens delinquentes. É o que dizem. Não olharam. Foram embora. Nem pararam para ver. Abandonaram o carro em algum lugar, num estacionamento a uns trinta quilômetros. Não era deles. Eles roubaram o carro num estacionamento. Ah, é terrível. Acontece muito esse tipo de acidente hoje em dia. E a polícia geralmente não tem como fazer nada. Sua esposa era muito dedicada a ele. Deve ter sido difícil para ela. Vem aqui quase toda semana, traz flores. Sim, era um casal muito unido. Acho que ela não vai ficar aqui muito tempo.

— O senhor acha? Mas ela tem uma bela casa aqui.

— É verdade. E faz muita coisa na cidade. Todas essas coisas... associações de mulheres, chás, sociedades, tudo isso. Administra um monte de coisas. É um pouco mandona para algumas pessoas. Mandona e enxerida, dizem alguns. Mas o padre confia nela. Ela tem iniciativa. Organiza atividades para mulheres e tudo mais. Excursões e passeios. Ah, sim, às vezes penso, mas não digo nada a minha mulher, que todas essas boas ações que essas senhoras fazem não nos fazem gostar mais delas. Elas sempre sabem mais. Estão sempre nos dizendo o que devemos fazer e o que não devemos fazer. Nenhuma liberdade. Não existe muita liberdade em lugar nenhum hoje em dia.

— O senhor acha que a sra. Drake irá embora daqui?

— Eu não me espantaria se ela fosse embora, para morar no estrangeiro. Eles gostavam muito de viajar para o exterior nas férias.

— Por que o senhor acha que ela quer ir embora?

Um sorriso malicioso apareceu de repente no rosto do velho.

— Bem, eu diria que ela já fez tudo o que queria aqui. Como diz na Bíblia, ela precisa de outra vinha para trabalhar. Precisa de mais boas obras. Não existem mais boas obras para fazer aqui. Ela já fez tudo o que tinha para fazer, e até mais do que o necessário, algumas pessoas acham. Sim.

— Ela precisa de um novo campo de trabalho? — resumiu Poirot.

— Isso aí. Melhor se estabelecer num outro lugar onde possa consertar as coisas e mandar em outras pessoas. Já fez o que queria com a gente aqui, e não tem mais muito o que fazer.

— Pode ser — concordou Poirot.

— Não tem nem mais o marido para cuidar. Ela cuidou dele um bocado de anos. Isso lhe dava uma espécie de objetivo na vida, podemos dizer. Com isso e um monte de atividades fora de casa, ela conseguia ficar ocupada o tempo todo. E não teve filhos, uma pena. Então eu acho que ela vai começar tudo de novo em outro lugar.

— Talvez o senhor tenha razão. Para onde ela iria?

— Isso eu não sei. Algum desses lugares da Riviera, acho. Ou Espanha, Portugal. Ou Grécia. Já ouvi a sra. Butler falando da Grécia, das ilhas. Ela foi para a Grécia numa excursão. Excursão helênica, é o nome, que me parece mais coisa de apocalipse.

Poirot sorriu.

— As ilhas gregas — murmurou. Depois perguntou: — O senhor gosta dela?

— Da sra. Drake? Não diria exatamente que *gosto* dela. Ela é uma mulher boa. Cumpre seu dever para com o próximo e tudo mais. Mas sempre vai precisar da força do próximo para cumprir seu dever. E, na minha opinião, ninguém gosta de pessoas que estão sempre cumprindo seu dever. Vem me dizer como podar minhas roseiras, como se eu não soubesse. Está sempre em cima de mim insistindo para eu plantar um novo tipo de verdura. Repolho já está bom para mim.

Poirot sorriu e disse:

– Preciso ir. O senhor poderia me dizer onde moram Nicholas Ransom e Desmond Holland?

– Depois da igreja, terceira casa à esquerda. Moram com a sra. Brand. Vão todo dia à Escola Técnica de Medchester estudar. Devem estar em casa agora.

Lançou um olhar significativo para Poirot.

– Então é assim que sua mente está trabalhando, né? Tem gente que pensa a mesma coisa.

– Não estou pensando nada ainda. Mas eles estavam entre os presentes. Isso é tudo.

Ao sair, refletia: "Entre os presentes... já estou quase no fim de minha lista".

Capítulo 15

Dois pares de olhos fitaram Poirot com desconforto.
– Não sei o que mais podemos lhe contar. Nós já fomos interrogados pela polícia, sr. Poirot.
Poirot olhava para os dois meninos, que não podiam ser descritos exatamente como meninos. Tinham jeito de adulto. Tanto que, se fechássemos os olhos, a conversa poderia se fazer passar por uma conversa de adultos. Nicholas tinha dezoito anos e Desmond, dezesseis.
– Como favor a uma amiga, estou interrogando todos os que estiveram presentes numa determinada ocasião. Não na festa de Halloween em si, mas no momento dos preparativos da festa. Vocês dois ajudaram muito nesse momento, não?
– Sim, ajudamos.
– Até agora – disse Poirot –, já entrevistei as faxineiras, tive o privilégio de saber da visão da polícia, do médico, o médico que examinou o corpo pela primeira vez. Conversei com uma professora que estava presente, com a diretora da escola, com parentes confusos, ouvi muitos boatos que correm pela cidade. A propósito, disseram-me que vocês têm uma bruxa aqui?
Os dois rapazes a sua frente riram.
– O senhor se refere à mãe Goodbody. Sim, ela foi à festa e fez o papel de bruxa.
– Cheguei agora – explicava Poirot – à geração mais nova, às pessoas de visão e audição mais aguçadas, que estão por dentro dos avanços científicos e filosóficos. Estou ansioso, muito ansioso, para ouvir a opinião de vocês sobre esse assunto.
Dezoito e dezesseis, pensava Poirot, olhando os dois rapazes a sua frente. Jovens para a polícia, meninos para ele, adolescentes para os jornais. Chame-os como quiser. Produtos da época. Nenhum dos dois, ponderava, era estúpido, mesmo que não tivessem

uma inteligência tão elevada quanto a que acabara de sugerir, a título de lisonja, como era costume começar uma conversa. Os dois estiveram na festa. Também estiveram presentes mais cedo, no momento dos preparativos, para ajudar a sra. Drake.

Subiram escadas, colocaram abóboras amarelas em lugares estratégicos, instalaram lâmpadas decorativas, um ou outro tinha produzido efeitos incríveis utilizando antigas fotografias de possíveis maridos, como sonhavam as adolescentes esperançosas. Eles também tinham, por acaso, a idade exata para estar entre os principais suspeitos segundo o inspetor Raglan e, parece, na visão de um velho jardineiro. A porcentagem de crimes cometidos por esse grupo etário vinha aumentando nos últimos anos. Não que Poirot estivesse inclinado a uma determinada suspeita, mas tudo era possível. Era possível, inclusive, que o assassinato ocorrido há dois ou três anos tivesse sido perpetrado por um menino, jovem ou adolescente de quatorze ou doze anos de idade. Casos como esse apareciam nos jornais.

Com todas essas possibilidades em mente, Poirot as deixou de lado por um momento para se concentrar naqueles dois, sua aparência, suas roupas, seus modos, sua voz, e assim por diante, à maneira de Hercule Poirot, protegido por um escudo de palavras elogiosas e maneirismos estrangeiros, de modo que eles sentissem o prazer de desprezá-lo por trás de uma fachada de educação e boas maneiras. Pois ambos eram muito educados. Nicholas, o rapaz de dezoito anos, era bonito, usava costeletas, cabelo comprido e roupa toda preta, mas não pelo luto da tragédia recente. Esse era seu gosto. O mais novo usava um paletó de veludo rosa, calça roxa e uma espécie de camisa com franjas. Os dois, evidentemente, gastavam muito dinheiro com roupas, que certamente não eram compradas nas lojas da cidade, e eram eles mesmos que assumiam os gastos, não seus pais ou algum tutor.

Desmond era ruivo e tinha muito cabelo.

– Vocês estiveram na manhã ou na tarde da festa, pelo que eu soube, ajudando nos preparativos, não?

– No início da tarde – corrigiu Nicholas.
– Em que tipo de preparativo vocês ajudaram? Ouvi várias pessoas falando de preparativos, mas não sei muito bem o que eram. As informações não batem.
– Grande parte da iluminação, em primeiro lugar.
– Subindo em escadas para pendurar coisas.
– Ouvi dizer que houve também efeitos especiais com fotografias.

Desmond imediatamente enfiou a mão no bolso e tirou uma carteira onde levava, orgulhoso, alguns cartões.

– Preparamos previamente essas imagens – contou. – Maridos para as meninas – explicou. – As garotas são todas iguais. Querem algo atualizado. Um bom sortimento, não acha?

Entregou alguns exemplares para Poirot, que observou com interesse uma reprodução pouco nítida de um jovem de barba clara, de outro com uma auréola de cabelo e de um terceiro cuja cabeleira chegava quase até os joelhos, e havia alguns bigodes variados e outros enfeites faciais.

– Procurei fazer todos bem diferentes uns dos outros. Nada mal, não?

– Você tinha modelos?

– Não, somos nós mesmos. Truque de maquiagem, sabe? Nick e eu fizemos tudo. Algumas fotos Nick tirou de mim, e algumas eu tirei dele. Variamos apenas o penteado.

– Muito inteligentes – disse Poirot.

– Deixamos um pouco fora de foco, para parecer mais com foto de espíritos, por assim dizer.

O outro rapaz disse:

– A sra. Drake gostou muito e nos deu os parabéns. As fotos lhe provocaram risos. A maior parte do que fizemos na casa foi truque de iluminação. Instalamos algumas luzes para criar o efeito. Quando as meninas se sentavam com o espelho, um de nós refletia a imagem sobre uma tela, fazendo aparecer o rosto com o cabelo certo no espelho. Cabelo, bigode ou qualquer outra coisa.

– Elas sabiam que eram você e seu amigo?
– Acho que não. No momento da festa, não sabiam. Sabiam que havíamos ajudado na casa com algumas coisas, mas não acho que tenham nos reconhecido no espelho. Não eram tão espertas. Além disso, tínhamos uma espécie de maquiagem instantânea para modificar a imagem. Primeiro eu, depois o Nicholas. As meninas gritavam. Muito engraçado.
– E as pessoas que estavam lá à tarde? Não estou pedindo para que se lembrem de quem estava na festa.
– Na festa, acho que havia umas trinta pessoas, por aí. À tarde, estavam a sra. Drake, claro, e a sra. Butler; uma das professoras, Whittaker acho que se chamava; a sra. Flatterbut, um nome assim, irmã ou esposa do organista; a assistente do dr. Ferguson, a srta. Lee, que tinha aproveitado a tarde de folga para ajudar; e alguns meninos, que se colocaram à disposição, embora eu não achasse que precisava. As meninas só ficavam rindo, em grupinhos.
– Sim. Vocês se lembram das meninas que estavam lá?
– Bem, os Reynolds estavam. A coitada da Joyce, claro. A vítima e sua irmã mais velha, Ann. Menina assustadora. Não tem limites. Acha-se muito esperta. Tem certeza de que vai tirar sempre dez. E o menino, Leopold. Ele é horrível – disse Desmond. – É um dedo-duro, bisbilhoteiro, mentiroso. Não presta. E também estavam Beatrice Ardley e Cathie Grant, e umas duas ajudantes. Faxineiras, digo. E a escritora, aquela que o trouxe aqui.
– Algum homem?
– Ah, o padre veio dar uma olhada, se o senhor quiser contar com ele. Um velhinho legal, meio apagado. E o novo pároco. Ele gagueja quando está nervoso. Não ficaram muito tempo. Isso é tudo de que me lembro agora.
– Soube que vocês ouviram essa menina, Joyce Reynolds, dizendo alguma coisa sobre ter presenciado um assassinato.
– Eu não ouvi nada – disse Desmond. – Ela falou isso?

– Dizem que sim – respondeu Nicholas. – Eu não ouvi. Acho que não estava lá no momento. Onde ela estava quando disse isso?

– Na sala de estar.

– Sim, a maioria das pessoas estava lá, a não ser quem estava fazendo alguma coisa especial. Evidentemente, Nick e eu – disse Desmond – ficamos a maior parte do tempo no quarto onde as garotas iam ver seus amados no espelho. Ajeitando cabos e coisas do tipo. Ou então estávamos lá fora na escada instalando lâmpadas. Estivemos na sala de estar uma ou duas vezes colocando as abóboras no lugar e pendurando algumas com luzes dentro. Mas não ouvi nada disso quando estava lá. E você, Nick?

– Também não – respondeu Nick e acrescentou com certo interesse: – Joyce realmente disse que tinha visto um assassinato? Muito interessante se ela tiver visto mesmo, não?

– Por que interessante? – quis saber Desmond.

– Isso é P.E.S., percepção extrassensorial, não? Ela viu um assassinato, e uma hora ou duas depois ela mesma é assassinada. Ela deve ter tido algum tipo de visão. Intrigante! Experiências recentes levam a crer que podemos atingir esse tipo de visão com um eletrodo, ou algo assim, fixado na jugular. Li isso em algum lugar.

– Eles nunca foram muito longe com essa história de P.E.S – disse Desmond, com certo desdém. – As pessoas sentam-se em diferentes salas, olhando cartões ou palavras com quadrados e outros desenhos geométricos. Mas elas nunca veem as coisas certas, ou raramente veem.

– Bem, você precisa ser muito novo para fazer isso. Os adolescentes se saem melhor do que as pessoas mais velhas.

Hercule Poirot, sem a mínima disposição de ficar ouvindo essa discussão científica de alto nível, interrompeu a conversa.

– Até onde vocês se lembram, não aconteceu nada na casa que lhes parecesse estranho ou significativo de alguma forma, certo? Algo que talvez ninguém tenha percebido, mas que chamou a atenção de vocês.

Nicholas e Desmond ficaram pensando, evidentemente tentando puxar pela memória algum incidente que pudesse ter importância.

– Não, só muita tagarelice e arrumações.

– Você tem alguma ideia? – perguntou Poirot dirigindo-se a Nicholas.

– Ideia de quem matou Joyce?

– Sim. Algo que você tenha observado que poderia levá-lo a suspeitar de alguém, mesmo com base em fatores meramente psicológicos.

– Entendo o que o senhor está dizendo. Talvez sim.

– Aposto em Whittaker – disse Desmond, interrompendo a reflexão de Nicholas.

– A professora? – perguntou Poirot.

– Sim. Uma solteirona. Faminta por sexo. E esse negócio de dar aula, recalcada no meio de um monte de mulheres. O senhor se lembra, uma das professoras foi estrangulada há um ou dois anos. Ela era um pouco estranha, dizem.

– Lésbica? – perguntou Nicholas, num tom de voz de quem tinha experiência.

– Não me espantaria. Você se lembra de Nora Ambrose, a moça com quem ela morava? Não era feia. Whittaker tinha um ou dois namorados, dizem, e a moça com quem ela morava ficava danada da vida com isso. Dizem que era mãe solteira. Ficou afastada por dois semestres por motivo de doença e depois voltou. Boatos não faltam.

– Bem, de qualquer maneira, Whittaker ficou na sala de estar quase a manhã toda. Provavelmente ouviu o que Joyce disse. Pode ter lhe dado a ideia, não?

– Olha – disse Nicholas –, suponhamos que Whittaker... quantos anos você acha que ela tem? Quarenta e poucos? Chegando aos cinquenta... As mulheres ficam esquisitas mesmo nessa idade.

Os dois olharam para Poirot com ar de cães contentes que foram buscar alguma coisa a pedido de seu dono.

– Aposto que a srta. Emlyn sabe. Ela sabe de quase tudo que acontece em sua escola.

– E por que ela não diria?

– Talvez por uma questão de lealdade ou desejo de protegê-la.

– Ah, não creio que ela faria isso. Se achasse que Elizabeth Whittaker estava ficando louca, saberia que muitas crianças de sua escola poderiam ser suas vítimas.

– E o pároco? – sugeriu Desmond, com esperança. – *Ele* poderia estar um pouco fora de si. O pecado original e tudo mais, a água, as maçãs, todas essas coisas... Olha, tive uma ideia. Suponhamos que ele seja mesmo um pouco biruta. Não está aqui há muito tempo. Ninguém sabe muito sobre ele. Suponhamos que tenha surtado com o *snapdragon*. O fogo do inferno! Todas aquelas chamas! Aí, chamou Joyce e disse: "Venha comigo, quero lhe mostrar uma coisa". Conduziu-a ao quarto das maçãs e pediu que ela se ajoelhasse. "Vou batizá-la." E enfiou a cabeça dela na água. Veem como tudo se encaixa? Adão e Eva, a maçã, o fogo do inferno, o *snapdragon* e um novo batismo para curar o pecado.

– Talvez ele tenha se exibido para ela primeiro – disse Nicholas, empolgado. – Sempre existe algo de sexual nesse tipo de coisa.

Ambos olharam satisfeitos para Poirot.

– Bem – disse Poirot –, vocês certamente me deram alguma coisa em que pensar.

Capítulo 16

Hercule Poirot olhou com interesse para o rosto da sra. Goodbody. Realmente, o modelo perfeito para uma bruxa. Sua extrema amabilidade de caráter não desfazia a ilusão. Ela falava com gosto e prazer.

– Sim, deu tudo certo. Eu sempre faço o papel de bruxa aqui. O padre me felicitou no ano passado, dizendo que eu tinha representado tão bem que ele ia me dar um novo chapéu de bruxa. O chapéu de bruxa fica velho como qualquer outra coisa. Sim, eu me saí muito bem naquele dia. Faço versos, versinhos para as meninas, usando o nome delas. Um para Beatrice, um para Ann e todos os outros nomes. Passo o verso para quem estiver fazendo a voz do espírito e a pessoa recita para a menina no espelho. Os rapazes, Nicholas e Desmond, fazem aparecer as fotografias falsas. Morro de rir com algumas. Ver aqueles rapazes grudando pelos no rosto todo e tirando foto de si mesmos. E como eles se vestem! Vi Desmond outro dia com uma roupa inacreditável. Paletó rosa e bombachas marrons. Deixam as garotas no chinelo. As meninas só pensam em usar saias cada vez mais curtas, o que não é nada bom, porque elas deveriam usar mais roupas internas. Refiro-me a meias-calças de malha, que no meu tempo eram utilizadas por dançarinas de musicais. Elas gastam todo o dinheiro nisso. Mas os rapazes... meu Deus, eles parecem uns pássaros, uns pavões. Bem, gosto de cores e sempre acho que antigamente devia ser muito interessante, como vemos nas fotos. Todo mundo com rendas, cachos, chapéus e tudo mais. Chamavam a atenção das moças. Gibões e meias. Nos tempos históricos, pelo que vejo, as meninas só usavam saias-balão – crinolinas, como chamaram depois – e muitos babados em volta do pescoço! Minha avó costumava contar que suas moças – ela trabalhou na casa de uma boa família vitoriana –, essas moças (antes da época vitoriana, acho) – era a época daquele rei que tinha a cabeça parecida com uma pera... Guilherme IV, não? – bom, essas moças, digo, as moças de minha avó usavam vestidos longos de musselina, até o tornozelo, muito formais, mas elas costumavam umedecer a musselina para que o vestido ficasse colado nelas. Dessa forma, elas mostravam tudo o que tinham para mostrar. Pareciam sempre discretas, mas provocavam os homens, e como! – Fez uma pausa e continuou: – Emprestei minha bola de feiticeira à sra. Drake para a festa. Comprei essa bola num bazar. Está ali, pendurada perto da chaminé, está vendo? Azul escuro brilhante. Uma beleza. Deixo-a em cima de minha porta.

– A senhora lê o futuro?

– Não devo dizer que leio, devo? – disse, rindo. – A polícia não gosta disso. Não que eles se incomodem com o tipo de futuro que *eu* leio. Não tem nada de mais. Num lugar como este, todo mundo sabe de todo mundo, então é fácil.

– A senhora poderia consultar sua bola para saber quem matou a pequena Joyce?

– O senhor está misturando as coisas – disse a sra. Goodbody. – Essas coisas se veem numa bola de cristal, não numa bola de feiticeira. Se eu lhe dissesse quem eu acho que foi, o senhor não iria gostar. Diria que é contra a natureza. Mas muitas coisas vão contra a natureza.

– É verdade.

– Este é um bom lugar para viver, de um modo geral. Digo, as pessoas são decentes, a maioria. Mas, como em todo lugar, o diabo sempre tem alguns do seu lado. Pessoas nascidas e criadas para o mal.

– A senhora está falando de magia negra?

– Não, não estou falando disso – a sra. Goodbody respondeu com tom de desdém. – Isso é absurdo. Isso é para pessoas que gostam de se fantasiar e fazer um monte de tolice. Sexo e tudo mais. Estou falando das pessoas tocadas pelo mal, que nasceram assim. Os filhos de Lúcifer. Para eles, matar não significa nada, se puderem tirar algum proveito da morte. Quando desejam uma coisa, são implacáveis. Às vezes, parecem anjos. Conheci uma menina uma vez. Tinha sete anos de idade. Matou o irmão pequeno e a irmã. Gêmeos. De cinco ou seis meses, não mais. Sufocou-os no carrinho de bebê.

– Isso aconteceu aqui em Woodleigh Common?

– Não, não foi em Woodleigh Common não. Foi em Yorkshire, pelo que me lembro. Uma coisa horrível. Uma menininha linda. Com um par de asas, seria perfeita para cantar hinos de Natal. Parecia um anjinho. Mas não era. Estava podre por dentro. O senhor compreende o que quero dizer. O senhor não é mais nenhum garoto. Sabe que existe muita maldade no mundo.

– Infelizmente – disse Poirot. – A senhora está certa. Sei muito bem. Se Joyce realmente viu um assassinato...

– Quem disse que ela viu? – perguntou a sra. Goodbody.

– Ela mesma.

– Não há por que acreditar. Ela sempre foi uma mentirosa. – Lançou um olhar severo para Poirot. – O senhor não acreditou nisso, acreditou?

– Sim, acreditei – respondeu Poirot. – Muitas pessoas me disseram o mesmo, para eu continuar não acreditando.

– Acontecem coisas estranhas em algumas famílias – disse a sra. Goodbody. – Os Reynolds, por exemplo. O sr. Reynolds. Trabalha no ramo imobiliário. Nunca teve muito sucesso e nunca terá. Nunca progrediu. E a sra. Reynolds, sempre preocupada e aborrecida. Nenhum dos três filhos puxou aos pais. Ann, por exemplo, é muito inteligente. Terá muito sucesso nos estudos. Irá para uma universidade e talvez até dê aulas. Mas veja bem, ela é cheia de si. Tão cheia de si que ninguém consegue ficar perto dela. Nenhum rapaz olha para ela duas vezes. Depois a Joyce. Não era tão esperta como Ann, nem como Leopold, o caçula, mas queria ser. Queria sempre saber mais do que os outros, fazer melhor do que todo mundo, e dizia o que fosse necessário para chamar a atenção. Mas não pense que tudo o que ela dizia era verdade. De cada dez coisas que falava, nove eram mentira.

– E o menino?

– Leopold? Bem, ele tem apenas nove ou dez anos, acho, mas também é bastante esperto. Muito habilidoso com as mãos, entre outras coisas. Quer estudar física. Tem jeito para matemática também. Surpreendeu em matemática na escola. Sim, um menino inteligente. Será um desses cientistas que vemos por aí, suponho, e criará coisas terríveis, como bombas atômicas! É do tipo geninho, que pensa em coisas capazes de destruir metade do globo, com todos nós juntos, coitados de nós. Cuidado com Leopold. Ele prega peças nas pessoas e vive bisbilhotando. Descobre os segredos de todo mundo. Gostaria de saber de onde tira todo dinheiro que tem. Não é da mesada dos pais. Eles não têm como lhe dar muito. Mas Leopold está sempre com bastante dinheiro. Guarda numa gaveta, debaixo das meias. Compra coisas, um monte de brinquedos caros. De onde ele tira esse dinheiro? É o que eu gostaria de saber. Talvez descubra os segredos dos outros e faça chantagem.

A sra. Goodbody fez uma pausa para respirar.

– Bem, sinto muito não poder ajudá-lo.

– A senhora já me ajudou bastante – disse Poirot. – O que aconteceu com a menina estrangeira que desapareceu?

– Não foi muito longe, na minha opinião. *"Toca alto o sino, foi pra água o felino."* Foi o que sempre pensei.

Capítulo 17

— Desculpe-me, madame. Poderia falar com a senhora um minuto?

A sra. Oliver, que estava na varanda de sua amiga vendo se havia algum sinal da aproximação de Hercule Poirot — ele tinha avisado por telefone que viria conversar com ela em alguns instantes — olhou em volta.

Viu uma senhora de meia-idade bem vestida, torcendo nervosamente as mãos em luvas de algodão muito limpas.

— Pois não — disse a sra. Oliver, em tom de interrogação.

— Desculpe incomodá-la, madame, mas achei... bem, achei...

A sra. Oliver ouvia, mas sem induzi-la a falar. O que a estaria preocupando tanto?

— Se não me engano, a senhora é escritora, não? Escreve histórias sobre crimes, assassinatos, coisas desse tipo, não?

— Sim — respondeu a sra. Oliver. — Eu sou.

Ficou curiosa. Seria uma introdução para pedir um autógrafo ou até mesmo assinar uma fotografia? Não dava para saber. Acontece cada coisa!

— Achei que a senhora era a pessoa certa a procurar — disse a mulher.

A sra. Oliver reparou logo que a sra. Seja-lá-quem-fosse — a mulher usava aliança, portanto devia ser tratada de senhora — era do tipo que demora para dizer a que veio. A mulher sentou-se e continuou apertando as mãos enluvadas.

— Está preocupada com alguma coisa? — perguntou a sra. Oliver, fazendo o que podia para dar início à conversa.

— Bem, eu gostaria de lhe dar uma informação. Uma informação verídica sobre algo que aconteceu há um bom tempo e que, na verdade, não me preocupou na época. Mas sabe como é.

Ficamos pensando e de repente gostaríamos de conhecer alguém a quem pudéssemos perguntar.

– Compreendo – disse a sra. Oliver, visando inspirar confiança com essa afirmação totalmente insincera.

– Vendo as coisas que aconteceram ultimamente, nunca sabemos, não?

– A senhora se refere...

– Refiro-me ao que aconteceu na festa de Halloween, sei lá como chamam. Significa que as pessoas daqui não são confiáveis, concorda? E que as coisas não eram como pensávamos que fosse. Digo, talvez as coisas não sejam como pensamos, entende?

– Sim? – disse a sra. Oliver, intensificando o tom da interrogação no monossílabo. – Não sei seu nome.

– Leaman. Sra. Leaman. Faço faxina nas casas daqui. Desde que meu marido morreu, há cinco anos. Eu trabalhava para a sra. Llewellyn-Smythe, a dona que morava na Casa da Pedreira antes do coronel e da sra. Weston. Não sei se a senhora a conhece.

– Não – respondeu a sra. Oliver. – Não a conheço. Esta é a primeira vez que venho a Woodleigh Common.

– Sei. Bem, a senhora não deve saber direito do que aconteceu naquela época e do que se dizia então.

– Ouvi algumas coisas a respeito desde que cheguei aqui – informou a sra. Oliver.

– Não sei muito sobre leis, e sempre fico preocupada quando a questão envolve assuntos jurídicos. Advogados. Eles podem confundir tudo, e eu não gostaria de ir à polícia. Uma questão legal não tem nada a ver com a polícia, tem?

– Talvez não – respondeu a sra. Oliver, com cautela.

– A senhora talvez saiba sobre o que se disse na época a respeito do codi... não sei direito a palavra. Alguma coisa com "codi".

– Um codicilo? – sugeriu a sra. Oliver.

– Exatamente! A sra. Llewellyn-Smythe fez um desses codi... codicilos, deixando toda a fortuna para uma moça estrangeira que cuidava dela. E foi uma surpresa, porque ela tinha parentes aqui e viera para cá com o intuito de morar com eles. Gostava muito deles, principalmente do sr. Drake. E o codicilo surpreendeu a todos. Os advogados, então, começaram a dizer coisas. Disseram que a sra. Llewellyn-Smythe não tinha escrito o codicilo. Que a menina estrangeira tinha redigido o documento em seu lugar, sabendo que ficaria com todo o dinheiro. E disseram que iam mover uma ação contra ela. Que a sra. Drake ia condenar o testamento. Não sei se essa é a palavra certa.

– Os advogados iam *contestar* o testamento. Sim, acho que ouvi algo a respeito – disse a sra. Oliver, encorajando-a. – E a senhora sabe alguma coisa sobre isso?

– Eu não queria fazer mal a ninguém – disse a sra. Leaman, lamuriosa, num tom de voz que a sra. Oliver já tinha ouvido diversas vezes no passado.

A sra. Leaman, pensava Ariadne Oliver, devia ser uma mulher pouco confiável, uma bisbilhoteira, talvez, alguém que gostava de ouvir atrás das portas.

– Não disse nada na época – contou a sra. Leaman – porque não sabia direito o que estava acontecendo. Mas achei estranho, e admito para uma pessoa como a senhora, que sabe como são essas coisas, que eu queria descobrir a verdade. Trabalhei para a sra. Llewellyn-Smythe por algum tempo, e é normal querer saber como as coisas aconteceram.

– Claro – concordou a sra. Oliver.

– Se eu achasse que estava fazendo algo que não devia, evidentemente teria confessado tudo. Mas não achava que estivesse fazendo nada de errado. Não na época, se é que a senhora me entende – acrescentou.

– Claro que sim – falou a sra. Oliver. – Tenho certeza de que a entenderei. Continue. Estávamos falando do codicilo.

– Sim. Um dia, a sra. Llewellyn-Smythe não estava se sentindo muito bem e pediu para nos chamar, eu e Jim, o rapaz que cuidava do jardim, trazia lenha e carvão para casa, essas coisas. Entramos no quarto, e ela estava sentada na mesa, com papéis à frente. Nesse momento, ela se vira para a menina estrangeira, a srta. Olga, como a chamávamos, e diz: "Gostaria que você saísse do quarto agora, querida, para não se envolver nesta parte do assunto", algo assim. A srta. Olga, então, sai do quarto, e a sra. Llewellyn-Smythe pede para nos aproximarmos. "Este é meu testamento", diz ela, colocando um pedaço de mata-borrão em cima da parte superior do documento, mas a parte de baixo estava vazia. "Estou escrevendo uma coisa aqui neste documento e quero que vocês sejam testemunhas do que escrevi e de minha assinatura no final." Aí, ela começa a escrever ao longo da página. Usava uma pena áspera, pois não gostava de esferográficas ou outro tipo de caneta. Escreveu duas ou três linhas e assinou seu nome. Depois me disse: "Agora, sra. Leaman, assine seu nome aqui. Coloque seu nome e seu endereço". Em seguida, disse a Jim: "Você pode assinar aqui embaixo. Coloque seu endereço também. Aqui. Pronto. Agora vocês me viram escrever isso, viram minha assinatura e assinaram o documento comprovando que foram testemunhas". Em seguida, disse: "É isso. Muito obrigada". E saímos do quarto. Não pensei mais no assunto na época, mas fiquei intrigada. Quando eu estava saindo do quarto, olhei para trás. A porta nem sempre fecha direito, sabe como é? Precisamos puxá-la até ela fazer um clique. Portanto, eu estava fazendo isso... não estava realmente espiando, se é que a senhora me entende...

– Entendo, sim – disse a sra. Oliver, sem compromisso.

– Nesse momento vi a sra. Llewellyn-Smythe se levantar da cadeira – ela sofria de artrite e às vezes sentia dor ao se locomover –, ir à estante de livros e retirar um livro, onde colocou o papel que tinha acabado de assinar – o papel estava dentro de um envelope. Era um livro grande da prateleira de baixo. E ela voltou a colocá-lo na estante. Nunca mais pensei nisso. Não mesmo. Mas quando toda essa confusão veio à tona, bem, é claro que senti... pelo menos eu... – e parou de falar.

A sra. Oliver teve uma de suas intuições proveitosas.

– Mas certamente – disse – a senhora não esperou até que...

– Bom, vou lhe contar a verdade. Admito que estava curiosa. Afinal de contas, queremos saber *o que* assinamos, não? É da natureza humana.

– Sim – concordou a sra. Oliver. – Somos assim mesmo.

A curiosidade, pensava ela, era uma parte fundamental da natureza humana da sra. Leaman.

– Confesso que no dia seguinte, quando a sra. Llewellyn-Smythe foi para Medchester e eu estava arrumando o quarto como costumava fazer – uma verdadeira sala de estar, pois ela precisava descansar bastante –, pensei: "Bom, não tem nada de mais querer saber o que assinamos, quando assinamos alguma coisa". É como quando compramos alguma coisa e nos dizem para ler as letrinhas pequenas do contrato.

– No caso em questão, o que ela escreveu – ajudou a sra. Oliver.

– Pensei, então, que não havia problema. Eu não estava pegando nada. O que quero dizer é que eu tinha o direito de saber o que havia assinado. Comecei a procurar na estante, que precisava de uma faxina mesmo, e encontrei o tal livro. Estava na prateleira de baixo. Era um livro velho, do tipo vitoriano, e o título era *Perguntas e estudo sobre tudo*. Achei o título bastante apropriado. Entende?

– Claro – respondeu a sra. Oliver. – Era realmente perfeito. Aí a senhora pegou o documento e o olhou.

– Isso, madame. E se fiz bem ou mal, não sei. Mas de qualquer maneira, foi o que fiz. Era um documento legal. Na última página estava o que a sra. Llewellyn-Smythe tinha escrito na manhã anterior. Uma nova escrita com a nova pena que ela usou. Dava para ler facilmente, apesar da caligrafia pontiaguda.

– E o que dizia o documento? – perguntou a sra. Oliver, curiosíssima, como a sra. Leaman estava antes.

– Bem, pelo que me lembro, dizia... não me lembro das palavras exatas... alguma coisa sobre um codicilo e que apesar de todos os legados mencionados em seu testamento, ela deixava toda a sua fortuna para Olga... não me lembro direito do sobrenome. Começa com S. Seminoff, algo assim... em reconhecimento a sua bondade e cuidado durante o período em que esteve doente. Era isso, e estava assinado por ela, por mim e por Jim. Em seguida, coloquei o livro de volta no lugar, porque não queria que a sra. Llewellyn-Smythe soubesse que eu tinha mexido em suas coisas. – Fez uma pausa e continuou: – Bem, disse para mim mesma, isso *é* realmente uma surpresa. E pensei, estranho aquela moça estrangeira receber todo o dinheiro, porque todos sabemos que a sra. Llewellyn-Smythe era muito rica. Seu marido tinha trabalhado no ramo de construção de navios e lhe deixou uma grande fortuna. Pensei: "Algumas pessoas têm sorte". Veja bem, eu não gostava muito da srta. Olga. Ela era meio grossa às vezes e tinha um temperamento muito ruim. Mas devo admitir que era sempre muito atenciosa e educada com a velha senhora. Pensava em si mesma, claro, e ia se dar bem. Aí pensei: "Negar todo esse dinheiro à família". Bem, pensei, talvez a sra. Llewellyn-Smythe tivesse tido alguma desavença com a família no passado. Uma vez feitas as pazes, é possível que ela rasgue o testamento ou codicilo e faça um novo. Mas foi isso. Coloquei o livro de volta no lugar e não pensei mais no assunto. Até surgir toda a confusão em torno do testamento, que o documento tinha sido forjado e que a sra. Llewellyn-Smythe jamais poderia ter escrito aquele codicilo sozinha... porque era isso que diziam, que o documento não tinha sido escrito por ela, mas por outra pessoa...

– Sei – disse a sra. Oliver. – E aí, o que a senhora fez?

– Não fiz nada. E é isso o que me preocupa... Não entendi o que estava acontecendo na hora. Quando parei para refletir um pouco, não sabia ao certo *o que* fazer, e pensei: "Bem, é só conversa, porque os advogados eram contra a estrangeira, como todo mundo". Eu mesma não gosto muito de estrangeiros, devo confessar. De qualquer maneira, a própria moça vangloriava-se, cheia de si, e eu pensei: "Bem, pode ser somente uma questão legal. Talvez lhe digam que ela não tem direito ao dinheiro porque não é parente da velha. E tudo dará certo". E deu, de certa forma, porque eles desistiram da ideia de dar prosseguimento ao caso, que nem chegou ao tribunal, até onde se sabe. A srta. Olga fugiu. Voltou para seu país. Tudo indica, então, que houve alguma trapaça de sua parte. Talvez ela tenha ameaçado a velha, obrigando-a a refazer o testamento. Nunca se sabe, não é? Um de meus sobrinhos, que está estudando para ser médico, diz que é possível fazer coisas incríveis com a hipnose. Talvez ela tenha hipnotizado a sra. Llewellyn-Smythe.

– Isso faz muito tempo?

– A sra. Llewellyn-Smythe morreu há... quase dois anos.

– E isso não a preocupou?

– Não, não me preocupou, não. Não na época. Porque, como expliquei, não sabia que havia uma questão importante. Para mim, estava tudo certo. Ninguém questionava o fato de a srta. Olga ficar com o dinheiro, então não via por que me meter...

– Mas hoje a senhora pensa de modo diferente.

– Por causa daquela morte terrível... a criança que morreu com a cabeça enfiada numa bacia de maçãs. Tinha dito coisas sobre um assassinato, que tinha visto um assassinato ou sabido de algo. E pensei que talvez a srta. Olga tivesse matado a velha, achando que receberia todo o dinheiro, mas aí ela deve ter se assustado com o envolvimento da polícia e dos advogados e fugiu. Foi quando pensei: "Talvez eu deva contar isso para alguém", e me lembrei da senhora, que deve ter amigos no departamento jurídico. Amigos na polícia, de repente, e a senhora poderia explicar para eles que eu estava apenas espanando a estante e encontrei esse documento dentro de um livro, que coloquei de volta no lugar. Não peguei nada.

– Mas foi isso o que aconteceu, não foi? A senhora viu a sra. Llewellyn-Smythe escrever um codicilo, assinar seu nome, e depois a senhora e esse tal de Jim, que estavam presentes, também assinaram o documento. É isso, não?

– Sim.

— Então, se vocês dois viram a sra. Llewellyn-Smythe assinar o codicilo, a assinatura não poderia ser uma falsificação, poderia? Não se a senhora mesma a viu assinando.

— Eu a vi assinando, é verdade. E Jim diria o mesmo se não tivesse ido para a Austrália. Ele foi há um ano, e não tenho seu endereço e nenhum contato. Jim não voltou mais.

— E o que a senhora quer que eu faça?

— Quero que a senhora me diga se há alguma coisa que eu deva dizer ou fazer agora. Ninguém me perguntou nada. Ninguém jamais me perguntou se eu sabia alguma coisa sobre um testamento.

— Seu sobrenome é Leaman. Qual o seu primeiro nome?

— Harriet.

— Harriet Leaman. E Jim, qual era o sobrenome dele?

— Como era mesmo? Jenkins. Isso! James Jenkins. Ficarei muito agradecida se a senhora puder me ajudar, porque estou preocupada. Toda essa confusão... E se a srta. Olga realmente matou a sra. Llewellyn-Smythe, digo, se a menina, Joyce, realmente a viu fazer isso... Olga estava sempre tão contente com toda aquela história, depois que soube dos advogados que ia ganhar muito dinheiro. Mas a coisa mudou quando a polícia começou a fazer perguntas, e ela desapareceu de repente. Ninguém me perguntou nada. Mas agora fico pensando se não deveria ter dito alguma coisa na época.

— Eu acho – disse a sra. Oliver – que a senhora provavelmente terá que contar essa sua história para o advogado da sra. Llewellyn-Smythe. Tenho certeza de que um bom advogado compreenderá perfeitamente seus sentimentos e suas razões.

— Bem, estou certa de que se a senhora disser uma palavrinha por mim, sendo a senhora uma pessoa que sabe o que aconteceu, que eu nunca quis fazer nada de desonesto... Digo, tudo o que eu fiz...

— Tudo o que a senhora fez foi permanecer calada – completou a sra. Oliver. – Parece uma explicação bastante razoável.

— E se a explicação puder vir da senhora... se a senhora puder falar antes, para explicar... ficarei muito grata.

— Farei o que puder – disse a sra. Oliver.

Seu olhar desviou-se para o caminho no jardim, onde viu uma pessoa arrumada aproximando-se.

— Bem, muito obrigada. Disseram-me que a senhora é uma pessoa muito gentil, e lhe sou muito grata.

Levantou-se, pôs de novo as luvas de algodão que tinha torcido em sua aflição, acenou com a cabeça e saiu. A sra. Oliver ficou esperando Poirot, que se aproximava.

— Sente-se – disse ela. – O que houve? O senhor parece incomodado.

— Meus pés estão doendo bastante – explicou Poirot.

— São esses sapatos de couro envernizado que o senhor usa – falou a sra. Oliver. – Sente-se. Conte-me o que veio me contar e depois *eu* lhe contarei algo que deverá surpreendê-lo.

Capítulo 18

Poirot sentou-se, esticou as pernas e disse:
– Ah, assim está melhor.
– Tire os sapatos – sugeriu a sra. Oliver – e descanse os pés.
– Não, não poderia fazer isso. – Poirot parecia chocado com a mera possibilidade.
– Somos velhos amigos – disse a sra. Oliver –, e Judith não se incomodaria se o visse. Desculpe-me dizer, mas não devia usar esses sapatos de couro. Por que não compra um bom sapato de camurça? Ou aquilo que o pessoal hippie usa. Sabe? Um tipo de calçado que desliza e nunca precisa ser limpo. Parece que se limpam sozinhos, por algum processo extraordinário. Um desses negócios que poupam trabalho.
– Não ligo para essas coisas – disse Poirot, com severidade. – Não mesmo!
– Seu problema – disse a sra. Oliver, começando a abrir um pacote na mesa de algo que ela havia obviamente acabado de comprar – é que o senhor insiste em ser *elegante*. O senhor se importa mais com suas roupas, seu bigode e sua aparência do que com o *conforto*. Agora, o conforto é tudo. Depois que passamos dos cinquenta, o conforto é a única coisa que importa.
– Madame, *chère* madame, não sei se concordo com a senhora.
– Seria melhor – disse a sra. Oliver. – Caso contrário, sofrerá bastante, e a tendência é piorar a cada ano que passa.
A sra. Oliver tirou uma caixa de cores alegres do embrulho. Abriu a tampa, pegou uma pequena quantidade do conteúdo e colocou na boca. Depois, lambeu os dedos, enxugou-os num lenço e murmurou para si mesma:
– O dedo fica grudento.

— A senhora não come mais maçã? Eu sempre a vi com um saco de maçãs na mão ou comendo-as. Isso quando o saco não rasga e as maçãs saem rolando pelo chão.

— Eu lhe falei — disse a sra. Oliver —, eu lhe falei que nunca mais quero ver uma maçã na vida. Nunca mais. Detesto maçãs. Imagino que algum dia conseguirei superar isso e voltar a comê-las, mas... não gosto das coisas associadas às maçãs.

— E o que é que a senhora come agora? — perguntou Poirot, examinando a tampa colorida da caixa com o desenho de uma palmeira. — Tâmaras da Tunísia — leu. — A senhora come tâmaras agora.

— Isso mesmo — confirmou a sra. Oliver. — Tâmara. Também chamada de datil.

Pegou outra tâmara e a colocou na boca. Jogou o caroço num arbusto e continuou mastigando ruidosamente.

— Datil — repetiu Poirot. — Extraordinário.

— O que há de tão extraordinário em comer tâmaras? Todo mundo come.

— Não, não quis dizer isso. Não estou falando em comer tâmaras. O extraordinário é que a senhora tenha dito *datil*.

— Por quê? — quis saber a sra. Oliver.

— Porque — explicou Poirot — a senhora está sempre me indicando o caminho, o *chemin* que devo seguir ou que já deveria ter seguido. A palavra datil me fez lembrar da palavra data. Até agora, não tinha me dado conta de como as datas são importantes.

— Não vejo como as datas podem ter a ver com tudo o que aconteceu aqui. Digo, não há *tempo* real envolvido. A coisa toda aconteceu há... o quê? Apenas cinco anos atrás.

— O fato aconteceu há quatro anos. Sim, é verdade. Mas para tudo o que acontece tem que haver um passado. Um passado que agora está incorporado ao presente, mas que existia ontem, mês passado ou ano passado. O presente está quase sempre atrelado ao passado. Um ano, dois anos, talvez até três anos atrás, um assassinato foi cometido. Uma criança presenciou esse assassinato. Pelo fato de ter presenciado o assassinato numa certa data agora distante, a criança morreu quatro dias atrás. Não foi isso?

– Sim, foi isso. Pelo menos, suponho que sim. Mas pode ter sido totalmente diferente. Talvez seja apenas um indivíduo mentalmente perturbado que gosta de matar pessoas e cuja ideia de brincar com água é segurar a cabeça de alguém dentro dela. Pode ter sido o que descreveríamos como a diversão de um delinquente mental numa festa.

– Não foi essa ideia que a levou a me procurar, madame.

– Não – concordou a sra. Oliver –, não foi mesmo. Não senti um bom clima, e continuo não sentindo.

– E concordo com a senhora. Acho que a senhora está coberta de razão. Se não sentimos um bom clima, precisamos descobrir por quê. Estou fazendo o máximo possível, embora possa não parecer, para descobrir por quê.

– Caminhando por aí e conversando com as pessoas, procurando saber se são boas ou não e fazendo-lhes perguntas?

– Exatamente.

– E o que o senhor descobriu?

– Fatos – respondeu Poirot. – Fatos que, em seu devido momento, deverão ser atrelados a datas, digamos.

– Só isso? Não descobriu mais nada?

– Descobri que ninguém acredita na veracidade de Joyce Reynolds.

– Que ela disse que viu um assassinato? Mas eu a ouvi.

– Sim, que ela disse não há dúvida. Mas ninguém acredita que seja verdade. A probabilidade, portanto, é de que não seja verdade, que ela não tenha visto nada.

– Parece-me – disse a sra. Oliver – que seus fatos o estão fazendo regredir em vez de permanecer no mesmo ponto ou progredir.

– Os fatos precisam fazer sentido. A falsificação, por exemplo. Todo mundo diz que uma moça estrangeira, uma *au pair*, caiu de tal modo nas graças de uma viúva idosa muito rica que a viúva decidiu deixar-lhe toda a sua fortuna num testamento, ou codicilo. Será que a moça forjou esse testamento ou alguma outra pessoa o teria forjado?

– Quem poderia ter feito isso?

– Havia outro falsificador na cidade. Isto é, um indivíduo que já havia sido acusado de falsificação, mas que foi solto por ser réu primário e por outras circunstâncias atenuantes.

– Um novo personagem? Eu o conheço?

– Não, a senhora não o conhece. Ele está morto.

– Oh! Quando ele morreu?

– Há cerca de dois anos. Não sei ainda a data exata. Mas descobrirei. Era alguém que praticava falsificação e que morava aqui. E por conta de uma besteira que poderíamos chamar de ciúme feminino e outras emoções, ele foi esfaqueado uma noite e veio a falecer. Tenho a impressão de que muitos incidentes isolados podem estar mais conectados do que imaginamos. Não todos. Provavelmente não. Mas vários.

– Interessante – disse a sra. Oliver –, mas não consigo ver...

– Nem eu ainda – disse Poirot. – Mas acho que as datas podem ajudar. Datas de certos acontecimentos, onde as pessoas estavam, o que lhes aconteceu, o que elas estavam fazendo. Todo mundo acha que a moça estrangeira falsificou o testamento – disse Poirot –, e é provável que estejam certos. Era a única que ganharia alguma coisa com isso, não? Espere... espere...

– Esperar o quê? – perguntou a sra. Oliver.

– Acabou de me passar uma ideia pela cabeça – respondeu Poirot.

A sra. Oliver suspirou e pegou outra tâmara.

– A senhora voltará para Londres, madame? Ou ficará mais tempo aqui?

– Volto depois de amanhã – disse a sra. Oliver. – Não posso ficar mais tempo. Tenho um monte de coisas para resolver.

– Diga-me o seguinte... em seu apartamento – ou casa, não me lembro direito, a senhora se mudou tantas vezes ultimamente – há um quarto de hóspedes?

– Não posso dizer que haja – respondeu a sra. Oliver. – Se dissermos que temos um quarto de hóspedes vago em Londres, estamos perdidos. Todos os nossos amigos, e não só amigos, mas conhecidos e, às vezes, primos de terceiro grau de conhecidos nos escreverão perguntando se nos importamos de alojá-los por uma noite. Bom, eu me importo. As pessoas querem lençóis, roupa lavada, fronhas, café da manhã e, muitas vezes, refeições. Por isso, não deixo ninguém saber que tenho um quarto vago. Minhas *amigas* vêm e ficam comigo. As pessoas que eu *realmente* quero ver, mas as outras... não, não sou prestativa. Não gosto de ser usada.

– Quem gosta? – disse Poirot. – A senhora é muito sábia.

– Mas, a propósito, por que o senhor me perguntou isso?

– A senhora poderia receber um ou dois convidados, se fosse necessário?

– *Poderia* – respondeu a sra. Oliver. – Em quem o senhor está pensando? Imagino que não seja em si mesmo. O senhor tem um excelente apartamento, ultramoderno, abstrato, todo cheio de quadrados e cubos.

– Pode ser uma boa precaução a se tomar.

– Em relação a quem? Mais alguém será assassinado?

– Espero que não e rezo para que não, mas está dentro dos limites da possibilidade.

– Mas quem? Quem? Não entendo.

– Até que ponto a senhora conhece sua amiga?

– Conhecê-la? Não muito. Digo, simpatizamos uma com a outra num cruzeiro e passamos a sair juntas. Ela era... como explicar?... uma pessoa interessante. Diferente.

– Já pensou em colocá-la num livro seu algum dia?

– Detesto essa frase. As pessoas sempre me perguntam isso. Eu não coloco ninguém em meus livros. Gente que eu encontro, gente que eu conheço.

— Talvez não seja verdade dizer, madame, que a senhora coloca pessoas em seus livros às vezes? Não pessoas que a senhora *conhece*, concordo, não haveria graça nisso, mas gente que a senhora *encontra*.

— Tem razão – disse a sra. Oliver. – O senhor é realmente bom em suas suposições às vezes. Acontece assim mesmo. Vejo uma mulher gorda sentada num ônibus comendo um doce de groselha e movendo os lábios enquanto come, e imagino ou que ela está dizendo alguma coisa para alguém, ou pensando numa ligação que fará, ou talvez numa carta que escreverá. Olho para ela, reparo no sapato, na saia e no chapéu que está usando, calculo sua idade e observo se está de aliança e mais algumas coisas. Até que chega o momento de descer do ônibus. Nem preciso vê-la de novo, que já tenho a história de uma sra. Carnaby que está voltando para casa de ônibus depois de ter tido uma conversa muito estranha em algum lugar onde viu alguém vestido de pasteleiro que a fez lembrar de uma pessoa com quem encontrara só uma vez e que, segundo lhe contaram, havia morrido, mas na verdade estava viva. Meu Deus! – exclamou a sra. Oliver, fazendo uma pausa para respirar. – É verdade. Eu realmente sentei na frente de uma pessoa num ônibus um pouco antes de sair de Londres e tudo isso me passou pela cabeça. Deverei ter toda a história em breve. A sequência toda, o que ela dirá, se isso a colocará em perigo ou ameaçará a segurança de alguém. Acho que já tenho até seu nome. Constance. Constance Carnaby. Só uma coisa arruinaria tudo.

— O quê?

— Se eu a encontrasse de novo em outro ônibus, falasse com ela, ou ela puxasse assunto comigo. Enfim, se eu soubesse alguma coisa a seu respeito. Isso estragaria tudo, evidentemente.

— Sim, sim. A história deve ser sua, o personagem é seu. É sua cria. A senhora começa a entendê-la, sabe o que ela sente, sabe onde ela mora e sabe o que ela faz. Mas tudo começou com um ser humano de verdade, e se a senhora descobrisse como é esse ser humano, não haveria criação, certo?

— Exato – respondeu a sra. Oliver. – Quanto ao que o senhor dizia sobre Judith, acho que é verdade. Digo, ficamos bastante tempo juntas na viagem. Visitamos os lugares juntas, mas não cheguei a conhecê-la direito. Sei que é viúva, que seu marido morreu, deixando-a numa situação muito difícil, com uma filha para criar, Miranda, que o senhor já conhece. E sei que sinto algo curioso em relação a elas. Como se elas fossem importantes para mim, como se estivessem envolvidas num drama interessante. Não quero saber que drama é esse. Não quero que me digam. Prefiro eu mesma conceber o tipo de drama que elas estariam vivendo.

— Sim. Já vejo que elas são fortes candidatas a serem incluídas em outro best-seller de Ariadne Oliver.

— O senhor consegue ser um bruto às vezes – disse a sra. Oliver. – Faz tudo parecer tão vulgar... – Fez uma pausa, pensativa. – E talvez seja mesmo.

— Não, não é vulgar. É apenas humano.

— E o senhor quer que eu convide Judith e Miranda para meu apartamento ou casa em Londres?

— Ainda não – respondeu Poirot. – Não antes de confirmar uma de minhas ideias.

— O senhor e suas ideias! Bom, tenho novidades para o senhor.

— Madame, a senhora me fascina.

— Não esteja tão certo disso. O que lhe contarei provavelmente embaralhará suas ideias. Suponhamos que eu lhe diga que a falsificação sobre a qual o senhor tem falado com tanta empolgação não tenha sido uma falsificação.

— O que a senhora está dizendo?

— A sra. Ap Jones Smythe, sei lá como ela se chama, *realmente* fez um codicilo deixando todo o dinheiro para a menina *au pair*, e duas testemunhas a viram assinar o documento e também assinaram na presença uma da outra. Agora, é com o senhor.

· 177 ·

Capítulo 19

– Sra. Leaman... – disse Poirot, escrevendo o nome.
– Isso. Harriet Leaman. E a outra testemunha parece ter sido um tal de James Jenkins. A última notícia que se teve dele é que foi para a Austrália. E da srta. Olga Seminoff, a última coisa que se sabe é que voltou para a Tchecoslováquia, ou seu país de origem. Todo mundo parece ter ido para algum lugar.
– Na sua opinião, essa sra. Leaman é digna de confiança?
– Não acho que tenha inventado tudo, se é isso o que o senhor quer dizer. Acho que assinou um documento, ficou curiosa a respeito e aproveitou a primeira oportunidade que teve para descobrir o que tinha assinado.
– Ela sabe ler e escrever?
– Imagino que sim. Mas concordo que não é qualquer pessoa que consegue ler a caligrafia de senhoras de idade. Se surgisse algum boato mais tarde sobre o testamento, ou codicilo, ela poderia ter pensado que era o que tinha lido naquela escrita meio indecifrável.
– Um documento autêntico – disse Poirot. – Mas *havia* também um codicilo falsificado.
– Quem disse?
– Os advogados.
– Talvez não tenha sido falsificado.
– Os advogados são muito específicos nesses assuntos. Estavam preparados para ir ao tribunal com o testemunho de especialistas.
– Muito bem – disse a sra. Oliver. – Então fica fácil imaginar o que aconteceu, não?
– Como assim? O que aconteceu?
– Bem, evidentemente, no dia seguinte, alguns dias depois ou até mesmo uma semana mais tarde, a sra. Llewellyn-Smythe

deve ter tido uma discussão com sua dedicada cuidadora, ou talvez tenha se reconciliado com o sobrinho, Hugo, ou com a sobrinha, Rowena, e decidiu rasgar o testamento, invalidar o codicilo ou queimar tudo.

— E depois?

— Bem, depois, creio eu, a sra. Llewellyn-Smythe morre, e a moça aproveita a oportunidade e escreve um novo codicilo quase nos mesmos termos, imitando a letra da patroa, assim como as assinaturas das duas testemunhas. Ela devia conhecer muito bem a caligrafia da sra. Leaman. Devia estar em apólices de seguro de saúde ou algo assim. Desse modo, ela a reproduz, pensando que alguém concordaria em ter sido testemunha do testamento e que tudo correria bem. Mas sua falsificação não é tão perfeita, e começam os problemas.

— A senhora me permite, *chère* madame, usar seu telefone?

— O telefone é de Judith Butler, mas pode usá-lo.

— Onde está sua amiga?

— Oh, foi fazer o cabelo. E Miranda saiu para passear. Pode ir lá. Está na sala.

Poirot saiu e voltou dez minutos depois.

— E? O que o senhor fez?

— Liguei para o sr. Fullerton, o advogado. Vou lhe dizer uma coisa. O codicilo, o codicilo falsificado apresentado para legitimação, não foi testemunhado por Harriet Leaman. Foi testemunhado por uma tal de Mary Doherty, já falecida, ex-criada da sra. Llewellyn-Smythe, que faleceu recentemente. A outra testemunha foi o tal de James Jenkins, que, como sua amiga, a sra. Leaman, lhe contou, foi embora para a Austrália.

— Então houve um codicilo falsificado — disse a sra. Oliver.

— E parece que houve também um codicilo verdadeiro. Poirot, essa história não está ficando um pouco complicada demais não?

— Está ficando incrivelmente complicada — concordou Hercule Poirot. — Uma das complicações é que há falsificação demais.

— Talvez o codicilo verdadeiro ainda esteja na biblioteca da Casa da Pedreira, dentro das páginas de *Perguntas e estudo sobre tudo*.

— Pelo que me consta, todos os bens da casa foram vendidos após a morte da sra. Llewellyn-Smythe, com exceção de alguns móveis e uns retratos de família.

— O que precisamos — disse a sra. Oliver — é de um livro como o *Perguntas e estudo sobre tudo* aqui agora. Um título maravilhoso, não acha? Lembro que minha avó tinha um. Podíamos pesquisar sobre qualquer assunto. Informações legais, receitas culinárias, como tirar manchas da roupa. Como fazer pó de arroz caseiro que não prejudicava a pele. Um monte de coisa. O senhor não gostaria de ter um livro desses agora?

— Sem dúvida — respondeu Hercule Poirot. — Deve ter alguma receita para pés cansados.

— Muitas, imagino. Mas por que o senhor não usa o sapato certo?

— Madame, gosto de parecer *soigné*.

— Então continue usando coisas que lhe causam dor e aguente — disse a sra. Oliver. — Ainda assim, não entendo mais nada agora. Será que essa mulher, a sra. Leaman, acabou de me contar um monte de mentiras?

— É sempre possível.

— Será que alguém lhe *disse* para contar todas essas mentiras?

— Também é possível.

— Será que alguém *pagou* para que ela mentisse?

— Continue, continue — disse Poirot. — A senhora está indo muito bem.

— Suponho — disse a sra. Oliver, pensativa — que a sra. Llewellyn-Smythe, como muitas outras mulheres ricas, gostava de fazer testamentos. Deve ter feito muitos ao longo da vida, beneficiando uma pessoa em um, depois mudando para beneficiar outra pessoa em outro. Os Drake, de qualquer maneira, estavam bem. Imagino que ela lhes deixava sempre uma boa herança, mas não sei se deixava para mais alguém tanto quanto parecia deixar, de acordo com a sra. Leaman e de acordo com o testamento forjado para aquela moça, Olga. Gostaria de saber mais sobre essa menina. Parece que ela sumiu do mapa.

– Espero saber mais sobre ela em breve – disse Hercule Poirot.

– Como?

– Receberei informações dentro de pouco tempo.

– Eu sei que o senhor esteve atrás de informações aqui.

– Não só aqui. Tenho um agente em Londres que consegue informações para mim, tanto daqui quanto do exterior. Em breve, deverei ter notícias vindas da Herzegovina.

– O senhor quer descobrir se ela voltou para lá?

– Isso talvez seja uma das coisas que descobrirei, mas o mais provável é que eu receba outro tipo de informação – cartas talvez escritas durante sua permanência aqui, mencionando os amigos que fez e de quem se tornou íntima.

– E a professora? – perguntou a sra. Oliver.

– Qual delas?

– A que foi estrangulada... aquela de quem Elizabeth Whittaker falou. Não gosto muito de Elizabeth Whittaker. O tipo de mulher enervante, mas esperta, imagino. – Acrescentou, em tom de devaneio: – Não me surpreenderia que ela tivesse maquinado um crime.

– Estrangular outra professora?

– Precisamos esgotar todas as possibilidades.

– Confiarei em sua intuição, madame, como sempre.

A sra. Oliver comeu outra tâmara, pensativa.

Capítulo 20

Ao sair da casa da sra. Butler, Poirot fez o mesmo caminho que Miranda havia lhe mostrado. A abertura na cerca lhe pareceu um pouco mais larga que da última vez. Talvez alguém maior que Miranda a tivesse usado também. Subiu o caminho da pedreira, reparando mais uma vez na beleza da paisagem. Um lugar encantador, embora Poirot sentisse, como sentira anteriormente, que o local parecia, de certo modo, assombrado. Havia uma espécie de brutalidade pagã em tudo aquilo. Talvez ao longo daquelas trilhas sinuosas as fadas perseguissem suas vítimas até capturá-las ou uma fria deusa decretasse sacrifícios em seu nome.

Poirot conseguia entender por que aquele lugar não havia se tornado um bom local para piqueniques. Ninguém, por alguma razão, ia querer levar seus ovos cozidos, sua alface e suas laranjas, e sentar ali para contar piadas e se divertir. Era um lugar diferente, muito diferente. Teria sido melhor, talvez, pensou Poirot repentinamente, se a sra. Llewellyn-Smythe não tivesse desejado aquela transformação fantástica. Um jardim rebaixado poderia ter sido feito em uma pedreira sem aquela atmosfera, mas ela era uma mulher ambiciosa, ambiciosa e muito rica. Poirot pensou por um instante em testamentos – no tipo de testamento feito por mulheres ricas, nas mentiras contadas sobre os testamentos feitos por essas mulheres, nos lugares em que os testamentos de viúvas abastadas eram às vezes escondidos – e procurou voltar a pensar como um falsificador. Sem dúvida, o testamento oferecido para legitimação tinha sido uma falsificação. O sr. Fullerton era um advogado cuidadoso e competente. Disso tinha certeza. O tipo de advogado que jamais aconselharia um cliente a mover um processo a menos que houvesse prova suficiente e justificativa para tal.

Poirot virou num determinado ponto do caminho, sentindo por um momento que seus pés eram mais importantes que suas especulações. Seria aquele um atalho para a casa do inspetor Spence? Em linha reta, talvez, mas a estrada principal teria sido melhor para seus pés. Esse caminho não tinha relva nem musgo. Era duro como pedra. Poirot fez uma parada.

    À frente avistou duas pessoas. Sentado num afloramento da rocha estava Michael Garfield, com um bloco de rascunho sobre as pernas, totalmente compenetrado no desenho que fazia. Perto dele, em pé ao lado de um córrego pequeno, mas musical, que descia, estava Miranda Butler. Hercule Poirot esqueceu os pés, as dores e males do corpo humano, e voltou a concentrar-se na beleza que os seres humanos podiam alcançar. Não havia dúvida de que Michael Garfield era um jovem muito bonito. Poirot não sabia ao certo se gostava dele ou não. É sempre difícil saber se gostamos de pessoas bonitas. Gostamos de apreciar a beleza, mas ao mesmo tempo desgostamos dela quase por princípio. As mulheres podiam ser belas, mas Hercule Poirot não tinha certeza de que gostava da beleza nos homens. Não teria gostado de ser um jovem belo, e nunca tivera essa chance. Havia apenas uma coisa em sua própria aparência que realmente lhe agradava, e era o bigode cheio e o modo como reagia ao pente, ao tratamento e às aparas. Era um bigode magnífico. Não conhecia ninguém com um bigode semelhante. Poirot jamais havia sido belo.

    E Miranda? Pensou novamente, como havia pensado antes, que era a sua gravidade o que mais atraía. O que se passaria em sua mente? É o tipo de coisa que jamais saberíamos. Ela não diria com facilidade. Mesmo se lhe perguntássemos, talvez não dissesse. Tinha uma mente original, pensava Poirot, ponderada. Era também uma menina vulnerável. Muito vulnerável. Sabia outras coisas a seu respeito, ou achava que sabia. Eram só conjeturas até então, mas tinha quase certeza.

    Michael Garfield levantou a cabeça e disse:

    – Ah, senhor *Bigodis*. Muito boa tarde.

    – Posso ver o que o senhor está fazendo ou o incomodaria? Não quero ser invasivo.

– Pode olhar – respondeu Michael Garfield –, não faz diferença para mim. – Acrescentou gentilmente: – Estou me divertindo muito.

Poirot parou atrás dele. Assentiu com a cabeça. Era um desenho muito delicado, feito a lápis, com linhas quase invisíveis. O homem sabia desenhar, pensou Poirot. Não se limitava a projetar jardins.

– Uma beleza! – exclamou baixinho.

– Também acho – disse Michael Garfield.

Não ficou claro se ele se referia ao desenho que estava fazendo ou ao modelo.

– Por quê? – perguntou Poirot.

– Por que estou fazendo isso? O senhor acha que tenho um motivo?

– Deve ter.

– O senhor tem razão. Se eu for embora daqui, há uma ou duas coisas que quero lembrar. Miranda é uma delas.

– O senhor se esqueceria dela facilmente?

– Muito facilmente. Sou assim. Mas ter esquecido alguma coisa ou alguém, ser incapaz de guardar um rosto, um virar de ombros, um gesto, uma árvore, uma flor, o contorno de uma paisagem, saber como foi ver, mas não conseguir visualizar a imagem, isso causa às vezes... como explicar?... quase agonia. Registramos as coisas, e tudo desaparece.

– Não o Jardim da Pedreira. Isso não desapareceu.

– O senhor acha? Logo desaparecerá. Desaparecerá, se não houver mais ninguém aqui. A natureza toma conta. O lugar precisa de amor, de atenção, de cuidado e habilidade. Se um conselho assumir o controle da região, o que acontece com frequência hoje em dia, haverá o que eles chamam de "manutenção". Talvez plantem arbustos, abram novas sendas, instalem bancos em pontos convenientes. É possível que coloquem até latas de lixo. Oh, eles são tão cuidadosos, tão bons na preservação. Não há como preservar este lugar. É selvagem. Manter algo selvagem é muito mais difícil do que preservá-lo.

– Monsieur Poirot – ouviu-se a voz de Miranda vinda do riacho.

Poirot aproximou-se a uma distância em que pudessem conversar sem gritar.

– Você está aqui. Veio posar para um retrato, não?

– Não vim para isso – respondeu Miranda, sacudindo a cabeça. – Aconteceu.

– Sim – confirmou Michael Garfield –, simplesmente aconteceu. A sorte às vezes atravessa nosso caminho.

– Você estava apenas passeando em seu jardim favorito?

– Estava procurando um poço, na verdade – contou Miranda.

– Um poço?

– Havia um poço dos desejos aqui nesta floresta.

– Na antiga pedreira? Não sabia que pedreiras tinham poços.

– Havia sempre um bosque em volta da pedreira. Bem, pelo menos sempre havia árvores. Michael sabe onde está o poço, mas não quer me dizer.

– Será muito mais divertido você procurar sozinha – disse Michael Garfield. – Principalmente porque não tem certeza de que ele realmente existe.

– A velha sra. Goodbody sabe tudo sobre esse poço. Ela é uma bruxa.

– É verdade – disse Michael. – Ela é a bruxa local, monsieur Poirot. Há sempre uma bruxa na maioria dos lugares. Elas nem sempre se consideram bruxas, mas todo mundo sabe. Elas preveem o futuro, lançam feitiços em nossas begônias, fazem murchar nossas peônias, secam o leite das vacas e provavelmente preparam também poções de amor.

– Era um poço dos desejos – continuou Miranda. – As pessoas vinham aqui e faziam um pedido. Tinham que dar três voltas no poço, de costas. Como o poço ficava na montanha, não era tão fácil. – Seu olhar passou de Poirot a Michael Garfield. – Vou encontrá-lo um dia – disse –, mesmo que não me diga. Está aqui em algum lugar, mas foi interditado, a sra. Goodbody disse. Há anos. Interditado porque diziam que era perigoso. Uma criança caiu dentro do poço anos atrás... uma tal de Kitty alguma coisa. Alguém mais poderia cair.

– Bem, continue pensando – disse Michael Garfield. – É uma boa história local, mas *há* um poço dos desejos em Little Belling.

– Claro – disse Miranda. – Sei tudo sobre esse poço. É um poço muito comum. Todo mundo conhece. É muito sem graça. As pessoas jogam moedas, mas o poço tem tão pouca água que nem faz barulho de moeda.

– Sinto muito.

– Quando encontrar o outro poço eu lhe digo – prometeu Miranda.

– Você não deve acreditar em tudo o que uma bruxa diz. Não acho que alguma criança tenha caído no poço. Creio que um gato caiu uma vez, e se afogou.

– Toca alto o sino, foi pra água o felino – disse Miranda, levantando-se. – Preciso ir. Mamãe está me esperando.

Ela se afastou cuidadosamente da saliência de pedra, sorriu para os dois e desceu por um caminho ainda mais inóspito, do outro lado do rio.

– "Toca alto o sino" – repetiu Poirot, pensativo. – Acreditamos no que queremos, Michael Garfield. Ela estava ou não estava certa?

Michael Garfield olhou para ele, pensativo, e depois sorriu.

– Está certa – respondeu. – Há um poço e, como ela disse, o local foi interditado. Parece que era perigoso. Não creio que fosse um poço dos desejos. Isso deve fazer parte das invenções da sra. Goodbody. Há uma árvore dos desejos, ou pelo menos havia. Uma faia na colina. As pessoas davam três voltas em torno dela, de costas, e faziam um pedido, parece.

– E o que aconteceu com essa árvore? As pessoas não a utilizam mais?

– Não. Acho que a árvore foi atingida por um raio há uns seis anos. Dividiu-se em duas. Foi o fim dessa linda história.
– O senhor contou isso para Miranda?
– Não, achei melhor deixá-la com seu poço. Uma árvore queimada não teria muita graça para ela, concorda?
– Preciso ir – disse Poirot.
– Voltando para falar com seu amigo policial?
– Sim.
– O senhor parece cansado.
– Estou cansado mesmo – disse Hercule Poirot. – Extremamente cansado.
– O senhor se sentiria mais à vontade com sapatos de lona ou sandálias.
– Ah, *ça non*.
– Entendo. O senhor gosta de se vestir com elegância – disse, observando seu interlocutor. – O *tout ensemble* está impecável, sobretudo, se me permite dizer, o magnífico bigode.
– Fico feliz que tenha notado – disse Poirot.
– Seria possível não notar?
Poirot virou a cabeça e disse:
– O senhor falou do desenho que está fazendo porque deseja se lembrar da jovem Miranda. Isso significa que o senhor está indo embora daqui?
– Tenho pensado nisso.
– E no entanto o senhor me parece *bien placé ici*.
– Sim, sem dúvida. Tenho uma casa para morar, uma casa pequena, mas projetada por mim mesmo, e tenho meu trabalho, que não me causa mais satisfação como antes. Por isso, tenho me sentido um pouco inquieto.
– Por que seu trabalho não lhe causa mais tanta satisfação?
– Porque as pessoas querem que eu faça as coisas mais absurdas. Pessoas que querem melhorar o jardim, que compraram um terreno e querem construir uma casa e ter um jardim.

– O senhor não está fazendo o jardim da sra. Drake?

– Sim, ela quer que eu faça. Dei algumas sugestões, e ela pareceu concordar comigo. Não acho, porém, que possa realmente confiar nela – acrescentou.

– O senhor quer dizer que ela não o deixaria fazer o que quisesse?

– Quero dizer que ela certamente conseguiria o que *ela* quer e que, por mais interessada que pareça nas ideias que lhe apresento, de repente exigiria algo totalmente diferente. Algo utilitário, caro e ostentoso, talvez. Ela me trataria mal, acho. Insistiria em suas próprias ideias. Eu não concordaria, e brigaríamos. Assim, é melhor que eu vá embora antes que comece uma briga. E não só com a sra. Drake, mas com vários outros vizinhos. Sou bastante conhecido. Não preciso permanecer num lugar só. Posso encontrar algum outro canto na Inglaterra, ou na Normandia ou na Bretanha.

– Algum lugar em que o senhor possa melhorar ou ajudar a natureza? Algum lugar em que o senhor possa experimentar ou criar coisas inéditas, plantar espécies novas, imunes às intempéries? Algum pedaço de terra infrutífera em que o senhor poderá brincar de ser Adão novamente? O senhor sempre foi inquieto?

– Nunca fiquei num único lugar por muito tempo.

– Já foi à Grécia?

– Sim. Gostaria de voltar. Pode ser uma boa ideia. Um jardim numa encosta grega. Deve haver ciprestes lá, não muito mais do que isso. Tudo pedra. Mas com desejo, o que não podemos criar?

– Um jardim para os deuses passearem...

– Sim. O senhor lê pensamentos, não lê, sr. Poirot?

– Quem dera. Existem tantas coisas que eu gostaria de saber e não sei...

– O senhor está falando agora de algo bastante prosaico, não está?

– Infelizmente, sim.

— Incêndio culposo, assassinato e morte súbita?
— Mais ou menos. Não sei se considerei incêndio culposo. Diga-me, sr. Garfield, o senhor que já está aqui há algum tempo, por acaso conheceu um jovem chamado Lesley Ferrier?
— Sim, lembro-me dele. Trabalhava num escritório de advocacia em Medchester, não? Fullerton, Harrison & Leadbetter. Era escriturário, creio. Um rapaz bem-apessoado.
— Teve um fim trágico, não?
— Sim. Foi esfaqueado uma noite. Problemas com mulheres, disseram. Todo mundo acha que a polícia sabe quem foi, mas que não tem provas. Ele estava envolvido com uma mulher chamada Sandra... não me lembro do sobrenome agora... Sandra alguma coisa. O marido dela era dono do pub local. Ela e o jovem Lesley estavam tendo um caso, até Lesley traí-la com outra moça. Mais ou menos isso.
— E Sandra não gostou.
— Não, não gostou nem um pouco. Veja bem, ele era um mulherengo. Saía sempre com duas ou três mulheres.
— Todas inglesas?
— Por que o senhor está me perguntando isso? Não, não acho que se limitasse a moças inglesas. Contanto que falassem inglês o suficiente para entender o que ele lhes dizia e ele as compreendesse...
— De vez em quando aparecem moças estrangeiras por aqui, não?
— Claro que sim. Existe algum lugar em que elas não aparecem? Moças *au pair*. Fazem parte da vida diária. Umas feias, outras bonitas, umas honestas, outras desonestas, umas que ajudam mães atarefadas, outras que não têm nenhuma utilidade e vão embora.
— Como Olga?
— Exato, como Olga.
— Lesley era amigo de Olga?

– Ah, era nisso que o senhor estava pensando. Sim, era. Não creio que a sra. Llewellyn-Smythe soubesse muito a respeito disso. Olga era muito cuidadosa, acho. Falava seriamente de alguém com quem esperava se casar algum dia em seu país. Não sei se era verdade ou se era invenção dela. O jovem Lesley era um rapaz bem-apessoado, como lhe disse. Não sei o que ele viu em Olga. Ela não era muito bonita. Mesmo assim – ficou pensando por um instante –, tinha algo de interessante. Um jovem inglês poderia achá-la atraente. De qualquer maneira, Lesley achava, e suas outras amigas não ficaram satisfeitas.

– Muito interessante – disse Poirot. – Achei que o senhor poderia me dar a informação que eu queria.

Michael Garfield olhou para ele com curiosidade.

– Por quê? Qual a história? Onde Lesley entra nisso? Por que ficar revirando o passado?

– Bem, há coisas que desejamos saber. Queremos saber como as coisas aconteceram. Estou procurando mais remotamente ainda. Antes da época em que os dois, Olga Seminoff e Lesley Ferrier, se encontravam secretamente, sem a sra. Llewellyn-Smythe saber.

– Não tenho certeza disso. É só uma suposição. Eu os encontrava com frequência, mas Olga nunca me confidenciou nada. Quanto a Lesley Ferrier, eu mal o conhecia.

– Quero ir além disso. Antes. Soube que ele se meteu em algumas encrencas no passado.

– Acho que sim. Era o que se dizia por aqui. O sr. Fullerton o admitiu no escritório, com a esperança de que ele se tornasse um homem honesto. Um bom sujeito o velho Fullerton.

– Lesley foi acusado de falsificação, não?

– Sim.

– Era réu primário e havia circunstâncias atenuantes. Tinha a mãe doente ou o pai alcoólatra, algo assim. De qualquer maneira, ele escapou.

– Nunca soube dos detalhes. Parece que ele escapou impune no início, e depois os contadores o pegaram. Não sei direito. Só ouvi dizer. Falsificação. Essa foi a acusação. Falsificação.
– E quando a sra. Llewellyn-Smythe morreu e seu testamento foi apresentado para legitimação, descobriram que o documento tinha sido falsificado.
– Sim, compreendo aonde o senhor quer chegar. O senhor vê uma conexão entre as duas coisas. Um homem experiente na arte da falsificação torna-se amigo de uma moça que, se um testamento fosse aceito quando submetido à legitimação, herdaria grande parte de uma vasta fortuna.
– Sim, sim, é aí que quero chegar.
– E essa moça e o homem que fazia falsificações eram muito amigos. Ele chegou a terminar o caso que estava tendo para ficar com a moça estrangeira. – Fez uma pausa e continuou: – O senhor está querendo dizer que o testamento forjado foi falsificado por Lesley Ferrier?
– Parece provável, não?
– Dizem que Olga sabia imitar a letra da sra. Llewellyn-Smythe bastante bem, mas sempre tive dúvidas quanto a isso. Ela escrevia cartas manuscritas para a sra. Llewellyn-Smythe, mas não creio que a caligrafia fosse assim tão parecida. Não o suficiente para resistir a uma inspeção. Mas se Olga e Lesley estavam juntos nisso, a coisa é diferente. Atrevo-me a dizer que ele era capaz de fazer um bom trabalho e provavelmente estava bastante seguro de que se sairia bem. Mas ele também deve ter sentido segurança quando cometeu o primeiro delito e errou, e suponho que também tenha errado dessa vez. Quando a coisa estourou, quando os advogados começaram a criar dificuldades e chamaram peritos para examinar o documento e fazer perguntas, Olga deve ter perdido a cabeça e brigado com Lesley, decidindo desaparecer e deixando o pepino nas mãos dele.
Michael Garfield fez um movimento brusco com a cabeça.

– Por que o senhor veio conversar comigo sobre essas coisas aqui, em meu lindo bosque?

– Eu precisava saber.

– É melhor não saber. É melhor não saber nunca. Melhor deixas as coisas como estão. Não se intrometer, nem bisbilhotar.

– O senhor busca a beleza – disse Hercule Poirot. – A beleza a qualquer custo. Eu busco a verdade. Sempre a verdade.

Michael Garfield riu.

– Vá conversar com seus amigos da polícia e deixe-me aqui, no meu paraíso local. Vade retro, Satanás.

Capítulo 21

Poirot subiu a colina. Subitamente, parou de sentir dor nos pés. Algo havia acontecido: a combinação de tudo o que ele pensara e sentira, sabendo que havia uma conexão ali, mas sem saber exatamente qual. Poirot agora tinha consciência do perigo – perigo que poderia vir para alguém a qualquer momento, a menos que fossem tomadas providências para evitá-lo. Um grande perigo.

Elspeth McKay veio à porta recebê-lo.

– O senhor parece exausto – disse. – Venha. Sente-se.

– Seu irmão está em casa?

– Não. Ele foi ao posto policial. Acho que aconteceu alguma coisa.

– Aconteceu alguma coisa? – repetiu Poirot, assustado. – Tão rápido? Não é possível.

– Como assim? – perguntou Elspeth. – O que o senhor quer dizer com isso?

– Nada, nada. Aconteceu alguma coisa com alguém?

– Sim, mas não sei exatamente com quem. Sei que Tim Raglan ligou e pediu que ele fosse até lá. Aceita uma xícara de chá?

– Não – respondeu Poirot –, muito obrigado, acho que vou para casa. – Não conseguia encarar a perspectiva de um chá preto e amargo. Pensou numa boa desculpa que desfizesse qualquer possibilidade de falta de educação. – Meus pés – explicou. – Meus pés. Estou com sapatos apertados demais para andar no campo. Gostaria de trocar os sapatos.

Elspeth McKay olhou para os pés de Poirot.

– É verdade – disse ela. – Seus sapatos não são nada apropriados. Calçados de couro envernizado apertam os pés. Há uma carta para o senhor, a propósito. Com selo estrangeiro. Veio do exterior, aos cuidados do inspetor Spence, Monte dos Pinheiros. Vou pegá-la.

Voltou pouco tempo depois e entregou a carta a Poirot.
– Se não quiser o envelope, gostaria de guardar os selos para um de meus sobrinhos. Ele faz coleção.
– Claro.
Poirot abriu a carta e entregou o envelope à sra. McKay, que agradeceu e entrou.
O detetive desdobrou a folha e leu.
O serviço do sr. Goby no exterior era realizado com a mesma eficiência que na Inglaterra. Não poupou nas despesas e conseguiu resultados rapidamente.
Na verdade, os resultados não eram muitos, nem Poirot esperava que fossem.
Olga Seminoff não havia retornado para sua cidade natal. Não tinha mais nenhum parente vivo. Só uma amiga, uma senhora com quem se correspondia de vez em quando, dando notícias de sua vida na Inglaterra. Tinha uma boa relação com sua patroa, que às vezes era bastante exigente, mas que também sabia ser generosa.
As últimas cartas recebidas de Olga datavam de um ano e meio antes. Nelas, Olga mencionava um jovem. Havia indícios de que pretendiam se casar, mas o jovem, cujo nome ela não disse, precisava ajeitar sua vida, de modo que nada estava certo ainda. Na última carta, Olga se dizia feliz, frente a uma boa perspectiva de futuro. Quando as cartas pararam de chegar, sua amiga supôs que ela havia se casado com o inglês e mudado de endereço. Essas coisas aconteciam frequentemente com as moças que iam para a Inglaterra. Quando se casavam e tudo corria bem, nunca mais escreviam.
Ela não se preocupou.
A história se encaixava, pensou Poirot. Lesley havia falado de casamento, mas poderia não ter a intenção de casar-se de fato. A sra. Llewellyn-Smythe havia sido citada como "generosa" na carta. Lesley recebera dinheiro de alguém, talvez de Olga (dinheiro recebido originalmente de sua patroa), para induzi-lo a fazer a falsificação do testamento para ela.

Elspeth McKay voltou à varanda. Poirot pediu sua opinião sobre uma suposta parceria entre Olga e Lesley.

A sra. McKay pensou por um momento e disse, num tom oracular:

– Se havia essa parceria, ela manteve tudo em sigilo. Nunca se ouviu nenhum boato sobre os dois. Num lugar como este, se existe alguma coisa, as pessoas espalham logo.

– O jovem Ferrier estava saindo com uma mulher casada. Talvez tenha pedido à moça para não dizer nada a seu respeito para a patroa.

– É provável. A sra. Llewellyn-Smythe devia saber que Lesley Ferrier era um mau elemento, e aconselharia a menina a cortar relações com ele.

Poirot dobrou a carta e guardou-a no bolso.

– Gostaria muito de lhe oferecer uma xícara de chá.

– Não, não. Preciso mesmo ir, trocar de sapato. Sabe quando seu irmão volta?

– Não. Eles não disseram o que queriam dele.

Poirot foi caminhando para o hotel. Eram apenas uns cem metros, ou um pouco mais. Ao chegar, a porta se abriu, e a dona, uma mulher de trinta e poucos anos, bastante cordial, veio recebê-lo.

– Uma senhora deseja vê-lo – anunciou. – Está esperando há algum tempo. Eu disse a ela que não sabia aonde o senhor tinha ido, nem a que horas voltava, mas ela disse que esperaria. – Acrescentou: – É a sra. Drake. E parece bastante agitada. Ela é normalmente tão calma em relação a tudo. Deve ter tido algum choque. Está na sala de espera. Trago-lhe um chá ou alguma outra coisa?

– Não – respondeu Poirot –, melhor não. Quero ouvir primeiro o que ela tem a dizer.

Poirot abriu a porta e entrou na sala de espera. Rowena Drake estava em pé, junto à janela. Como não era a janela que dava para a entrada, ela não tinha visto Poirot chegar. Virou-se abruptamente ao ouvir o som da porta.

— Monsieur Poirot. Até que enfim. O senhor demorou.
— Sinto muito, madame. Eu estava na Floresta da Pedreira e fui conversar com minha amiga, a sra. Oliver. Depois, conversei com dois rapazes, Nicholas e Desmond.
— Nicholas e Desmond? Sim, conheço. Eu me pergunto... Oh, pensamos em cada coisa!
— A senhora parece perturbada – disse Poirot suavemente.
Era algo que ele jamais imaginara: Rowena Drake perturbada. Não mais a senhora dos acontecimentos, a mulher autoritária que resolve tudo.
— O senhor já sabe, não? – perguntou. – Talvez não.
— Já sei o quê?
— Uma coisa terrível. Ele... está morto. Alguém o matou.
— Quem está morto, madame?
— Então o senhor realmente não sabe. Era apenas uma criança também, e eu pensei... oh, como fui tola! Devia ter lhe falado quando me perguntou. Estou me sentindo terrivelmente culpada por achar que eu sabia mais e pensar... mas tive a melhor das intenções, monsieur Poirot, tive mesmo.
— Sente-se, madame, sente-se. Acalme-se e conte-me. Há uma criança morta... outra criança?
— O irmão dela – disse a sra. Drake. – Leopold.
— Leopold Reynolds?
— Sim. Encontraram seu corpo na estrada. Devia estar voltando da escola e decidiu brincar no riacho ali perto. Alguém o afogou no rio, segurando sua cabeça embaixo d'água.
— O mesmo que fizeram com Joyce.
— Sim, sim. Só pode ser... algum tipo de loucura. E não sabemos de *quem*, isso é que é terrível. Não temos a menor ideia. E eu achava que sabia. Realmente achava... eu suponho, sim, era uma grande maldade.
— A senhora precisa me contar, madame.
— Sim, preciso lhe contar. Vim aqui para isso. Porque o senhor me procurou depois de conversar com Elizabeth Whittaker,

depois que ela lhe disse que algo havia me assustado, que eu tinha visto alguma coisa. No corredor da casa, da minha casa. Eu disse que não tinha visto nada e que não tinha me assustado, porque pensei... – interrompeu-se.

– O que a senhora viu?

– Deveria ter lhe contado na ocasião. Vi a porta da biblioteca se abrindo, lentamente... e aí ele saiu. Não saiu totalmente. Ficou no vão da porta e depois entrou de novo, fechando a porta.

– Quem era?

– Leopold. Leopold, o menino que acaba de ser assassinado. Sabe, eu pensei... oh, que engano, que engano terrível. Se eu tivesse lhe contado, talvez... talvez o senhor tivesse descoberto o que havia por trás disso.

– A senhora pensou que Leopold havia matado a irmã, é isso?

– Sim, foi o que pensei. Não no momento, claro, porque não sabia que ela estava morta. Mas ele estava com um olhar estranho. Sempre foi um menino estranho. De certo modo, todos tinham um certo medo dele, porque sentíamos que ele... não era muito normal. Muito inteligente, QI alto, mas não batia muito bem da cabeça. – Fez uma pausa e continuou: – E eu pensei: "Por que Leopold está saindo daí em vez de estar no *snapdragon*? O que será que ele andou aprontando? Ele está com uma cara tão estranha...". Depois, bem, não voltei a pensar mais no assunto, mas aquele olhar me incomodou. Foi por isso que deixei o vaso cair. Elizabeth me ajudou a catar os cacos, e voltei para o *snapdragon*. Não pensei mais no que tinha acontecido. Até que encontramos Joyce. E foi aí que pensei...

– Que Leopold a havia matado.

– Sim. Pensei isso mesmo. Isso explicaria aquele seu olhar. Eu achei que soubesse. A vida toda, sempre achei que soubesse de tudo, que estou sempre certa. E posso estar bastante enganada. Porque, como o senhor vê, a morte dele deve significar algo muito diferente. Ele deve ter entrado lá, encontrado a irmã, morta, e ficado em estado de choque. Por isso quis sair sem que ninguém o visse. Supostamente olhou para cima, me viu e voltou para dentro. Precisava esperar o corredor esvaziar. *Não* porque tinha matado Joyce. Não. Pelo choque de ter encontrado a irmã morta.

– E, mesmo assim, a senhora não disse nada? A senhora não comentou a respeito de quem tinha visto, mesmo depois de descoberto o assassinato?

– Não. Oh... eu não podia. Ele... ele é tão novinho... *era*. Dez. Devia ter dez anos... no máximo onze. Achei que podia não saber o que estava fazendo, que podia não ter sido culpa sua. Talvez não fosse moralmente responsável. Sempre tinha sido um menino estranho, e pensei que talvez pudesse seguir um tratamento. Não deixar tudo para a polícia, mandá-lo para casas de correção. Pensei que pudessem conseguir um tratamento psicológico especial para ele, se necessário. Minha intenção era boa. Acredite em mim. Minha intenção era boa.

Palavras tristes aquelas, pensava Poirot, algumas das palavras mais tristes do mundo. A sra. Drake parecia saber o que ele estava pensando.

– Sim – ela disse –, "dei o meu melhor", "minha intenção era boa". Sempre achamos que sabemos o que é melhor para os outros, mas *não* sabemos. Porque o motivo de sua perplexidade deve ter sido o fato de ter visto quem era o assassino, ou algo que indicasse o criminoso. Algo que fez com que o assassino se sentisse ameaçado. E então... ele esperou uma oportunidade de encontrar o menino sozinho e o afogou no riacho, de modo a silenciá-lo. Se eu tivesse lhe contado, contado para a polícia ou para alguém, mas eu achava que sabia de tudo.

– Só hoje – disse Poirot, após um momento de silêncio observando a sra. Drake, que controlava os soluços – fiquei sabendo que Leopold estava cheio de dinheiro. Alguém devia estar pagando para que ele ficasse calado.

– Mas quem? Quem?

– Descobriremos – disse Poirot. – Em breve.

Capítulo 22

Não era muito do feitio de Hercule Poirot pedir a opinião dos outros. Ele geralmente se satisfazia com as próprias opiniões. Não obstante, abria exceções algumas vezes. Essa era uma delas. Ele e Spence tiveram uma rápida conversa. Em seguida, Poirot entrou em contato com um serviço de aluguel de carros e, após outra breve conversa com seu amigo e com o inspetor Raglan, partiu. Contratara um carro para voltar a Londres, mas fez uma parada no caminho. Dirigiu-se ao The Elms. Disse ao motorista do carro que não demoraria – levaria uns quinze minutos, no máximo – e foi falar com a srta. Emlyn.

– Desculpe-me incomodá-la a esta hora. Deve ser a hora de seu jantar.

– Bem, tenho certeza, monsieur Poirot, de que o senhor não me incomodaria na hora do jantar ou em qualquer outro momento se não tivesse um bom motivo para isso.

– A senhora é muito gentil. Para ser franco, quero um conselho seu.

– É mesmo?

A srta. Emlyn parecia ligeiramente surpresa. Mais do que surpresa: cética.

– Não parece muito próprio do senhor, monsieur Poirot. O senhor geralmente não se satisfaz com suas próprias opiniões?

– Sim, estou satisfeito com minhas opiniões, mas me traria conforto e segurança se a opinião de alguém em quem confio coincidisse com a minha.

A srta. Emlyn não falou nada. Ficou olhando para ele, curiosa.

– Sei quem matou Joyce Reynolds – disse. – Creio que a senhora também sabe.

– Eu não disse que sei – objetou a srta. Emlyn.

– Não. A senhora não disse, o que me leva a crer que se trata apenas de uma opinião sua.

– Um palpite? – perguntou a srta. Emlyn, com um tom mais frio do que nunca.

– Preferiria não usar essa palavra. Prefiro dizer que a senhora tem uma opinião formada.

– Tudo bem. Admito que tenho uma opinião formada. Isso não significa que lhe direi alguma coisa.

– O que eu gostaria de fazer, mademoiselle, é escrever quatro palavras num pedaço de papel e lhe perguntar se a senhora concorda com as quatro palavras que escrevi.

A srta. Emlyn levantou-se, atravessou a sala em direção à mesa, pegou um pedaço de papel e voltou para onde Poirot estava.

– O senhor me deixou interessada – disse. – Quatro palavras.

Poirot tirou uma caneta do bolso, escreveu no papel, dobrou-o e entregou-o à srta. Emlyn. Ela pegou o papel, abriu-o e ficou olhando para a folha.

– E? – indagou Poirot.

– Com duas palavras neste papel, concordo, sim. Quanto às outras, acho mais difícil. Não tenho provas e, na realidade, as ideias não entraram na minha cabeça.

– Mas no caso das duas primeiras palavras, a senhora *tem* provas concretas?

– Suponho que sim.

– Água – disse Poirot, ponderadamente. – Assim que a senhora ouviu isso, a senhora soube. Assim que eu ouvi, eu soube. A senhora tem certeza, e eu tenho certeza. E agora – continuou Poirot –, um menino foi afogado num riacho. A senhora ouviu alguma coisa a respeito?

– Sim. Uma pessoa me ligou contando. Era o irmão de Joyce. Qual a ligação dele com a história?

– Ele queria dinheiro – disse Poirot. – Ele sabia. Portanto, na primeira oportunidade, foi afogado num riacho.

Sua voz não se alterou. Tinha, na verdade, um tom áspero.

— A pessoa que me contou – disse ele – estava bastante condoída. Emocionalmente perturbada. Mas eu não sou assim. Ele era novo, o segundo filho que morria, mas sua morte não foi um acidente. Foi, como tantas coisas na vida, o resultado de suas ações. Ele queria dinheiro e assumiu o risco. O menino era bastante inteligente, bastante astuto para saber que corria risco, mas queria o dinheiro. Tinha dez anos de idade, mas causa e efeito valem tanto para essa idade quanto para pessoas de trinta, cinquenta ou noventa anos. A senhora sabe o que penso em primeiro lugar num caso como esse?

— Diria que o senhor se preocupa mais com a justiça do que com a compaixão – respondeu a srta. Emlyn.

— A compaixão da minha parte não ajudaria em nada a Leopold – disse Poirot. – Ele está além da ajuda agora. Justiça. Se obtivermos justiça, a senhora e eu, porque acho que pensa do mesmo modo que eu sobre este assunto... a justiça, poderíamos dizer que tampouco ajudará a Leopold. Mas pode ajudar a algum outro Leopold, pode ajudar a salvar a vida de alguma outra criança, se conseguirmos justiça logo. Não é algo seguro. Um assassino que matou mais de uma vez, para quem o assassinato se tornou um meio de segurança. Estou indo agora a Londres, onde encontrarei algumas pessoas para discutirmos o melhor caminho a tomar. Na verdade, meu intuito é convencê-las do meu ponto de vista.

— O senhor deverá ter dificuldade – disse a srta. Emlyn.

— Acho que não. Os meios para isso podem ser difíceis, mas acho que posso convencê-las da minha versão do que aconteceu. Porque elas têm inteligência para compreender a mente de um assassino. Só gostaria de lhe perguntar mais uma coisa. Quero sua opinião. Só sua opinião desta vez, não provas. Sua opinião sobre o caráter de Nicholas Ransom e Desmond Holland. Acha que posso confiar neles?

— Diria que ambos são totalmente dignos de confiança. Essa é minha opinião. São bastante insensatos em diversos aspectos, mas isso apenas em relação às efemeridades da vida. Em essência, são corretos. Corretos como uma maçã sem larvas.

– Voltamos sempre às maçãs – disse Hercule Poirot, tristemente. – Preciso ir agora. O carro está esperando. Tenho ainda uma visita a fazer.

Capítulo 23

I

— Ouviu falar do que está acontecendo na Floresta da Pedreira? — perguntou a sra. Cartwright a Elspeth McKay, colocando um pacote de pão de forma na sacola de compras.

— Floresta da Pedreira? Não. Não ouvi nada de especial.

A sra. McKay pegou um pacote de cereal. As duas senhoras estavam fazendo as compras da manhã no supermercado recém-aberto.

— Estão dizendo que as árvores de lá são perigosas. Dois silvicultores chegaram hoje de manhã. É do lado da colina onde há uma encosta íngreme e uma árvore inclinada. Há o perigo de que uma árvore caia, parece. Uma delas foi atingida por um raio no inverno passado, mas acho que isso foi bem mais para cima. De qualquer maneira, estão cavando ao redor das raízes e mais para baixo também. Uma pena. Farão uma bagunça.

— Pois é — disse Elspeth McKay. — Espero que saibam o que estão fazendo. Alguém os chamou, imagino.

— Colocaram também dois policiais lá, para não deixar ninguém se aproximar. O objetivo, parece, é encontrar primeiro as árvores doentes.

— Sei — disse Elspeth McKay.

Possivelmente sabia. Não que alguém tivesse lhe contado, mas Elspeth não precisava que lhe contassem as coisas.

II

Ariadne Oliver alisava um telegrama que acabara de receber na porta de casa. Estava tão acostumada a receber telegramas pelo telefone, a procurar freneticamente um lápis para anotá-los, a insistir para que lhe mandassem uma cópia de confirmação, que ficou espantada de receber o que chamou de um "telegrama de verdade" novamente.

"FAVOR LEVAR SRA. BUTLER E MIRANDA PARA SEU APARTAMENTO AGORA. NÃO HÁ TEMPO A PERDER. IMPORTANTE VER MÉDICO PARA OPERAÇÃO."

A sra. Oliver entrou na cozinha onde Judith Butler estava fazendo geleia de marmelo.
– Judy – disse –, vá arrumar algumas coisas. Estou voltando para Londres, e você e Miranda irão comigo.
– Muita bondade sua, Ariadne, mas tenho um monte de coisas para fazer aqui. De qualquer maneira, você não precisa sair correndo hoje, não é?
– Sim, preciso. Foi o que me disseram – contou a sra. Oliver.
– Quem lhe disse isso? Sua empregada?
– Não – respondeu a sra. Oliver. – Outra pessoa. Uma das poucas pessoas a quem obedeço. Venha. Depressa.
– Não quero sair de casa agora. Não posso.
– Você tem que vir – disse a sra. Oliver. – O carro está pronto. Já o estacionei perto da porta de entrada. Podemos ir agora mesmo.
– Não acho que deva levar Miranda. Poderia deixá-la aqui com alguém, com os Reynolds ou Rowena Drake.
– Miranda vem conosco – interrompeu a sra. Oliver, categórica. – Não dificulte as coisas, Judy. O negócio é sério. Não consigo imaginar como você pode pensar em deixá-la com os Reynolds. Dois dos três filhos dos Reynolds foram mortos, não foram?
– É verdade. Você acha que há algo de errado naquela casa? Digo, alguém naquela casa que... Oh, o que estou dizendo?
– Estamos falando demais – cortou a sra. Oliver. – De qualquer forma, se for para alguém ser morto, acho que a pessoa mais provável seria Ann Reynolds.

– Qual o problema com essa família? Por que todos têm que ser assassinados, um depois do outro? Oh, Ariadne, isso é *apavorante*!

– Sim – concordou a sra. Oliver –, mas há momentos em que é bom se apavorar. Acabei de receber um telegrama, e estou fazendo o que me aconselharam.

– Não ouvi o telefone tocar.

– Não foi por telefone. O telegrama foi entregue aqui.

Hesitou por um momento e entregou o telegrama à amiga.

– O que significa isso? Operação?

– Provavelmente de amígdalas – disse a sra. Oliver. – Miranda teve dor de garganta na semana passada, não teve? Pois então. Nada mais lógico do que levá-la para consultar um otorrinolaringologista em Londres, não?

– Você está doida, Ariadne?

– É bem possível – disse a sra. Oliver –, doida varrida. Vamos. Miranda gostará de Londres. Você não precisa se preocupar. Ela não será operada. Isso é o que chamamos de "cobertura" nas histórias de espionagem. Podemos levá-la ao teatro, à ópera, a um balé, o que ela quiser. Na verdade, acho que o melhor será levá-la a um balé.

– Estou assustada – disse Judith.

Ariadne Oliver olhou para a amiga, que tremia um pouco. Nunca parecera tanto, pensou a sra. Oliver, com Ondina. Parecia dissociada da realidade.

– Vamos – insistiu a sra. Oliver. – Prometi a Hercule Poirot que as levaria quando ele me desse o sinal. Bem, ele deu o sinal.

– O que está acontecendo aqui? – perguntou Judith. – Nem sei por que vim parar neste lugar.

– Às vezes me pergunto a mesma coisa em relação a você – disse a sra. Oliver –, mas não há como explicar por que moramos num determinado local. Um amigo meu foi morar em Moreton--in-Marsh outro dia. Perguntei-lhe por que tinha ido morar lá. Ele me respondeu que sempre desejou morar nessa cidade quando se aposentasse. Comentei que não a conhecia pessoalmente, mas que julgava ser um lugar muito úmido. Como era realmente? Ele disse que não sabia, porque nunca tinha ido, mas sempre quis morar lá. E estamos falando de uma pessoa sensata.

– E ele foi?
– Sim.
– E gostou da cidade quando chegou lá?
– Ainda não falei com ele – respondeu a sra. Oliver. – Mas as pessoas são muito estranhas, não acha? As coisas que elas querem fazer, as coisas que simplesmente elas *têm* que fazer... – foi até o jardim e anunciou: – Miranda, estamos indo para Londres.

Miranda veio caminhando lentamente em direção a elas.
– Para Londres?
– Ariadne nos levará lá de carro – disse a mãe. – Vamos ao teatro. A sra. Oliver disse que talvez ela consiga entradas para um balé. Você gostaria de ir ao balé?
– Adoraria – respondeu Miranda, com os olhinhos brilhando. – Preciso me despedir de uma amiga minha primeiro.
– Já estamos quase saindo.
– Não vou demorar, mas preciso explicar. Eu tinha prometido fazer umas coisas.

Ela saiu correndo e desapareceu pelo portão.
– Quem são as amigas de Miranda? – perguntou a sra. Oliver, com certa curiosidade.
– Nunca soube ao certo – respondeu Judith. – Ela não me diz as coisas. Às vezes acho que as únicas coisas que ela considera como amigos são os passarinhos da floresta, ou os esquilos, algo assim. Creio que todos gostam dela, mas não sei se tem algum amigo em especial. Digo, ela não traz nenhuma amiga para tomar chá ou fazer alguma coisa. Não tanto quanto as outras meninas. Acho que sua melhor amiga era realmente Joyce Reynolds. – Fez uma pausa e acrescentou de maneira vaga: – Joyce costumava lhe contar coisas fantásticas sobre elefantes e tigres. – Levantou-se. – Bem, preciso ir lá em cima arrumar as malas, já que você insiste.

Mas não quero ir embora daqui. Estou deixando muitas coisas pela metade, como esta geleia e...

– Você tem que vir – disse a sra. Oliver, segura do que dizia.

Judith desceu as escadas com duas malas no mesmo momento em que Miranda entrou pela porta lateral, meio ofegante.

– Vamos almoçar primeiro? – perguntou.

Apesar de sua aparência de dríade, Miranda era uma criança saudável que gostava de comer.

– Vamos parar para almoçar no caminho – respondeu a sra. Oliver. – Vamos no The Black Boy, em Haversham. Fica a uns 45 minutos daqui, e servem uma boa comida lá. Vamos, Miranda, estamos saindo.

– Não terei tempo de dizer para Cathie que não poderei ir ao cinema com ela amanhã. Talvez possa ligar para ela.

– Então vá, depressa – disse sua mãe.

Miranda saiu correndo para a sala de estar, onde ficava o telefone. Judith e a sra. Oliver colocaram as malas no carro. Miranda voltou da sala de estar.

– Deixei mensagem – disse, ofegante. – Podemos ir agora.

– Acho que você está doida, Ariadne – disse Judith ao entrarem no carro. – Completamente doida. Que história toda é esta?

– Saberemos no momento certo, imagino – disse a sra. Oliver. – Não sei se eu estou doida ou ele.

– Ele quem?

– Hercule Poirot – respondeu a sra. Oliver.

III

Em Londres, Hercule Poirot estava numa sala com mais quatro homens. Um era o inspetor Timothy Raglan, respeitoso e impassível como de costume quando estava na presença de seus superiores; o segundo era o inspetor Spence; o terceiro era Alfred Richmond, chefe de polícia do condado; e o quarto era um homem de rosto sério e profissional, da promotoria pública.

Os quatro olhavam para Hercule Poirot com expressões variadas ou com o que poderíamos chamar de fisionomias inexpressivas.

– O senhor parece muito seguro, monsieur Poirot.

– Eu *estou* seguro – disse Poirot. – Quando as coisas acontecem dessa maneira, chegamos à conclusão de que deveria ser assim mesmo. Procuramos saber por que não deveria ser assim, e, se não encontramos a razão, nossa opinião se fortalece.

– Os motivos parecem um tanto quanto complexos, por assim dizer.

– Não – contestou Poirot –, não são complexos. Na verdade, são tão simples que não conseguimos ver com clareza.

O homem da promotoria parecia cético.

– Teremos uma prova definitiva dentro de pouco tempo – disse o inspetor Raglan. – Evidentemente, se tiver ocorrido um erro nesse ponto...

– Toca alto o sino, não foi pra água o felino? É isso o que o senhor quer dizer? – perguntou Hercule Poirot.

– Bem, o senhor há de convir que se trata apenas de uma hipótese sua.

– As evidências sempre apontaram para isso. Quando uma moça desaparece, não há muitas razões para isso. A primeira é que ela foi embora com um homem. A segunda é que morreu. Qualquer outra suposição é disparatada e quase nunca se confirma.

– Não há nenhum ponto especial que o senhor possa nos apresentar, monsieur Poirot?

– Sim. Entrei em contato com uma corretora imobiliária muito conhecida. Amigos meus, especializados em negócios imobiliários nas Antilhas, no mar Egeu, no mar Adriático, no Mediterrâneo e outros lugares ensolarados. Seus clientes costumam ser ricos. Eis uma compra recente que talvez lhes interesse.

Poirot entregou-lhes um papel dobrado.

– O senhor acha que isso tem alguma conexão com o resto?

– Tenho certeza de que sim.

– Pensei que a venda das ilhas estivesse proibida pelo governo.
– O dinheiro geralmente resolve tudo.
– Não há mais nada em que o senhor pudesse se concentrar?
– É possível que em 24 horas eu possa lhes apresentar algo que esclarecerá mais ou menos o assunto.
– O quê?
– Uma testemunha ocular.
– O senhor quer dizer...
– Uma testemunha ocular do crime.
O homem da promotoria olhou para Poirot cada vez mais cético.
– Onde está essa testemunha ocular agora?
– Vindo para Londres, espero.
– O senhor parece... preocupado.
– É verdade. Tenho feito o possível para cuidar de tudo, mas confesso que estou receoso. Sim, estou receoso, apesar das medidas de proteção que tomei. Porque estamos... como explicar?... Estamos diante da crueldade, de reações rápidas, da cobiça desenfreada e talvez – não tenho certeza, mas acho possível – de uma certa dose de loucura, por assim dizer. Não uma loucura original, mas cultivada. Uma semente que criou raízes e cresce depressa, e que agora talvez tenha tomado o controle, inspirando atitudes desumanas em relação à vida.
– Teremos que ter algumas opiniões extras sobre isso – disse o homem da promotoria. – Não podemos nos precipitar. Evidentemente, muita coisa depende do trabalho na floresta. Se o quadro se confirmar, teremos que reconsiderar.
Hercule Poirot ficou de pé.
– Estou indo. Já lhes contei tudo o que sei, tudo o que temo e que vejo como possível. Manterei contato.
Cumprimentou a todos com precisão estrangeira e retirou-se.

– Esse sujeito é meio charlatão – disse o homem da promotoria. – Vocês não acham que ele é um pouco afetado? Afetado na cabeça, quero dizer. De qualquer maneira, já é bem idoso. Não sei se podemos confiar nas faculdades de um senhor dessa idade.

– Acho que podemos confiar nele, sim – disse o chefe de polícia. – Pelo menos, esta é a *minha* impressão. Spence, eu o conheço há muitos anos. Você é amigo dele. Acha que ele está um pouco senil?

– Não, não acho – respondeu o inspetor Spence. – O que você acha, Raglan?

– Eu o conheci recentemente. A princípio, achei sua forma de falar, suas ideias, meio excêntricas. Mas, de um modo geral, estou com ele. Acho que ele conseguirá provar que está certo.

Capítulo 24

I

A sra. Oliver sentou-se a uma mesa perto da janela no The Black Boy. Como ainda era muito cedo, o salão não estava tão cheio. Judith Butler terminou de colocar pó de arroz no rosto, sentou-se no outro lado da mesa e examinou o cardápio.

– Do que Miranda gosta? – perguntou a sra. Oliver. – Podemos escolher para ela. Ela já deve estar voltando.
– Ela gosta de frango assado.
– Então é fácil. E você?
– Quero a mesma coisa.
– Três frangos – pediu a sra. Oliver.
Encostou-se na cadeira e ficou estudando a amiga.
– Por que você está me olhando dessa forma?
– Estava pensando – respondeu sra. Oliver.
– Pensando em quê?
– Pensando em como sabia pouco sobre você.
– Bem, isso é assim com todo mundo, não?
– Ou seja, nunca sabemos tudo sobre ninguém.
– Não diria isso.
– Talvez você tenha razão – disse a sra. Oliver.
As duas mulheres ficaram em silêncio por um tempo.
– Eles demoram a servir as coisas aqui.
– Acho que já está vindo – disse a sra. Oliver.
Uma garçonete chegou com uma bandeja cheia de pratos.
– Miranda está demorando. Será que ela sabe onde é a sala de refeições?
– Claro que sabe. Vimos da estrada.
Judith levantou-se, impaciente.
– Vou chamá-la.
– Talvez esteja enjoada da viagem.

— Ela costumava enjoar quando era mais nova.

Judith Butler voltou quatro ou cinco minutos depois.

— Ela não está no toalete — disse. — Há uma porta que dá para o jardim. Talvez tenha ido ver algum passarinho ou alguma outra coisa. Ela é assim.

— Não temos tempo de ficar vendo passarinhos hoje — disse a sra. Oliver. — Vá chamá-la. Precisamos continuar a viagem.

II

Elspeth McKay espetou algumas salsichas com um garfo, colocou-as numa assadeira, guardou-as na geladeira e começou a descascar batatas.

O telefone tocou.

— Sra. McKay? Aqui é o sargento Goodwin. Seu irmão está?

— Não. Ele está em Londres hoje.

— Liguei para ele aqui. Ele já saiu. Quando chegar, diga-lhe que obtivemos um resultado positivo.

— Vocês encontraram um corpo no poço?

— Não adianta muito guardar segredo. A notícia já se espalhou.

— De quem é? Da menina *au pair*?

— Tudo indica que sim.

— Coitada — disse Elspeth. — Ela se jogou ou foi alguma outra coisa?

— Não foi suicídio. Ela foi esfaqueada. Foi um assassinato mesmo.

III

Depois que sua mãe saiu do toalete, Miranda esperou um ou dois minutos. Em seguida, abriu a porta, espiou do lado de fora, abriu a porta lateral que dava para o jardim e saiu correndo para o quintal, onde antes havia sido uma estalagem e agora era uma garagem. Ela passou por uma pequena porta que dava acesso aos pedestres a uma pista exterior. Um pouco mais adiante, um carro estava estacionado. Um homem de sobrancelhas grossas e barba grisalha estava sentado lendo um jornal. Miranda abriu a porta e sentou-se ao lado do motorista.

– Você está engraçado – disse ela, rindo.

– Pode rir. Não há nada que a impeça.

O carro partiu, desceu a estrada, virou à direita, à esquerda, à direita de novo e pegou uma estrada secundária.

– Estamos com tempo – disse o homem de barba grisalha. – No momento certo, você verá o machado duplo como deve ser visto. E Kilterbury Down também. Uma vista linda.

Um carro passou tão perto deles que quase foram jogados na cerca.

– Jovens idiotas – xingou o homem de barba grisalha.

Um dos jovens tinha cabelo comprido e óculos redondos grandes. O outro parecia mais espanhol, com costeletas.

– Você não acha que mamãe vai ficar preocupada comigo? – perguntou Miranda.

– Ela não terá tempo de se preocupar. No momento em que se der conta, você já terá chegado aonde quer ir.

IV

Em Londres, Hercule Poirot atendeu o telefone. Era a voz da sra. Oliver.

– Miranda sumiu.

– Como assim, sumiu?

– Estávamos almoçando no The Black Boy. Ela foi ao toalete e não voltou mais. Alguém disse que a viu saindo num carro com um senhor idoso. Mas talvez não fosse ela. Devia ser outra menina. Devia...

– Alguém tinha que ter ficado com ela. Vocês não deviam ter perdido Miranda de vista. Eu disse que era perigoso. A sra. Butler está muito preocupada?

– Claro que está preocupada. O que o senhor acha? Está desesperada. Insiste em ligar para a polícia.
– Sim, isso é o mais lógico a fazer. Ligarei também.
– Mas por que Miranda estaria em perigo?
– A senhora não sabe? Já deveria saber a esta altura. – Fez uma pausa e acrescentou: – O corpo foi encontrado. Acabei de saber...
– Que corpo?
– Um corpo na água.

Capítulo 25

— Que lindo – exclamou Miranda, olhando em volta.
Kilterbury Ring era um lugar belíssimo, embora suas ruínas não fossem muito famosas. Haviam sido destruídas há centenas de anos. Mesmo assim, uma ou outra pedra megalítica ainda resistia, ereta, como testemunho de um antigo ritual de adoração. Miranda fazia perguntas.
— Por que colocaram todas essas pedras aqui?
— Para fazer rituais. Rituais de adoração. Rituais de sacrifício. Você sabe o que é sacrifício, não sabe, Miranda?
— Acho que sim.
— Tem que ser assim. É importante.
— *Não* é uma forma de castigo, então? É outra coisa?
— Sim, é outra coisa. Você morre para que outros possam viver. Você morre para que a beleza sobreviva, para que possa passar a existir. Isso é que é importante.
— Pensei...
— O quê?
— Pensei que talvez você devesse morrer porque o que fez causou a morte de alguém.
— Por que você pensou isso?
— Eu estava pensando em Joyce. Se eu não tivesse contado a ela uma certa coisa, ela não teria morrido, teria?
— Talvez não.
— Estou preocupada desde que Joyce morreu. Não tinha que ter contado a ela, tinha? Eu lhe contei porque queria ter algo que valesse a pena contar. Ela viajou para a Índia e vivia falando sobre a viagem... sobre os tigres, os elefantes, a decoração em ouro e os enfeites. E acho também... que eu queria que mais alguém soubesse, porque, na verdade, eu não tinha pensado nisso antes. *Aquilo* também foi um sacrifício?

– De certa forma, sim.

Miranda permaneceu contemplativa por um tempo.

– Não está na hora ainda? – perguntou.

– O sol ainda não está no lugar certo. Mais cinco minutos, talvez, e seus raios incidirão diretamente sobre a pedra.

Novamente ficaram em silêncio, ao lado do carro.

– *Agora*, acho – disse o companheiro de Miranda, olhando para o céu, onde o sol mergulhava no horizonte. – Agora é um ótimo momento. Não há ninguém aqui. Ninguém vem a esta hora do dia subir ao topo de Kilterbury Down para ver Kilterbury Ring. Faz frio demais em novembro, e não há mais amoras. Vou lhe mostrar primeiro o machado duplo, esculpido ali quando vieram de Micenas ou de Creta há centenas de anos. Não é maravilhoso?

– Sim, maravilhoso – concordou Miranda. – Mostre-me o machado.

Eles caminharam até a pedra mais alta. Ao lado, havia uma pedra caída e um pouco mais adiante, no despenhadeiro, uma pedra inclinada, como que tombando com o passar dos anos.

– Você está feliz, Miranda?

– Sim, estou muito feliz.

– Há um símbolo *aqui*.

– Este é realmente o machado duplo?

– Sim. Está desgastado pelo tempo, mas é ele mesmo. Este é o símbolo. Ponha sua mão aqui. E agora... agora brindaremos ao passado, ao futuro e à beleza.

– Que lindo! – exclamou Miranda.

Um cálice de ouro foi colocado em suas mãos, e dentro dele seu companheiro despejou um líquido dourado de um frasco.

– Tem gosto de fruta, de pêssego. Beba, Miranda, e você ficará mais feliz ainda.

Miranda pegou o cálice dourado e o cheirou.

– É mesmo, tem cheiro de pêssego. Oh, veja o sol. Vermelho dourado. Parece que está na margem do mundo.

Ele virou a menina em direção ao sol.

— Segure o cálice e *beba*.

Ela virou obedientemente. Sua mão ainda estava sobre a pedra megalítica e seu símbolo meio apagado. Seu companheiro encontrava-se agora atrás dela. Abaixo, da colina onde estava a pedra inclinada, surgiram duas figuras. Miranda e o homem de barba grisalha, no alto, de costas, nem perceberam sua aproximação. De maneira rápida, mas furtiva, subiram correndo a montanha.

— Um brinde à beleza, Miranda.

— *Não beba!* – exclamou uma voz atrás deles.

Um paletó de veludo foi lançado sobre uma cabeça, uma faca foi arrancada com um golpe da mão que se levantava lentamente. Nicholas Ransom segurou Miranda, agarrando-a firmemente e afastando-a para longe dos outros dois, que lutavam.

— Sua idiota – disse Nicholas Ransom. – Vir aqui em cima com um assassino louco. Você devia saber o que estava fazendo.

— Eu sabia – protestou Miranda. – Eu ia fazer um sacrifício, porque foi tudo culpa minha. Joyce foi assassinada por minha causa. Era natural, portanto, que eu fosse sacrificada, não? Seria uma forma de morte ritualística.

— Não comece com essa besteira de morte ritualística. Encontraram aquela outra moça. Aquela *au pair* que estava desaparecida há tempo, sabe? Há uns dois anos, parece. Pensavam que ela tivesse fugido por ter falsificado um testamento. Ela não fugiu. Seu corpo foi encontrado no poço.

— Oh! – Miranda deu um grito súbito de tormento. – Não foi no poço dos desejos, foi? Não no poço dos desejos que eu queria tanto encontrar. Oh, não quero que ela esteja no poço dos desejos. Quem... quem a colocou lá?

— A mesma pessoa que trouxe você aqui.

Capítulo 26

Mais uma vez, os quatro homens ficaram olhando para Poirot. Timothy Raglan, o inspetor Spence e o chefe de polícia tinham o olhar de um gato que espera ansioso um prato de leite se materializar na sua frente a qualquer momento. O quarto homem ainda demonstrava ceticismo.

– Bem, monsieur Poirot – disse o chefe de polícia, dando início aos procedimentos e deixando o homem da procuradoria a cargo do sumário. – Estamos todos aqui...

Poirot fez um gesto com a mão. O inspetor Raglan saiu da sala e voltou conduzindo uma mulher de trinta e poucos anos, uma menina e dois adolescentes.

– Sra. Butler, srta. Miranda Butler, sr. Nicholas Ransom e sr. Desmond Holland – apresentou o chefe de polícia.

Poirot levantou-se e pegou Miranda pela mão.

– Sente-se aqui, ao lado de sua mãe, Miranda. O sr. Richmond, comandante da polícia, quer lhe fazer algumas perguntas e quer que você responda. São perguntas relacionadas a algo que você viu, há mais de um ano, quase dois anos. Você contou para uma pessoa e, pelo que entendi, foi só para essa pessoa, certo?

– Sim. Contei para Joyce.

– E o que exatamente você contou a ela?

– Que eu tinha visto um assassinato.

– Você contou isso a mais alguém?

– Não. Mas acho que Leopold desconfiava. Ele ouvia atrás das portas, sabe? Esse tipo de coisa. Ele gosta de saber os segredos das pessoas.

– Você deve ter ouvido dizer que Joyce Reynolds, na tarde antes da festa de Halloween, disse que tinha visto um assassinato. Era verdade?

– Não. Ela estava apenas repetindo o que eu tinha lhe contado, mas como se tivesse acontecido com ela.

– Poderia nos contar exatamente o que você viu?

– No início eu não sabia que era um assassinato. Achei que tivesse sido um acidente. Pensei que ela tivesse caído lá do alto.

– Lá do alto onde?

– No Jardim da Pedreira. No buraco onde ficava o poço. Eu estava em cima de uma árvore, espiando os esquilos. Precisamos ficar em silêncio total, senão os esquilos fogem. Eles são muito rápidos.

– Conte-nos o que você viu.

– Um homem e uma mulher, que a levantaram e carregaram. Pensei que eles a estivessem levando para um hospital ou para a Casa da Pedreira. Aí, a mulher parou de repente e disse: "Alguém está nos observando", e ficou olhando para a árvore onde eu estava. Aquilo me assustou um pouco, e por isso fiquei quietinha. O homem disse: "Besteira", e eles continuaram andando. Vi que havia sangue num lenço e numa faca, e achei que talvez alguém tivesse tentado se matar. Continuei em silêncio absoluto.

– Porque você estava assustada.

– Sim, mas não sei por quê.

– E você não contou para sua mãe?

– Não. Achei que talvez eu não tivesse que estar lá espiando. No dia seguinte, como ninguém falou nada sobre o acidente, acabei esquecendo o assunto. Nunca mais pensei nisso, até...

Ela parou subitamente. O chefe de polícia fez menção de falar, mas calou-se. Olhou para Poirot e fez um pequeno gesto.

– Sim, Miranda – disse Poirot –, até o quê?

– Era como se estivesse acontecendo de novo. Dessa vez eu estava observando um pica-pau verde, muito quieta, atrás dos arbustos. E aqueles dois estavam sentados conversando... sobre uma ilha... uma ilha grega. A mulher disse alguma coisa do tipo: "Já está tudo assinado. É nossa. Podemos ir quando quisermos. Mas é melhor esperarmos um pouco. Sem apressar as coisas". Aí o pica-pau voou, e eu me mexi. A mulher disse: "Silêncio. Alguém está nos observando". Exatamente como tinha falado da outra vez, e ela tinha exatamente o mesmo olhar. Fiquei assustada de novo, porque me lembrei. E dessa vez eu *sabia*. Sabia que tinha sido um assassinato e que era um cadáver que eles estavam carregando para esconder em algum lugar. Eu já não era mais criança. Eu *sabia*... conhecia as coisas e seus significados... o sangue, a faca, o corpo desfalecido, todo mole...

– Quando foi isso? – perguntou o chefe de polícia. – Há quanto tempo?

Miranda pensou por um momento.

– Em março passado... logo depois da páscoa.

– Você saberia dizer quem eram essas pessoas, Miranda?

– Claro que sim – respondeu Miranda, um pouco surpresa com a pergunta.

– Você viu o rosto deles?

– Claro.

– E quem eram?

– *A sra. Drake e Michael...*

Não foi uma denúncia dramática. Sua voz estava tranquila, com um certo ar de assombro, mas inspirava confiança.

– Você não contou para ninguém. Por quê? – quis saber o chefe de polícia.

– Achei... achei que pudesse ser um sacrifício.

– Quem lhe falou isso?

– Michael. Ele dizia que os sacrifícios eram necessários.

Poirot perguntou gentilmente:

– Você amava Michael?

– Oh, sim – respondeu Miranda –, eu o amava muito.

Capítulo 27

— Agora que o senhor finalmente chegou – disse a sra. Oliver –, quero saber de *tudo*.

Olhou para Poirot com determinação e perguntou seriamente:

— Por que o senhor não veio antes?

— Perdão, madame, eu estava muito ocupado ajudando a polícia nos inquéritos.

— Isso é coisa de criminoso. O que o levou a pensar em Rowena Drake envolvida num assassinato? Ninguém jamais pensaria nisso.

— Foi muito simples, depois que cheguei à pista vital.

— O que o senhor chama de pista vital?

— A água. Eu procurava alguém que estivesse na festa e aparecesse *molhado* sem dever estar. Quem tivesse matado Joyce Reynolds teria necessariamente que estar molhado. Se a pessoa enfia com força a cabeça de uma criança dentro de uma bacia de água, ela reagirá, haverá luta, e a pessoa provavelmente se molhará. Portanto, alguma coisa tinha que acontecer para explicar a roupa molhada. Quando todo mundo se reuniu na sala de jantar para a brincadeira do *snapdragon*, a sra. Drake chamou Joyce à biblioteca. Se sua anfitriã lhe pedisse para acompanhá-la, a senhora naturalmente a acompanharia. E Joyce não tinha motivos para desconfiar da sra. Drake. Tudo o que Miranda lhe contara fora que tinha visto uma vez um assassinato. E assim Joyce foi morta, e sua assassina ficou encharcada de água. Era preciso arrumar uma explicação para aquilo, e a sra. Drake criou toda a cena. Precisava de uma testemunha de *como* havia se molhado. Esperou no patamar com um enorme vaso de flores cheio de água. Num determinado momento, a srta. Whittaker saiu da sala de jantar. Estava muito quente lá dentro. A sra. Drake fingiu que tinha se assustado e deixou cair o vaso, cuidando para que a água a encharcasse antes de o vaso se espatifar no corredor lá embaixo. Desceu correndo as escadas e, junto com a srta. Whittaker, começou a juntar os cacos e as flores, lamuriando-se pela perda de um vaso tão bonito. Conseguiu dar a impressão à srta. Whittaker de que tinha visto alguma coisa ou alguém saindo do quarto onde o crime tinha sido cometido. A srta. Whittaker acreditou piamente naquilo, mas, quando mencionou o fato à srta. Emlyn, esta teve a intuição de que alguma coisa estava errada e pediu para a srta. Whittaker me contar a história. E *assim* – disse Poirot, torcendo o bigode – fiquei sabendo quem era o assassino de Joyce.

– E Joyce nunca tinha visto nenhum assassinato!

– A sra. Drake não sabia disso. Mas sempre suspeitou de que havia alguém na Floresta da Pedreira quando ela e Michael Garfield mataram Olga Seminoff, e que esse alguém tinha visto tudo.

– Quando o senhor soube que tinha sido Miranda e não Joyce?

– O senso comum me obrigou a aceitar o veredicto geral de que Joyce era mentirosa. Miranda, então, passou a ser a indicada. Ela vivia na Floresta da Pedreira, observando os pássaros e os esquilos. Joyce era, conforme a própria Miranda me contou, sua melhor amiga. "Contamos tudo uma para a outra", me disse Miranda. Como Miranda não estava na festa, a mentirosa compulsiva Joyce aproveitou a ocasião para usar a história de sua amiga, afirmando que tinha visto um assassinato, provavelmente para impressioná-la, madame, a famosa escritora de romances policiais.

– Está certo, pode colocar a culpa toda em mim.

– Não, não.

– Rowena Drake – disse a sra. Oliver, pensativa. – Ainda não consigo acreditar.

– Tinha todas as qualidades necessárias. Sempre me perguntei – acrescentou Poirot – que tipo de mulher exatamente seria lady Macbeth. Com quem se pareceria na vida real? Bem, acho que encontrei a pessoa.

– E Michael Garfield? Eles fazem um par bem improvável.

– Interessante... Lady Macbeth e Narciso, uma combinação fora do comum.

– Lady Macbeth – murmurou a sra. Oliver.

– Era uma mulher bonita. Eficiente, competente. Uma administradora nata. Uma excelente atriz. A senhora precisava vê-la lamentando a morte do menino Leopold, soluçando num lenço seco.

– Repugnante.

– A senhora se lembra de que lhe perguntei quem, na sua opinião, era ou não era boa pessoa?

– Michael Garfield estava apaixonado por ela?

– Duvido que Michael Garfield alguma vez tenha amado alguém além de si mesmo. Ele queria dinheiro, muito dinheiro. Talvez tenha acreditado, num primeiro momento, que podia conquistar a sra. Llewellyn-Smythe a ponto de ela fazer um testamento a seu favor. Mas a sra. Llewellyn-Smythe não era desse tipo de mulher.

– E a questão da falsificação? Ainda não entendo esse ponto. Qual o sentido de tudo isso?

– No início estava confuso. Havia falsificação demais, por assim dizer. Mas parando para pensar, o propósito estava claro. Bastava considerar o que realmente aconteceu. A fortuna da sra. Llewellyn-Smythe foi toda para Rowena Drake. A falsificação do codicilo era tão evidente que qualquer advogado a identificaria. O documento seria contestado, e a confirmação dos peritos resultaria em sua anulação, fazendo prevalecer o testamento original. Como o marido de Rowena Drake tinha acabado de falecer, ela herdaria tudo.

– Mas e o codicilo que a faxineira testemunhou?

– Minha suposição é de que a sra. Llewellyn-Smythe descobriu que Michael Garfield e Rowena Drake estavam tendo um caso, provavelmente antes do marido dela morrer. Num acesso de raiva, fez um codicilo ao testamento deixando tudo para a cuidadora. A menina deve ter contado isso a Michael, na esperança de se casar com ele.

— Achei que ela quisesse se casar com o jovem Ferrier.

— Foi uma história plausível que Michael me contou. Não havia prova disso.

— Então, se ele sabia da existência de um codicilo verdadeiro, por que não se casou com Olga para meter a mão no dinheiro?

— Porque ele duvidava de que ela realmente conseguiria o dinheiro. Existe uma coisa chamada influência indevida. A sra. Llewellyn-Smythe era uma senhora de idade e doente. Todos os seus testamentos anteriores favoreciam parentes e amigos, testamentos sensatos, do tipo que os tribunais aprovam. A moça estrangeira estava com ela há apenas um ano, e não gozava de nenhum direito. Aquele codicilo, por mais legítimo que fosse, *poderia* ter sido invalidado. Além disso, duvido que Olga pudesse comprar uma ilha grega. Acho que nem era seu desejo. Não tinha amigos influentes, nem contatos nos círculos profissionais. Sentia-se atraída por Michael, mas o considerava como uma boa perspectiva matrimonial, que lhe possibilitaria viver na Inglaterra, que era o que ela queria.

— E Rowena Drake?

— Estava cegamente apaixonada. Seu marido vivera inválido por muitos anos. A sra. Drake era uma mulher de meia-idade, mas ainda muito viva, e eis que um jovem de beleza fora do comum entra em sua órbita. As mulheres se apaixonavam facilmente por ele, mas ele não queria a beleza das mulheres e sim a possibilidade de exercer seu ofício de criar o belo. Para isso, precisava de dinheiro, muito dinheiro. Quanto ao amor, ele amava só a si mesmo. Era Narciso. Há uma antiga canção francesa que ouvi há muitos anos...

Cantarolou baixinho.

Regarde, Narcisse
Regarde dans l'eau
Regarde, Narcisse, que tu es beau
Il n'y a au monde
Que la Beauté
El la Jeunesse,
Hélas! Et la Jeunesse...
Regarde, Narcisse
Regarde dans l'eau

— Não consigo acreditar. Simplesmente não consigo acreditar que alguém seja capaz de cometer um assassinato só para construir um jardim numa ilha grega – disse a sra. Oliver, incrédula.

— Não consegue? Não consegue visualizar o que se passou em sua mente? Rocha bruta, mas com um formato que apresenta possibilidades. Terra, carregamentos de terra fértil para cobrir a pedra, e depois plantas, sementes, arbustos, árvores. Talvez tenha lido no jornal sobre um armador milionário que criou um jardim numa ilha para a mulher que amava. E assim teve a ideia: *ele* faria um jardim não para uma mulher, mas para si mesmo.

— Ainda me parece uma loucura.

— Sim. Acontece. Duvido, inclusive, que ele considerasse seu motivo como algo sórdido. Era apenas o necessário para a criação de mais beleza. Ele se tornou obcecado com a beleza. A beleza da Floresta da Pedreira, a beleza de outros jardins que criaria e executaria... e agora ele imaginava ainda mais: uma ilha inteira de beleza. E lá estava Rowena Drake, apaixonada por ele. O que ela significava para ele senão a fonte de dinheiro com o qual podia criar a beleza? Sim, talvez ele tivesse enlouquecido. A quem os deuses destroem, primeiro enlouquecem.

— Ele queria realmente tanto essa ilha? Mesmo com Rowena Drake dependurada em seu pescoço, mandando nele o tempo todo?

— Acidentes podem acontecer. Acho que, no momento certo, um acidente iria acontecer com a sra. Drake.
— Mais um assassinato?
— Sim. Começou de maneira simples. Olga tinha que ser afastada, porque ela sabia sobre o codicilo, servindo também de bode expiatório, tachada de falsificadora. A sra. Llewellyn-Smythe havia escondido o documento original. O jovem Ferrier, então, deve ter recebido dinheiro para forjar um documento semelhante, tão mal falsificado que levantasse suspeitas imediatamente. Isso selou *sua* sentença de morte. Lesley Ferrier, constatei logo de cara, não tinha nenhum acordo nem caso com Olga. Essa história de caso amoroso foi sugerida por Michael Garfield, mas acho que foi Michael quem deu dinheiro a Lesley. Era Michael Garfield quem cercava a *au pair*, aconselhando-a a ficar calada e não dizer nada à patroa, falando de possível casamento no futuro, mas ao mesmo tempo marcando-a, a sangue-frio, como a vítima de que ele e Rowena Drake precisariam se quisessem botar as mãos no dinheiro. Não era necessário que Olga Seminoff fosse acusada de falsificação ou condenada por isso. Bastava que fosse *suspeita*. A falsificação parecia beneficiá-la. Poderia facilmente ter sido feita por ela. Havia prova no sentido de que ela copiava a caligrafia de sua patroa, e se ela desaparecesse de repente, a suposição seria não só de que ela havia forjado o documento, mas também, muito provavelmente, de que teria contribuído para a morte súbita da sra. Llewellyn-Smythe. Olga Seminoff, então, na ocasião certa, foi morta. Lesley Ferrier foi esfaqueado numa suposta briga de rua ou por causa de uma mulher ciumenta. Mas a faca encontrada no poço é muito semelhante ao tipo de faca que o feriu. Eu sabia que o corpo de Olga devia estar escondido em algum lugar da região, mas não sabia onde, até ouvir Miranda perguntando um dia por um poço dos desejos, insistindo para que Michael Garfield a levasse lá. Ele se recusava. Pouco tempo depois, conversando com a sra. Goodbody, comentei que não sabia o que tinha acontecido com a moça estrangeira, e ela disse: "Toca alto o sino, foi

pra água o felino". Nesse momento, tive certeza de que o corpo dela estava no poço dos desejos. Descobri que o poço ficava na Floresta da Pedreira, numa encosta não muito longe da casa de Michael Garfield, e achei que Miranda poderia ter visto ou o assassinato em si, ou a remoção do corpo mais tarde. A sra. Drake e Michael temiam que alguém tivesse testemunhado o fato, mas não tinham a mínima ideia de quem poderia ser. Como nada aconteceu, eles ficaram tranquilos. Fizeram planos, sem pressa, mas foram arrumando as coisas. Ela falava de comprar um terreno no exterior, dando a todos a ideia de que queria ir embora de Woodleigh Common. Muitas lembranças tristes, em referência sempre à dor de ter perdido o marido. Tudo encaminhado, até o impacto de Halloween e a afirmação inesperada de Joyce a respeito de ter testemunhado um assassinato. Nesse momento, Rowena Drake ficou sabendo quem estivera na floresta aquele dia, ou pelo menos era o que achava. Resolveu agir rápido. Mas havia mais a caminho. O jovem Leopold pediu dinheiro. Disse que queria comprar umas coisas. O que ele sabia era incerto, mas como era irmão de Joyce, provavelmente pensaram que ele soubesse muito mais do que realmente sabia. Por isso... ele também morreu.

– O senhor suspeitou dela por causa da água – resumiu a sra. Oliver. – Como Michael Garfield entrou na história?

– Ele se enquadrava – respondeu Poirot, com simplicidade. – Até que, na última vez que conversei com ele, tive certeza. Ele me disse, rindo: "Vade retro, Satanás. Vá conversar com seus amigos policiais". Nesse momento, ficou claro. *Era o contrário.* Pensei: "*Eu o* estou deixando *para trás,* Satanás". Um Satanás tão jovem e bonito como Lúcifer pode parecer aos mortais...

Havia outra mulher na sala. Até o momento, ela não dissera nada, mas agora se mexia na cadeira.

– Lúcifer – disse. – Agora entendo. O que ele sempre foi.

– Ele era muito belo – disse Poirot – e amava a beleza. A beleza que criava com seu cérebro, sua imaginação e suas mãos.

Em nome da beleza, sacrificaria tudo. A seu modo, creio, amava Miranda, mas estava disposto a sacrificá-la para salvar-se. Planejou meticulosamente sua morte. Fez disso um ritual, e doutrinou a menina com a ideia, por assim dizer. Ela deveria avisar quando fosse sair de Woodleigh Common. Michael pediu que ela se encontrasse com ele na estalagem onde a senhora e a sra. Oliver almoçaram. Ela acabou sendo encontrada em Kilterbury Ring, perto do símbolo do machado duplo, com um cálice dourado de seu lado... um sacrifício ritualístico.

– Louco – disse Judith Butler. – Ele devia estar louco.

– Madame, sua filha está salva agora... mas há algo que eu gostaria muito de saber.

– O senhor merece saber tudo o que eu puder informar, monsieur Poirot.

– Ela é sua filha... *É também filha de Michael Garfield?*

Judith fez silêncio por um momento.

– Sim – respondeu.

– Mas ela não sabe?

– Não. Não tem a menor ideia. Encontrá-lo aqui foi mera coincidência. Conheci-o quando era nova. Apaixonei-me loucamente por ele e depois... fiquei com medo.

– Medo?

– Sim. Não sei por quê. Não de alguma coisa que fizesse ou algo assim. Fiquei com medo de sua natureza. Era muito delicado, mas por trás dessa delicadeza havia frieza e crueldade. Fiquei com medo de sua paixão pela beleza e pela criação em seu trabalho. Não lhe contei que estava grávida. Abandonei-o. Fui para longe, e Miranda nasceu. Inventei a história de um marido piloto que tivera um acidente. Mudei-me diversas vezes. Fiquei andando de um lado para o outro. Cheguei a Woodleigh Common mais ou menos por acaso. Tinha contatos em Medchester, onde consegui emprego de secretária. – Fez uma pausa. – Até que um dia, Michael Garfield veio para cá trabalhar na Floresta da Pedreira. Não me importei, nem ele. Tudo tinha se passado há muito tempo.

Mas depois, embora eu não soubesse dos constantes passeios de Miranda à Floresta, comecei a me preocupar...

– Sim – disse Poirot –, havia um vínculo entre eles. Uma afinidade natural. Eu vi a semelhança entre os dois. Só que Michael Garfield, seguidor de Lúcifer, o belo, era o mal, e sua filha, a inocência e a sabedoria, sem traço de maldade.

Poirot foi à mesa e pegou um envelope, de onde tirou um delicado desenho a lápis.

– Sua filha – disse.

Judith olhou para o desenho. Estava assinado "Michael Garfield".

– Ele estava desenhando Miranda perto do riacho – contou Poirot –, na Floresta da Pedreira. Desenhava-a para não esquecê-la, foi o que me disse. Tinha medo de esquecê-la, mas isso não o impediria de tentar matá-la.

Depois, apontou para uma palavra escrita a lápis no canto superior esquerdo do papel.

– Pode ler?

A sra. Butler leu o nome lentamente.

– Ifigênia.

– Sim – disse Poirot. – Ifigênia. Agamenon sacrificou a filha de modo a obter ventos favoráveis para levar sua esquadra a Troia. Michael teria sacrificado a filha de modo a construir um novo Jardim do Éden.

– Ele sabia o que estava fazendo – disse Judith. – A pergunta é: será que ele se arrependeria?

Poirot não respondeu. Em sua mente, formava-se a imagem de um jovem de beleza singular, jazendo sobre a pedra megalítica marcada com um machado duplo, ainda segurando nas mãos mortas o cálice dourado que pegara e esvaziara quando a punição chegou de repente para salvar sua vítima e entregá-lo à justiça.

Foi assim que Michael Garfield morreu. Uma morte adequada, pensava Poirot. Mas, infelizmente, não haveria nenhum jardim florescendo numa ilha dos mares gregos...

Em compensação, havia Miranda, viva, jovem e bela.
Poirot pegou a mão de Judith e beijou-a.
— Adeus, madame, e dê lembranças a sua filha por mim.
— Ela sempre se lembrará do senhor e de tudo o que lhe deve.
— Melhor não. Algumas lembranças é melhor enterrarmos.
Dirigiu-se à sra. Oliver.
— Boa noite, chère madame. Lady Macbeth e Narciso. Muito interessante. Obrigado por me fazer perceber isso.
— Está certo – disse a sra. Oliver, num tom de voz exasperado. – Como sempre, sou a responsável por tudo!

Livros de Agatha Christie publicados pela **L&PM** EDITORES

O homem do terno marrom
O segredo de Chimneys
O mistério dos sete relógios
O misterioso sr. Quin
O mistério Sittaford
O cão da morte
Por que não pediram a Evans?
O detetive Parker Pyne
É fácil matar
Hora Zero
E no final a morte
Um brinde de cianureto
Testemunha de acusação e outras histórias
A Casa Torta
Aventura em Bagdá
Um destino ignorado
A teia da aranha (com Charles Osborne)
Punição para a inocência
O Cavalo Amarelo
Noite sem fim
Passageiro para Frankfurt
A mina de ouro e outras histórias

Memórias
Autobiografia

Mistérios de Hercule Poirot

Os Quatro Grandes
O mistério do Trem Azul
A Casa do Penhasco
Treze à mesa
Assassinato no Expresso Oriente
Tragédia em três atos
Morte nas nuvens
Os crimes ABC
Morte na Mesopotâmia
Cartas na mesa
Assassinato no beco
Poirot perde uma cliente
Morte no Nilo
Encontro com a morte
O Natal de Poirot
Cipreste triste
Uma dose mortal
Morte na praia
A Mansão Hollow
Os trabalhos de Hércules
Seguindo a correnteza
A morte da sra. McGinty
Depois do funeral
Morte na rua Hickory
A extravagância do morto
Um gato entre os pombos
A aventura do pudim de Natal
A terceira moça
A noite das bruxas
Os elefantes não esquecem
Os primeiros casos de Poirot
Cai o pano: o último caso de Poirot
Poirot e o mistério da arca espanhola
e outras histórias
Poirot sempre espera e outras histórias

Mistérios de Miss Marple

Assassinato na casa do pastor
Os treze problemas
Um corpo na biblioteca
A mão misteriosa
Convite para um homicídio
Um passe de mágica
Um punhado de centeio
Testemunha ocular do crime
A maldição do espelho
Mistério no Caribe
O caso do Hotel Bertram
Nêmesis
Um crime adormecido
Os últimos casos de Miss Marple

MISTÉRIOS DE TOMMY & TUPPENCE
O adversário secreto
Sócios no crime
M ou N?
Um pressentimento funesto
Portal do destino

ROMANCES DE MARY WESTMACOTT
Entre dois amores
Retrato inacabado
Ausência na primavera
O conflito
Filha é filha
O fardo

TEATRO
Akhenaton
Testemunha de acusação e outras peças
E não sobrou nenhum e outras peças

ANTOLOGIAS DE ROMANCES E CONTOS

Mistérios dos anos 20
Mistérios dos anos 30
Mistérios dos anos 40
Mistérios dos anos 50
Mistérios dos anos 60
Miss Marple: todos os romances v. 1
Poirot: Os crimes perfeitos
Poirot: parcerias célebres com capitão Hastings v. 1
Poirot: Quatro casos clássicos

GRAPHIC NOVEL

O adversário secreto
Assassinato no Expresso Oriente
Um corpo na biblioteca
Morte no Nilo